当代最具实力作家散文选 · 吕向阳 卷

陕西八大怪

吕向阳◎著

中国言实出版社

图书在版编目（CIP）数据

陕西八大怪 / 吕向阳著 . -- 北京：中国言实出版
社，2018.7
　（雄风文丛 / 王巨才主编）
　ISBN 978-7-5171-2825-0

Ⅰ . ①陕… Ⅱ . ①吕… Ⅲ . ①随笔—作品集—中国—
当代 Ⅳ . ① I267.1

中国版本图书馆 CIP 数据核字（2018）第 140193 号

出版发行　**中国言实出版社**
　　　　　地　　址：北京市朝阳区北苑路 180 号加利大厦 5 号楼 105 室
　　　　　邮　　编：100101
　　　　　编辑部：北京市海淀区北太平庄路甲 1 号
　　　　　邮　　编：100088
　　　　　电　　话：64924853（总编室）　64924716（发行部）
　　　　　网　　址：www.zgyscbs.cn
　　　　　E-mail：zgyscbs@263.net
经　　销　新华书店
印　　刷　三河市祥达印刷包装有限公司
版　　次　2018 年 8 月第 1 版　　2018 年 8 月第 1 次印刷
规　　格　710 毫米 ×1000 毫米　1/16　11.25 印张
字　　数　170 千字
定　　价　36.00 元　　ISBN 978-7-5171-2825-0

何妨吟啸且徐行

王巨才

二十世纪最后几年，文学界一个引人注目的景观，就是散文热的再度兴起。进入新世纪以来，这种热度仍在持续升温。这其中，尤以反思历史与传统文化的"大散文""新散文"理念风靡盛行，出现一批思接千载、视通万里、谈古论今、学识渊博的作品，给散文园地增添了新的色彩和样态。与此同时，传统意义上靠阅览、回忆、清谈、抒怀等书写人生百态的散文作品，也有一定变革，多数作家不再拘于云淡风轻的个人世界，从远离红尘的小情小感中脱离出来，融入充满生机与活力的现实之中，写出大量贴近大众生活的优秀作品，受到广泛赞誉。大体来说，这二十多年来我国的散文领域一直保持着潜心耕耘，不惊不乍，静水深流，沉稳进取的良好态势，情形可喜。

这套"雄风文丛"的十位作家中，吕向阳和任林举是专以散文创作为职业和志向的散文家，曾先后获得鲁迅文学奖和冰心散文奖，是散文领域的佼佼者。石舒清、王昕朋、野莽、肖克凡、温亚军、吴克敬、李骏虎和秦岭八位则都是久负盛名的小说家，他们的小说作品曾分别获得过鲁迅文学奖等奖项。这些小说家绝不是"跨界融合"，他们的散文毫不逊色，从作品的质量和数量上看，他们从来没把散文当作小说之余的"边角料"，而是在娴熟驾驭小说题材、体裁的同时，也倾心散文这种直抒胸臆、可触可感的表达方式。从这些小说家的散文里，更能感受到他们隐藏在小说后面的真实的人生格局和丰赡的内心世界。

宁夏专业作家石舒清，小说《清水里的刀子》曾获第二届鲁迅文学奖，并被改编为同名电影在东京电影节获得大奖。这本《大木青黄》是他第一本综合性随笔集。书中的"读后感"类，是阅读过程中就一些作品所作的印象式点评，借以体现和整理自己的审美取向和文学观点；"写人记事"类，写到生活中一些印象深刻的人和事，字里行间充满深长的思绪与感怀；第三部分涉及个人的兴趣爱好，比如喜欢体育、喜欢淘书、喜欢书法、喜欢收藏等等，笔致生动活泼，读之饶有兴味；"作家印象记"，知人论事，是对自己"有斯人，有斯文"这一观点的考察和验证。其他如"文友访谈"及往来书信等也都是作家本人工作、生活、思想情感的多侧面展现和流露，从中可以感受到一位知名作家疏淡的性情、厚实的学养和开阔的思想境界。

王昕朋是位饶有建树的出版人，也是创作颇丰的小说家，出版有长篇小说《红月亮》《漂二代》《花开岁月》等多部作品。他的散文视野广阔，感觉敏锐，情思隽永，文笔清新，从中可以看出，他写东西并不求题材重大，也不迎合某些新潮的艺术习尚，而是铺开一张白纸，独自用心用意地去书写自己熟悉的动过感情的生活，从中发掘自然之美，心灵之美，感受生活的芬芳，人间的纯朴。一组美文，构思精巧，意蕴深长，绘山山有姿，画人人有神，充满浓郁的诗意和睿智的哲思。生活中，美的呈现是多样的，刚正不阿、至诚至勇是美，敦厚谦和、博大宽宏也是美。王昕朋发现了这些生活中的人性美，并且抓住极富典型意义的美的细节和刹那间美的情态，用点睛之笔，透视出人物性格的光彩和灵魂的美质，给人以强烈的感染。

天津作家肖克凡的小说获奖无数，让他久负盛名的是为张艺谋担任编剧的《山楂树之恋》。他的散文《人间素描》以老练精短的文字记录一个个普通人物，从离休老干部到"八零后"小青年，极力展现社会生活百态，从而构成生机盎然而又纷繁驳杂的"都市镜像"。在《汉字的望文生义》中，作者讲述中日韩三国文字含义的异同，如日文"手纸"、韩文"肉笔"等汉字闹出的误会，涉笔成趣，令人忍俊不禁。《自我盘点》是作者自我经历的写照，体现了"文学的生命是真诚"的写作观，不论是遥远的往事还是新近的遭逢，都留有成长和行进的清晰足迹。《作思考状》其实是对某些对社会现象的严肃思考，有批判也有自省。《怀旧之作》的一个个人、一件件事、一桩桩情感，虽没有惊天动地的事件与杰出人物，却是作者真情实感的记录。《我说孙犁先生》，文字朴实，情感真挚，表达了对前辈作家独特的认识与由衷的景仰，在伤逝感怀文章中别具一格。

与唯美派的散文形成对应，野莽的文字如删繁就简的三秋之树，力求凝练和精准。他在所谓的文化大散文和哲理小散文中独寻他路，主张并实践着散文的思想性和历史感。他往往在颜色泛黄的岁月里打捞记忆，以情绪沉淀后的淡淡幽默再现特殊年代的辛酸和苦涩，每每发出含泪的笑。书中写到的"右派"父亲喂猪的故事正是如此。在文体理论上，他对散文的诠释是自然形成于诗与小说之间的一片辽阔的芳草地，在这里，小说家可以摘下面具，以真身讲述真情和真事；飞天路上的诗人也可以暂回人间，轻松地打开自己的心灵。国外大学选译他的散文作为中国语教材，想来自有道理。

温亚军的短篇小说获得过第三届鲁迅文学奖。与小说的虚构不同，他的散文完全忠实于自己的人生经历，大多取材于早年的记忆。他的童年和少年都是在西北乡村度过，记忆中，乡村的生活虽然艰辛，但充满着温暖和亲情。童年的愿望简单而质朴，他写怀揣这个愿望及至实现愿望过程中的满足和愉悦，叙事平实，情感真纯，每每能唤起读者共鸣。记忆的深刻性与性格乃至人格紧密相关，他的记忆之所以筛选出的多是温情暖意，是因为艰苦的乡村生活和淳朴的生长环境塑造了他宽厚善良的品格，《时间的年龄》《低处的时光》等都是通过一段记忆，构成一种考问，一种自省和盘点、一种向往与追求。而像《一场寂寞凭谁诉》等篇什中那些从历史洪流中打捞的点点滴滴，那些被作者的目光深情注视、触摸过的寻常事物，经由他的思考、探索和朴素的表达，也总能引发人们内心的波澜和悸动。

陕西作家吕向阳曾获冰心散文奖。他扎根关中大地，吸吮地域沃土和民间风俗的营养，相继写出《神态度》《小人图》《陕西八大怪》等五十万字的系列长篇散文，这在城市化的车轮即将碾碎老关中背影之际，无疑有着继绝存亡、留住民间烟火的担当。三万字的《小人图》是作者从凤翔木版年画中觅得的一组"异类"和"怪胎"。民间艺人把"小人"的使坏伎俩镌刻成八幅版画，吕向阳的剖析则由此生发开来，重在考问国民的劣根性，着力于诫勉与警省。《神态度》系列是从留在乡民口头的"毛鬼神""日弄神""夜游神""扑神鬼""尻子客"等卑微细碎的神鬼言说中梳理盘辫出来的，这些言说最早在西周之前就出现了，如果忽略它们，将是关中文化的损失，也是中华传统文化的失血。这些追述关中民风村情的散文，需要智慧，需要眼界，更需要广博的知识与执着的耐力，吕向阳付出的心血令人尊敬。

吉林的任林举以报告文学《粮道》获得第六届鲁迅文学奖。他的散文在精神取向上，一向以大地意识和忧患意识见长。他的诸多散文，突出表现即为情感的浓烈和哲思的深刻。而从文章的风格和技巧上考量，他又是一位最擅长写景、状物的作家。凡人，凡事，凡物，一旦经过任林举的笔端，定然会获得不同寻常的光彩或光芒，有时，你甚至会怀疑那人那事那物是否是一般意义上的文学客体；显然，其间已蕴涵着作家独到的理解与点化之功。至于那些随意映入眼帘的景物，经过他的渲染，便有了"弦外之音"和"象外之象"，有了一番耐人寻味的意蕴、情绪或情怀。这一次，任林举以《他年之想》为题，一举推出近六十篇咏物性质的散文，读者或可借此窥得其人生境界或散文创作上的一二真谛秘笈。

吴克敬是第五届鲁迅文学奖获得者，他进入文坛，是一种典型，从乡间到了城市，以一支笔在城里居大，他曾任陕西一家大报的老总。他热爱散文，更热爱小说，笔力是宽博的，文字更有质感，在看似平常的叙述中，散发着一种令人心颤的东西，在当今文坛写得越来越花哨越来越轻佻的时风下，使我们看到一种别样生活，品味到一种别样滋味。从吴克敬的作品中，能看到文学依然神圣，他就是怀着这样的深情，半路杀进文学界的。他五十出头先写散文，接着又写小说，专注于文学创作的他，看似晚了点，但他底子厚、有想法，准备得扎实充分，出手自然不凡。社会生活的丰富多彩和纷扰烦乱，在他人，只是领略了些许表面的东西，吴克敬眼光独到，他能透过表面，发现潜藏在深处的意蕴。他写碑刻的散文，他写青铜器的散文，都使我们惊叹其对历史信息的捕捉与表达，更惊叹他对现实生活的挖掘和描述，散文《知性》一书，充分展现了他的文学才华。

作为鲁迅文学奖获得者，山西作家李骏虎以小说成名，但从他的创作轨迹不难发现，他的散文写作历史更长。他以散文写作开始文学生涯，兴趣兼及随笔和文学评论。在把小说作为主要的创作形式后，李骏虎从来没有放弃散文，他的笔触始终跟随脚步所到之地，无论出国访问还是国内采风，都"贼不走空"，写出一篇篇具有思想华彩的散文作品，体现出朝学者型作家迈进的趋势。《纸上阳光》是李骏虎近年读书阅史沉潜钻研的成果，从"纸上得来未觉浅"和"阳光亮过所有的灯"两组系列文章不难看出，一个具有小说家飞扬想象力和史学家严谨治学态度的人文学者是如何苦心孤诣辛勤笔耕的。

近些年来，实力作家秦岭在《人民日报》《光明日报》《中国作家》《散文》《文艺报》等报刊发表大量散文随笔，叙说自己在生活与文学之间行走的发现与思考。他善于在历史和时代的交叉点上思考人生与社会，注重视角的多重选择和主题的深度开掘，既有对乡情的深深眷恋和回味，也有对自然和生态的无尽忧虑和追问，更有从自身阅读和创作经验出发，对当下文化、文学现状的深刻反省和诘问，从而使叙事富含思辨色彩、反思力量和唤醒意识。构思新颖、意境高远、韵味悠长。其中《日子里的黄河》《渭河是一碗汤》《走近中国的"大墙文学"之父》《烟铺樱桃》《旗袍》等作品，多被北京、广东、天津等省市纳入高中语文联考、高中毕业语文模拟试卷"阅读分析"题，受到专家好评和读者的欢迎。

文章合为时而著，歌诗合为事而作。在众多文学样式中，散文是一种最讲情理、文采，最能充分表达作家对时代生活的真情实感，也最能发挥作家艺术修养和文字功力的文体。《文心雕龙》讲："情者文之经，辞者理之纬；经正而后纬成，理定而后辞扬，此立文之本源也。"情有健康晦暗之分，辞有文野高下之别。作家的使命，是以健康思想内容与完美艺术形式相结合的作品去感染人、影响人、塑造人，进而推动历史发展和社会文明进步。纵观"雄风文丛"的十位作家，他们经历各不相同，创作各有特色，共同的是，他们都把文学当作崇高的事业，始终以敬畏的心情对待每一次创作、每一篇作品；他们与人民群众保持着密切的联系，坚持从丰富多彩的现实生活中获取创作资源和灵感：他们有高尚的艺术追求和鲜明的精品意识，竭力以精美的精神食粮奉献广大读者。正因为如此，他们的作品总能较为准确地反映时代的本质、生活的主潮、人民的呼声和愿望，总能给人审美的愉悦、心智的启迪与精神的鼓舞与激励。或者换句话说，在我们看来，这套丛书里的作品，正是当下社会需要、人民期待的那种弘扬主旋律，传播正能量，有道德、有温度、有筋骨又有个性和神采的作品。中国言实出版社精心组织这样一套丛书，导向意图不言自明，其广受读者欢迎和业界重视的效应，自可期待。

（作者系中国散文学会会长、中国作家协会原党组副书记）

目录

陕西八大怪

引子

"千里不同风，百里不同俗。"陕西是中华文明的摇篮，炎黄始祖于此诞生，周秦汉唐于此萌发，其乡风民俗、雅言俚语，传递着远古的回声，对整个国家和民族影响深远。而天下皆知的"陕西八大怪"，就是一组由无名氏创造、由无数人传唱的反映先民习俗、世代延续的耐人寻味的一曲动听的民间歌谣。怪者，异也，奇也，不常见。凡人凡事，与众不同，史册铭记，奇形怪状，声名远播。人因奇而为圣为师，术因奇而为神为仙，文因奇而为锦为绣，花因奇而为贵为宝。"陕西八大怪"，是秦人的胎记秦人的伤疤、秦人的皮毛秦人的骨血、秦人的秉性秦人的秘籍，尽管它曾被也继续被当作"保守""荒诞""粗陋""土气"饱受调侃或讥讽，但见多识广的秦人依然趾高气扬、底气十足地把它认作自己的旗号笑走天下。大概也有人会编出更多的某某版十大怪、某某版百大怪，但因缺乏历史的养料文化的积淀而像贼星像露水一样消逝。

陕西风是中国风！陕西不古怪，秦人有大爱！我是老陕，我担心矗立数千年的思想宝库与风行了数千年的民俗大观被时尚之风一夜刮尽，我有责任为"稀奇古怪"的祖先还原"本来面目"，于是鼓足勇气冲破雾霾，溯源而上遍搜根脉，竭尽绵薄之力写了这组道听途说、望文生义的释文，以报祖上，以待来者。"知其然不知其所以然"，"知其然乎？"请大家饭后一笑。

房子偏偏盖

《厦房》是我的《老关中》一书十八篇之一，这回要写《陕西八大怪》，八大怪之首正是《房子偏偏盖》，两篇文章，一样的瓢瓢帽，免不了陷入"他大舅他二舅都是他舅，高桌子低板凳都是木头"的套路。于是，书友善意提醒道，何必干这种顶着碾盘唱大戏——吃力不讨好的事？文章写不出新意，就像没腔的戏子还占着舞台一样糟糕！

然而，我不能石头大了绕着走，担子重了撂给人。我真诚感激当年编排出"陕西八大怪"而没留下姓名的民间高人。八大怪，八大怪，个个都是老陕的爱！走南闯北，不提三皇五帝，不说周秦汉唐，不背唐诗宋词，只谝(piǎn)上一段陕西八大怪，老陕的腰身就多了一圈开怀大笑的异乡人。可以说，陕西八大怪比华山的面子大，比兵马俑的模样熟，比大雁塔的资格老，早已随着万里长城、丝绸之路轰动了大半个地球！在中国，只有老陕如此憨厚地自描画像自我调侃，又不费吹灰之力地用这八面金牌为自己赢来好人缘。

我是偏偏房子里爬出来的泥娃娃，我的童年、我的乡党，都是在偏偏房的烟火里打发光景的。不说写过一回，即使写上八辈子，也有讲不完故乡的故事。梦，梦是时光的录像机，梦是偏偏房的守护神，是它无数次把我从光怪陆离的闹市带回了已不见踪影的老宅。

如果说冬暖夏凉的窑洞是黄土高原的眼窝，灰底白墙的徽式民居是江南的眉毛，避风遮沙的干打垒是戈壁的耳朵，随水逐草的毡房是草原的秀发，那么，偏偏盖的房子，显然是关中棱角分明的脸面。

老祖先的日子不是我们想象得那么滋润，不是诗文里描写得那么舒坦。在蛮荒时代，他们要仰视日月运行的奥秘、倾听土地的暗语、提防野兽的伏击、猜测鬼神的好恶，雷鸣电闪、七灾八病、异族侵凌，每一天都担心天塌地陷、朝不保夕，哪有福分载歌载舞、高枕无忧。高大的密林树杈，荆条柳条遮盖的地窖子，芦苇枯藤搭苫的茅庵，曾是他们的安乐窝。伐树，缺斧；过河，缺舟；煮饭，缺锅；御寒，缺衣；患病，缺药；大旱，缺水……你看，哪一样都靠劳动创造。你看，《诗经·国风》里的《豳风》

《秦风》，多是周人秦人劳作的场景——像《豳风·七月》，是一幅悯农图，开荒、种田、狩猎、熏鼠、挖菜、砍柴、打谷、上仓、剥麻、搓绳、采桑、染织、酿酒、修屋、塞户，忠实刻画着周人先祖一年四季的艰辛；像《秦风·车邻》，则是一幅植树图，山上栽漆树，洼地种栗树，半坡植桑树，湿地插杨树，没有一个神仙下凡来帮忙。而在《雅》《颂》之中，多半记载的是周人早期开辟性的劳动，像讴歌农业之神后稷的《生民》、赞颂公刘自邰迁豳的《公刘》、歌咏古公的《绵》、忧愁岁旱的《召旻》、祈求上天的《甫田》、怨恨老天的《雨无正》以及奋力耕田的《良耜》、除草务尽的《载芟》、撒网捕鱼的《潜》、开荒垦田的《天作》与欢庆秋收的《丰年》……听听这些诗名，就不难懂得能盖起模样粗俗的偏偏房，是多么来之不易。

是的，偏偏房比茅庵多了几堵墙、几页瓦、几块砖、几扇窗、几副门，但谁又知道墙、瓦、砖、窗、门这些如今司空见惯的面孔，竟是后稷、公刘、古公、王季、文王、武王与太公、周公、召公乃至成王的数十代人面朝黄土背朝天的呕心之作。读了《绵》，我们才知道古公亶父不堪忍受狄人的欺凌，从豳地举族南下，丢了土地，丢了茅屋，丢了家当，丢了魂似的翻山越岭，活像一群逃荒的乞丐风餐露宿，到了周原，举目无亲，一穷二白，住的是山窝草窝，吃的是野草苦菜，哪里有金碧辉煌的王宫与车水马龙的京城呀！哪里有炊烟四起与牛羊遍地的景色呀！哪里有金戈铁马与仪仗如林的威风呀！

面对穷困与死亡的威胁，自强不息的周人只有一条黑压压的夜路往天明走——进山伐木、劈荆开路、烧荒治田、挖渠引水、打猎拾荒，才熬过了最艰难的日子。古公是周原的太阳，古公是周人的救星，古公的英名迅速传播到了渭水南岸，古老的望族姜族部落看上了这位有远见、有魄力的客人族长，把美丽贤良的姜族姑娘太姜嫁了过去，从此周人才有了像南山一样的靠山。为了扎根周原，古公夫妻察地形，观风水，烧龟甲，看卜象，把京城定在了岐山之阳，召来了司空画图，司徒领工，男女老少齐上阵，拉绳墨、竖夹板、筑土墙、建城门、起宫殿、做祭台，周人第一回有了安身立命的金窝银窝。正是古公这位伟大的民族英雄，成就了民族复兴的伟业，后来文王之所以能以殊勋名垂青史，实在是有赖于古公时代创业一族奠定的基础。而身为古公重孙的周公，念念不忘祖先的开拓之功，于是把铲土的噌噌声、倒土的轰轰声、夯土的砰砰声、削土的乒乒声与战鼓的咚咚声，一齐铭刻在饱含激情的诗行里。

偏偏房，堪称中国人的一个梦！你也许能记得，即便到了富得流油的唐朝，身在蜀地的杜老夫子还住着破茅屋，还可怜兮兮地做着"安得广厦千万间，大庇天下寒士俱欢颜，风雨不动安如山"的住房梦哩！

你也许还没忘，到了上世纪六七十年代，关中还有不少人家连围墙也扎不起，家门不是敞开的"豁口子"就是墙上掏出的"驴钻洞"，或者就是苞谷秆、向葵秆、棉花秆、杨柳枝编的篱笆门，室窗室门还挂着草苫子，举手可及的偏偏房不是一马跑到头、清一色的松木椽，而是胳膊粗的树枝杂木一截一截接成的"搭尾子"椽，要想盖起两对檐的偏偏房，没有人老几辈牙缝里的积攒，那是做梦！要不老陕说："人生三件事，盖房娶妻埋老人！"

居者有其屋，难；居者乐其屋，更难。说实话，新中国成立后，老陕刚住上梦寐以求的偏偏房，正享受着小院子的安逸，也羡慕着公家的两头流水房、两扇玻璃窗，却被二层小洋楼，撵到了上不挨天下不挨地的半空。刚离了土地土墙土炕土房，少见的脚气病、烂裆病、瘙痒病就像死皮二流子赖上门，得怪病的年轻人走了一拨又一拨。我们村子叫五爷的，儿子在偏偏房旁盖了一栋二层楼，无数次劝他搬进去，可五爷说，他搬进砖头房是不可能的事，他害怕从砖头房走进墓堂，脚上一点泥都不沾，先人会骂他是个逛山货。他还说，没鸡叫鸣没驴嚎、没羊吃草没猪跑、没牛没马没狗叫，甚至连一个老鼠都不见，这跟囚犯一样，哪是人过的日子！至今，五爷成了村子唯一死守最后一座偏偏房的"枸木根"。

我的村子就是所谓的"宗周"之地，是古公落脚、王季创业、文王负重、武王告捷、周公制礼之地，这个叫京当镇衙里村的村庄，是中国村子中老掉牙的村子，三千多年没改过姓名。往东隔条沟是贺家村，那是颁布政令接受朝贺迎接万邦朝贡祭祀祖先的大殿与明堂；往西隔条沟是宫里村，是文王母亲和嫔妃的住所，嫔妃住的偏偏房。宫门外两排对檐的偏偏房，住着王公大臣。据说王宫门前栽的不是松树柏树而是毛栗子树，树刚开花，果儿身上就随带了无数的茸刺，果儿成熟，茸刺变成了像钢针一样的坚刺，栗子虽甘甜爽口，但要剥除尖刺却不容易。意思是叫文武百官都记得来周原的路上长满了荆棘，向前走的路上更是布满了比荆棘还要凶险的对手，而忘了来路忘了初心，就不会战战兢兢如履薄冰，就容易粗心大意狂妄嚣张。栗树呀，就是让人畏惧呀战栗呀！王宫门前还安放着碾盘大的青蛙石雕，仿佛天天呱呱哇哇地叫着，现在还放在岐山周原博物馆内。周王爷喜欢青蛙，青蛙生育能力强。周王爷也夸蝗虫的繁殖本领高，《诗经》里就有一篇叫《螽斯》，螽斯就是蝗虫，诗人就是取比它群集群飞来盼望周人多子多孙。周朝缺这缺那，最缺的是活蹦乱跳的娃娃。据说周文王有一百个妃子。爱青蛙就多娃，羡蝗虫就多子。文王的子孙多，周朝就把天下切分成发糕块，让这些孩子去封国施展自己的能耐。

偏偏房从周朝开始，就成了几千年老陕盖房的模板。房子像人一样，也有头有脸，有鞋有帽，有皮有肉，有肋有骨，也有里三层外三层。偏偏房的背墙也叫界墙，东西两邻三家人共用两堵墙，一个村子就节省了几十堵上百堵界墙，全村界墙与屋墙连在一起，像一群人手拉手手挽手，这是周王教化百姓唇齿相依互帮互衬呀！但天下没有绝对的好事，好事里面有坏事，争墙根的纠纷多发就是其一，德行差的西邻狠心在东墙根下做手脚，心肠短的东邻则偷偷在西墙头上安埋瓷片镜片铧片，一来二去，把一生搬不走的近邻弄成了抬头不见低头见的仇人。

盖偏偏房讲究先立木、后垒墙，墙垒起来再盖房；九尺檩，丈五椽，柱子大梁抱一团。这是说，偏偏房的高度、宽度不是越大越好，一块土坯，关中人叫胡基，胡基自重二十多斤，隔墙至多垒到丈五，底层的胡基承重已到了极限，而檩条最长不超过九尺八，既暗合凡事不过"九"，也考虑木料粗细匀称的净身，一般只在丈余，这就是"房不过丈"的原因。又"立木顶千斤"，房子的重量虽然主要靠柱子支撑，但由于三间房子有四面隔墙分别承担重量，故而柱子不必过粗。由于柱、檩、梁三大件都是榫卯结构，故而偏偏房结构结实稳定，有"墙倒屋不塌"的优长。另外，隔墙的基砖也叫建砖，砌筑建砖均取三、五、七、九阳数，家境好的也有一砖到顶的，但大多贫寒之家，以为那是钱多得烧得没处花了。

打墙用版筑，夯实黄土靠槌子。槌子是用上好的青石雕琢成老碗口大的半圆体，预留榫孔安装上丁字形的提手，就成了土工夯实黄土的工具。而所有隔墙都是有气力的汉子支上模子，按"三锨六脚十二窝"捶打出来的胡基垒起，胡基风干后有木块的韧性、砖头的硬度，甚至有敲砖敲石的钢音。房越盖越高，胡基也越摞越高。二层架子上站着摞胡基的壮汉，二十多斤重的胡基在空中翻着跟头飞到高处，接胡基的人又扔向最高处的匠人。胡基垒的墙，里外再加上一层麦草与泥和成的泥皮，像粘胶一样把墙粘成了整体，夏天再毒的太阳也晒不透屋子，太阳一落山，院子中就有了清凉，不像现在的砖房，一个夏天也不退烧，这也是偏偏房的优越性，所以关中人把厦房叫"凉房"。

瓦是厦房的帽子。人讲究衣帽整齐，铺瓦则是泥水匠的面子活。瓦页摆得匀称，横看像排飞的大雁，纵看像破开的竹筒，这样房子就落水快、不怕连阴雨，若是像犬牙交错，或图省料，或是瓦页本身就是歪瓜裂枣，那瓦沟就长野草，就生长旱不干、涝不死的瓦松，又称"房塔塔"，等着不久，就得雨天备盆盆、夜里看星星了。瓦页布排得光漂亮也靠不住，还得要下面寸半厚的稀泥掺和麦草，否则整个泥皮就没有浑劲，而泥皮抹得平光也不行，还要靠下面棘条、芦苇编的笆条铺得平展严实。这三道上层建筑工程，耗费十天半月不说，仅买瓦买笆、招待匠人，没有三五石麦子是拿不下来的。

厦房分顺椽房、踅椽房。富人的顺椽一律用碗口粗的松木椽，还给椽头加装了一根三尺长的方椽，一来防止出檐的椽头淋雨过早腐烂，二来用方椽搭凉棚，安装防盗防雀网，老陕话把这称之为"严窝"。椽上又铺了一层划箥。划箥也是用黄泥像烧砖一样烧出的七八寸见方、厚不过寸的建材，椽与椽之间铺上蓝亮亮的划箥，仰头一看，既像青天，又像书本，蓦然间叫人感到主人的雅致与阔绰。划箥能隔热御寒，能防泥土掉落，也能防鼠打洞防鸟作窝。而穷人的踅椽则用横摆杂木棒棒，一眼能看出寒酸样，长虫蝎子蜘蛛簸箕虫爱的是踅椽房。顺椽房是媒婆的贵人，喝杯茶的工夫就揣回了谢礼，踅椽房是媒婆的灾星，每每跑断腿、说破嘴，空着肚子回家喝凉水。

厦房盖好后，爱干净的主人用白土把墙面刷得白白净净。砖铺地，土炕光，楸木柜，桐木箱，油漆供桌四方方，靠背杌子摆两旁，老小孩子喜洋洋，这就是全部的幸福指数。活干累了，躺在厦房土炕上就像皇帝睡在龙床上。到了饭时，蹴在杌子咥一碗干面，卖派着给个县长也不干。

关中是大粮仓，渭河两岸原本是大森林。周秦汉唐盖大殿，砍光了南北二山的树，要不关中人怎会惜木如金，盖房子就为木料发愁，往往盖房只先盖一半单檐房。关中人除涝池及坟地栽树，门前屋后栽树，很少在田里栽行道树，一来怕树与麦争地，二来栽了也让人偷，所以人们一辈子便瞅着哪棵树应该长大了，经常为做个箱柜跑遍十里八乡，打口棺板就等于把一半家当打了进去。

我们村子有个叫科娃的，从他老爷手里就备料，到他手里盖了二十年才草草收工，他的这项"马拉松工程"传遍了村村寨寨，以至于谁办事拖拉，人们总会说："你是科娃盖房吗？"科娃没钱买椽，天一黑他腰里就揣着一把斧头，出没在邻近村子，看见胳膊粗的树就砍下扛回家。他认树不认人，有次竟把村支书屋后一棵树砍了。支书发动全村人破案，跟着脚印查到了科娃家，可怜科娃提心吊胆攒下的一堆木料全被没收，被游街批斗了好几回。科娃连做梦还是伐树。一天夜里，民兵巡逻时发现了他怀中亮晃晃的斧子，拷问了一晚上他只得如实招供，一堆木料又被没收，但科娃下手更狠，见树就砍！盖房时帮忙的人都认出了自家树。"这房盖得贼腥气！""科娃，虎毒不食子，你咋偷亲戚哩？"大伙骂得唾沫四溅，但淳朴的乡亲还是同情科娃家境，为给科娃省几斗麦，盖房速度加快了一半。房盖起时，科娃跪在地上，给大伙磕了几个响头。他从此再没当过贼娃子。科娃是结巴，可儿子嘴巴很利索，考进了外院，毕业后在新加坡当了商人。前年回村把厦房拆了盖了个楼房，也把村子学校盖成新的。

单扇窗户是厦房的气眼，也是主人的钱眼。有余力人家的窗子里有门、外有格。窗门遮光，娃娃睡得香，长得壮。老人说，婴儿的眼光嫩、眼力软，一天长一寸，一月长三尺，到了周岁才能看远，最怕强光刺激，所以产妇育婴的房子总是黑咕隆咚，不像现代的落地窗，隔着厚窗帘仍像躺在月光下，故而现代娃娃多是近视眼；同时，窗门能隔音，睡梦不受惊。至于窗格，格子细密，象征着财运旺、人寿长。一个格子一岁，可没有几人能数到七八十个就咽了气，一格一个财运，可暴富的希望总是落空。不过，人们逢年过节还坚持给窗格上贴满窗花，坚信花花绿绿的窗花会醒动打瞌睡的财神福神的。

厦房的房门是双扇门，开合之间吱呀一声，屋子霎时有了人气。门板与门帘像夫妻。门帘在外，遮风挡雨；门板在内，隔寒生暖。另外，两张门板还是老人向天国起飞的平台，百年时就用板凳支起的两块门板，等待亲人到齐后入殓，一张黄纸苫住了黄蜡状的脸，孝子哭天嚎地央求阎王爷麻利地下达指令，这时，乌鸦这孝子鸟也呱呱叫着，它像人间与阴间的信使。乌鸦聒噪不休，是个乐于助人的急性子，喜欢给死者引路，给亡灵叮嘱着路怎么走。在一个明晃晃的月夜，我看见老屋那扇门板上有着曾祖父穿着黑袍子的影子。在另一个打雷闪电的夜晚，我看见奶奶噙着麻钱的嘴在翕动着。这个门板是我家老人去世时留下的黑白底片。而只有油灯有了灯花或打雷时，才能像闪光灯一样照出他们的影子。

厦房光线很昏暗，昏暗得像爷爷婆婆穿着鼻涕涎水泥土沾满的黑棉衣。老人不嫌黑，在微弱的光线中挪着艰难的步子。老人话很少。有些话重复了几万遍，他们不想说了，说了也没人听了。老汉吧嗒着烟锅，像婴儿吸吮着奶头。老婆纳着鞋底，像要用针扎碎这个世界。村上的秀秀婆在厦房中活了九十九岁，她多年不串门也怕见人了。我去看她，她嘴巴咕噜着，终于说出一句话："上年纪的人都死了，我咋不死呢！两个儿子也死了，神得我怕见人。"关中人说"神死人了"就是羞死人了，活大寿是人盼望的事，却也成了很羞愧的一件事。秀秀婆年轻时漂亮得像牡丹，腰身柔软得像柳条，到老了成了娃娃眼中的老妖婆。秀秀婆的厦房顶瓦烂了，儿子上房顶换成了新瓦，秀秀婆却生气了。她说，房上有个洞好，能看见星星，她睡不着时就与星星说话。她说房上有个洞好，西天的神路过时能看到她。

秀秀婆的屋中，放着一口棺材，秀秀婆说这是她的新房子。她说这跟厦房有点像，厦房四堵墙，棺材也四堵墙，厦房能出能入，但棺材却只进不出。秀秀婆的棺材是用松木打成的，打好时她很喜欢这个松香味，可是越想进棺材越进不了。儿子曾给棺材涂过几遍漆，上一次漆要花几百元。秀秀婆说，再这样下去，花的漆钱就够埋她三五回了。一只黑猫天黑时总会爬上棺材顶，秀秀婆在炕上眯缝着眼，黑猫在棺材上眯缝着眼。先前村子人多，现在年轻人都外出打工了，孙子们也出去了，很少有人来她的屋子，秀秀婆想，下世时谁埋她呢？

先前村子的老鼠多，孩子也多。自厦房被大规模扒掉，老鼠少了孩子也少了。乡亲们这才似乎弄明白了十二生肖中鼠为老大的道理。世世代代老鼠偷吃着人的粮食，嬉皮笑脸地与人活到现在，世世代代都是农人的"五保户"。庄户人如今粮食堆成了山，老鼠却少了，鼠辈不见了，人就不见了。老鼠一窝窝地生，老鼠多了孩子多。先前的厦房中，老鼠在啃胡基这个压缩饼干，老鼠在胡基堆中会钻出一条条高速路。一个屋中养着数十只老鼠，一个屋中养着六七个甚至八九个孩子，老鼠跑上跑下，孩子跳上跳下。现在放开了二孩，生孩子的人却很少。人怕老鼠吃粮，也怕孩子带来负担。人小气了，老鼠也就走了，孩子也就来少了。

厦房的长处与好处还有待于时间来说话。我们不能有了楼房就鄙视厦房，就像有了媳妇而慢待老娘一样。厦房的缺点是光线暗、不卫生、抗震差，没暖气天然气，优点是省钱、环保、隔音、舒坦，院落能种花种菜。人们都在赶时尚，犹如小轿车取代自行车，西服取代梆梆棉袄似的。不论怎样，讲舒适是好事，但与地气隔绝，会让人娇气得怕风雨、患病多，过得郁郁寡欢、过得独来独往、过得索然无味。住进大房、楼房，人们总觉得自己是玻璃瓶中的种子、笼中的鸟儿、展览馆的标本。

农村人把楼房盖了起来，但大半房子都空着，冷冷清清，只有老人偶尔的咳嗽声，才不时打破时空的沉寂。楼房的确漂亮，但媳妇更难找，彩礼高得破了十万元大关。学习好的姑娘考了学，一去不回还；长得俊俏的打工妹，抱着娃娃回娘家，而"一家有女百家求"的口前话，无疑是对从厦房搬到楼房、怀揣着做梦娶媳妇的光棍汉最沉重的一击。

房子偏偏盖，是祖先的杰作，也是祖先的无奈。

房子偏偏盖，是历史的进步，也是历史的遗痕。

面条像裤带

关中的午饭，大多是呼呼噜噜醋畅淋漓咥面条的坛场。

咥面不是吃席，哪讲究什么推来让去细嚼慢咽文绉绉的吃相！吃相野，像喉咙眼里长手，像饿死鬼上世，像瘦虎咥羊、饿狼吞猪，三下五除二，风卷残云，这才叫解了个馋！

咥面要蹴在碌碡上，蹴在门墩石上，哪里人多树大往哪里蹴。咥面是夸老娘、夸老婆、夸日子、夸人缘哩，哪能像吝啬鬼一样怕见人，像贼一样偷眉溜眼躲在墙根旮旯角吃独食！

　　写老陕的事，哼老陕的腔，发老陕的音。老陕话有一个"咥"字，它是伏羲老祖的乡音，比《易经》的资历还要老几千年，它也是文王的雅言，《易经》第十卦履卦有"履虎尾，不咥人，亨"。老陕尤其是关中人，不仅把吃叫咥，还把抽旱烟叫咥一锅烟，把谁揍一顿叫咥一顿，把卖力干活叫使劲咥，把干好事叫咥得嫽、干坏事叫咥瞎活、干实事叫咥实活，把狼吃娃也叫狼咥娃。说到狼咥娃，就想到明朝马中锡的寓言《中山狼传》。故事说东郭先生这个大糊涂虫，竟然对凶残成性的中山狼发了慈悲之心，而狼却恩将仇报，狡辩着咆哮着要吃掉恩人。文中有三处对话用了"咥"字：狼有"第问之，不问将咥汝"，东郭有"今反欲咥我"，狼再有"是安可不咥？"咥来咥去，最后还是反省了的东郭把恶狼咥死了。这说明陕西方言是母语中的雅言与"活化石"。

　　一方水土养一方人。四川人三天不吃大米，腰杆子疼；陕西人一天不咥面条，腰吊肋子稀。一个"咥"字，简简单单，一个"咥"字，声情并茂。而"陕西冷娃"这个褒贬皆存的绰号，大概与咥面不无关系。

　　老陕咥面是天下第一吃相。这种吃相很野性也很大气，很丧眼也馋得人流口水。咥面端的是老碗，不，老碗太撇气，要的是瓦盆！老陕说，能吃就能干，端起瓦盆的男人叫好汉。

　　关中汉五大三粗，膀大腰圆，咋看咋像"兵马俑"。关中人喜吃面食，有臊子面、糊涂面、扯面、旗花面，五花八门，但唯有野盆面即裤带面吃了过瘾，吃了顶饥。外地人会被这裤带面的阵势所吓退。他们编排了这样一个故事：温州有个客商来宝鸡吃了一盆裤带面，回去后如吞砖块，一周不进食，肚子鼓得像西瓜，进了医院，大夫一问，方知是吃了陕西裤带面，笑着开了个处方：到陕西那家面馆喝三碗面汤即好，原汤化原食！患者则如梦初醒，原路返回，照此办理，几碗面汤下肚，旋即打了几个饱嗝放了几个响屁，全身松泛得像泡了一回澡堂子，于是逢人便夸：天下竟有这般治病的神医！

　　裤带面并不是关中人天天能吃得起的，一来麦少，二来费工。只有每年六月，新麦上场，农人才能插空点上油灯套上牲口磨上一半斗，好让家人一饱口福。关中是产麦子的地方，但昔日产量低，春节后家家闹春荒，玉米糁子荞麦搅团哄肚子，等了四个月才等到这盆裤带面——胃舒坦了，腰板挺起来了，脸上也泛出了红光，眼珠也骨碌碌水灵灵了。裤带面是关中人的"丰收宴""收魂面"。吃了裤带面，浑身像充了电，干起活来像头牛，谝起闲来像笑星，走起路来像打桩，胳膊上会隆起一坨一坨的肉疙瘩，踏胡基、打土墙、起牛圈这种挣死人的活儿就像拎鸡毛一样轻。

新麦磨成细面，婆娘们用盐水和面，使足了浑身劲把面揉上几百遍。面团饧上一两个小时，绵软得像羊羔，柔顺得像绸缎，筋道得像饴糖，捏揣成啥样都不走形。擀杖是妇人的"旺夫杖"，也是"教子杖"。要想吃到一筷子挑不到头的长面，功夫都在一双巧手上，像压路机一样碾擀出的面又圆又光，扯成宽条子，下进开水锅，筋道如牛筋，雪白如哈达。捞进盛着凉水的瓦盆中，如烧红的钢淬上水，变得又柔又长。而味道全在那蒜水碗中，新蒜下来了，剥好蒜瓣放进石蒜窝中，捣成烂泥状刮到碗中，倒入辣子葱花，泼上冒烟的菜籽油，香味像长腿的精灵一样飞满屋、翻了墙、穿过巷，一直飘到田野。这时辰，全家人围在青石凿成的捶布石边，将白练状的面条从黑黑的瓦盆里拉扯到蒜水碗，顿时呼哧呼哧的吸溜声、吧唧吧唧的咀嚼声、咕噜咕噜的吞咽声回荡在小院，把狗馋得流口水，把猫惹得团团转，把鸟引得啁啁鸣。咥毕面，再喝一碗面汤，男人松了松裤腰带，抹了抹嘴角的油花，滋润地望着婆娘撂过话：咦！走州过县，不如咥碗面！

在关中，把"面条像裤带"做成大生意的，唯杨凌人和眉县人。杨凌农科城，裤带面馆一家挨一家，而且生意特别红火。西安人、宝鸡人一到星期天，总会开着车去农科城吃这种面。裤带面一根有二两，但食客禁不住诱惑往往由三四根吃成了七八根，端起碗就管不住嘴，"咥美了！""撑死了！"你吃多少根，卖面的都不问，卖面的盼望你吃百十根才好。有个上大学的小伙，一次吃了十几根，吃罢后直喊肚子疼，送进医院肠子憋烂了，动手术才保住了命。食客打官司，法官说店家"未履行劝告义务"，店主赔了几万元的医疗费才收场。杨凌城人说，面做得香也不好，把人撑死了生意就亏大了！先前人说饭饱撑死人，真的是能撑死人！城里人哪知道，吃了裤带面是要去踏胡基、背碑子哩！我见过一个机关干部，去杨凌吃饱了裤带面，整整一个下午都在渭河滩跑圈圈，跑到太阳落山才缓过神来。

西府民谚曰："岐山的手，凤翔的腰，眉县黑娃抡大刀。"是说岐山相公手巧，凤翔姑娘腰细，眉县小伙力大。眉县人做饭耐不下性子，馍是杠子馍，菜也多是萝卜菜，很少吃臊子面却喜食裤带面。原因是眉县人田间活很吃力，他们把时间都花在务苹果和猕猴桃、草莓、雪桃、黑李子上，吃了别的面也不耐饱，而裤带面让他们吃了后气力大增。勤劳致富在眉县最见功夫。裤带面给勤劳的眉县人壮筋强身，眉县人吃着裤带面赶上了苹果致富集，赶上了草莓种植热，赶上了猕猴桃发财梦。关中的每趟致富集他们总能赶上。裤带面是一条科技绳，是一条信息缰，牵引着他们早早奔小康，几乎家家盖起楼房，户户有了小车。眉县人会挣钱也会花钱，有了钱就赶快让娃买小车，家家要比时尚、比排场。眉县是个移民县，河南、山东、四川人居多，对面条吃上瘾的少，所以加工裤带面不需太多手艺，反倒做成了特色。在眉县县城，少见臊子面牌子而多见裤带面牌子。裤带面做起来费劲，而抡惯大刀的眉县人气力大，手上功夫能折断钢筋。眉县人打架，总是让对方缺胳膊少腿，不是心狠而是手劲大。眉县这个县名怪怪的，让眉入县名是说眉县人眉毛长吗？莫言小说中有陈耳、陈鼻、王肝、王胆，以身体部位和人体器官给人起名，是"贱命者长生"的心理使然。眉县人希望长寿，而长寿眉最能代表长寿。面条越长则就意味着是长寿，所以眉县人大都长寿。如今眉县常兴镇大桥畔有几家卖裤带面的，每到饭时排长队等号，客人爆满。八项规定之后，县上招待客人也都以吃裤带面为主，吃得香也耐饱，更有勒紧裤带过日子的启示。而关中的乡间，只是在麦收后吃顿裤带面，在那个缺粮的年代，乡下人以为很奢侈了，"哪敢顿顿吃，不把家吃穷了！"家中若有几个小伙，吃一顿裤带面要用半斗麦，那怎么过日子？日子要精打细算过，关中人的碗中大都是菜叶多面条少，而多舀一勺面就像剜母亲心头肉。不会过日子的主妇，几月就吃尽了麦面，最终全家人得讨饭吃，这就受村人笑话责备，背着"叫花子"的名，几代人也抬不起头。

关中人能吃上裤带面，要感谢民间爱戴的"谷王爷""麦王爷"。"谷王爷""麦王爷"就是被称为种子之神的后稷。后稷姓姬名弃，是黄帝曾孙帝喾与元妃姜嫄之子。他生下来，母亲姜嫄很不待见这个孩子，曾丢到小巷，扔到密林，撂到沟渠，扔来扔去都命大不死。这个多余的人可能早早饱尝了世间疾苦，早早就接地气，也可能在弃来弃去中滚得一身泥，上天就赐给他一个旁人无法触及的秘诀——让他掌握了优良麦种的培育，也掌握了农耕文明的科技密码。后稷就是在今天的杨凌一带完成了让野麦进化这一壮举的。

一粒种子，改变一个世界。《史记·周本纪第四》说，后稷"及为成人，遂好耕农，相地之宜，宜谷者稼穑焉，民皆法则之。帝尧闻之，举弃为农师，天下得其利，有功。"《诗经》有十多篇铭刻着"谷王爷""麦王爷"的大恩大德。《周颂·思文》说："贻我来牟，帝命率育。""来"，指小麦，"牟"，指大麦。《周颂·臣工》说："於皇来牟，将受厥明。"翻译成现代话，就是上天赐给了我们这种麦种，让我们精心培育成长，它将发出麦芒，多么诱人陶醉的麦穗，让我们的生命成长。周人不忘来路，不忘初心，走到哪里都把"以农为本"的经念到哪里。公刘迁豳，迫不得已与猃狁戎狄茹毛饮血，但手里攥着种子；古公迁岐，丢了土地丢了茅舍，但怀里揣着种子。到了周原，与其是找到了一个新家，不如说是上天给神明的麦穗找到一块丰产高产的试验田。

麦子是周人的开花果、智慧果。肉吃得多了，人就浑身发烧。麦子吃多了，人就少了野性，多了理性。人安分了下来，善心善意就像不畏霜雪、不惧烈日的麦青，尊人敬人就像沐浴着春风一样舒坦。但是，要把浑麦颗磨成细面烙成饼，从"粒食"到"面食"，还得要靠"面王爷""饼王爷"的创制。

岐山人至今把公刘叫"面王爷""饼王爷"。《诗经·大雅·公刘》说："笃公刘，匪居匪康。乃场乃疆，乃积乃仓，乃裹糇粮。"意思是聪敏厚道的公刘，不敢停歇把福享，划界平场开田地，颗粒不遗装进仓，揉面蒸饼备干粮。由此可知，早在公刘时代，周人已经开始进食面与饼，自野蛮渐进于文明了，向着"食不厌精、脍不厌细"的方向迈出了一大步。这首诗，还有一句就是"涉渭为乱，取厉取锻"，即横渡渭水开采石料，拉回了磨石捶石和矿石。这一是证明公刘时代人们已经用石料舂谷捶麦，用矿石炼铜炼铁，二是从来没有与渭水隔绝，而返回关中平原的强烈愿望与日俱增，这也是古公决心告别豳地的一个重要原因。

周人把麦子磨成天下最白最细的面粉，天下贤人奇士被周人用一碗勾魂面吸引了来。麦在周人眼中是带着神秘色彩的嘉禾。《礼记·月令》云:"孟夏之月,农乃登麦,天子乃以彘尝麦,先荐寝庙。是月也,聚畜百药,靡草死,麦秋至。"这是说,麦子成熟季节叫作"麦秋",此时天子要杀猪祭先人,为麦子登场进行祈祷,可见麦子在周天子心目中的位置有多重要。

周公吃着麦子,完成了制礼作乐的使命,有了面条就有了"见面礼"。周人的裤带面,如同招魂幡,凤凰来了,"算黄算割"来了,凤凰似乎叫着说:"周原好,周原好,周原麦面能吃饱!文王好,武王好,天爷爱民地生宝!""算黄算割"似乎唱着说:"麦黄杏黄,秀女下床,快割快晒,颗粒归仓,家中有粮,心中不慌!"而周人把这丰收的喜悦记在了《小雅·甫田》:大田大田竟无边,年年岁岁获万千……快建千座大粮仓,快造万数大车厢。装满黍稷与稻粱,农夫得赏喜洋洋。多亏上天帮大忙,子孙安康寿无疆!

周人占据的周原,土厚水肥,最适宜麦子生长,近年发现土里有着硒等丰富的微量元素,周人补充了别人补充不到的养分,就聪明异常,就高大魁梧。麦子是土地混浊的泪水,它和土地的颜色特别贴近。土地仁慈,流出的泪就成了人类的乳汁,人对于麦子有着永远的感恩之情,人吃上了麦子就如同抽上了大烟,什么时候也戒不了这个瘾。富人也罢,穷人也罢,见了麦子就像见了皇上一样。周原麦子的闪电状的毛细血管有几丈长,根扎得比树深,人们打井时,总扯开嗓门惊奇地高喊着:"你看你看!毛根都扎到井底了,怪不得麦子耐旱耐涝耐晒耐寒!"

关中麦子承受着四季的煎熬。秋季,当农人从斗中撒出一把麦粒时,空中就划出了扇子状的图案。麦种落地时就像一阵骤雨落在了地上,麦种入土的速度像箭镞穿越肌肉。这个时候,总有几场秋雨会使麦种咧开嘴巴吸得肚子胀胀的。麦子不几天就在土中孵出白生生嫩滴滴的小指头小腿,麦子出土,长出一根细发,齐刷刷、密麻麻,犹如婴儿的胎毛。麦苗是跟着农夫的脚跟往上蹿的,打个转身,地面就多了一抹绿意。刚到立冬,绿中泛黄,远看像初秋的草原,近看像初成的绿毯。无情的西北风在麦田上肆虐,麦田咳嗽着、哆嗦着。这个时候,又悄然迎来一两场大雪,雪覆住了麦田,地上只有狗与老鼠跑过的印子。雪地里的太阳像蛋黄,雪慢慢被化掉了。冰挂在麦叶上,叶片却硬气得像直挺的宝剑,即使脚踩上去也面不改色。这时娃娃总担心麦子要冻死了，可大人宽慰地说，地下暖和着呢，麦根早扎在井底了，你看沟沿沿崖畔畔的迎春花在给她唱催眠曲哩！而立春的风像抚挲婴儿苏醒的手，桃花红了，麦子返青了，几场春雨，麦田变得蓬松得像面瓮，麦子也像少女的身子一天一个样，她在分蘖，像一群仙子在风中游春，她在拔节，像悄悄梳洗打扮的小姑娘憧憬着出嫁的日子，她在吐穗，像甜滋滋羞答答的新媳妇梦想着开怀哩！麦子开花了，洋槐花开花了。麦子的花最平淡无奇，像蜜粒一样挂在针尖状的麦芒上，在阳光下闪烁着金色银色翡翠一样的光芒。天热起来了，麦穗像怀上头胎的孕妇，身子慢慢重了，东风来了西摆，西风来了东摇，摆一回，重一色，摇一回，添一景。太阳是成人之美的慈祥长者，它知道麦子要灌浆，像临产的媳妇要多吃鸡蛋，像将要出炉的铁水需要猛火，于是放开手脚烘烤着大地，头爬野草根底浅不经晒，枯了，喜水的苞谷不经晒，蔫了，但柔里带刚的麦子却齐刷刷地向着太阳致礼，蚕黄了，杏黄了，"算黄算割"飞来了，蚕黄一响，麦黄一天，农人像被蝎子蜇了脚乱了脚步，老牛也怯火麦收时节，在圈里骚动不安。磨刀客在巷口敲开破锣嗓子，口袋客光着背推销着祖传几辈子的手艺，绳匠、皮匠、铁匠、草帽匠、筛子匠比油菜大麦登场早、比蜻蜓飞得快。麦熟了，麦子浸透了太阳的味道，农人的胃口开始剧烈地翻腾。"开镰了！"人们像迎接宇航员从天上归来一样兴高采烈，有人估算着产量，有人讨教着种子的来源，有人甚至谋划着下一料麦田的肥料。这时，刀光闪闪的铁镰如剃头匠的剃刀，历经七八个月艰难历程的麦子，终于像长途跋涉的士兵一样歇息在田垄，而齐整的麦茬也似乎出了一口长长的气，像卸了磨的老毛驴不言不语。

割麦是最苦最累的活。人说割麦是"狗钻炕洞"，不像站，不像蹲，腰身折成三叠，上面太阳烤，下面麦芒扎，土气呛鼻子，汗水辣眼睛，两头不见天，壮男好妇割下一两亩，腰痛了，背酸了，手割了，脚破了，谁都困乏得像个懒狗。可天变了，起风了，打雷了，白雨冰雹凑热闹来了，男人躁鞭了，婆娘乱场了，这哪叫人欢马叫，简直是热闹处卖母猪——哭嚎声一片！

这边麦子没上场，那边喊着种回茬秋，半夜饭碗没沾嘴唇，隔壁又吵着早秋长疯了。这是三夏大忙啊！哪是画家笔下五彩缤纷安逸恬静的田园图!

麦子知道她对于人的价值和贡献，麦子不能太好说话，要不人收获它时太轻省了。让你扎破手你才知收获来之不易，幸福是汗水浇出。麦子运回麦场，又要晾晒碌碡碾。麦子挣脱麦衣时就像婴儿挣脱了胞衣和脐带。麦场就像一个脱衣舞场，木锨簸箕筶筛风车齐上阵，没有一个环节可以合并、省略。脱了麦衣的麦子，光溜溜、赤裸裸、甜丝丝，但如果不及时晒干晒透，高温下的霉菌就如影随形，如果淋了雨，极易出芽，芽麦磨的面发青，蒸的馍发黏，擀的面糟得像鸡粪……一粒麦子，从备田、施底肥到下种，从浇灌到锄地松土，从追肥到除草灭虫，从收割到碾晒入仓，从磨面到做成熟食，要经过多少道工序才能吃到嘴里？农人有苦，麦子也可怜，种子有专利，农人种的麦子没有一丝专利。村上的老汉愤怒地说，这是啥鸟规程，叫制定专利法的人看看，哪一镰哪一锨哪一锄不是创新劳动，哪一年哪一季哪一料不是与天斗与地斗与人斗的！一斤麦子一块刚出头，苦力不算，刨过农药、化肥、种子、灌溉、机耕、运输，比冬瓜白萝卜的价都贱，怪不得城里人破吃烂扔，这简直是在作孽啊！

谁都知道，活着的一天就要靠麦子供养，饥年是什么，饥年就是地不产麦子和粮食了，地可以不产金子但不能不产粮食。人都知道，积存的麦子有多少，你的热能就有多少，你的寿命就有多长。麦子的生命历程是悲壮的。要经历霜欺雪打，风摧雨淋，就像一个农人的一生。

关中人是"弃"这个"谷王爷""麦王爷"拉扯大的，也是文王这个"锅盔爷""搅团爷"指教大的。周公庙每年的春季庙会上，农人叩头烧香最多的地方有两处：生育之神姜嫄和麦王爷后稷。拜前者是盼望人丁兴旺，拜后者是盼望能多产麦子吃饱肚子。如今风调雨顺了多少年，城里人对麦子没有了感恩之情，城里人以为面粉如黄土一样廉价。他们懒得做臊子面、裤带面，他们在吃食摊上解决着吃饭问题，也在悄悄改变着关中人的生活习俗和性格特征。

裤带面像条缰绳，把关中人紧紧地拴在家园。关中女子多少年前不嫁外地，男子多少年前从不外出打工，也是舍不下香得出奇的裤带面。关中人封闭僵化，难道是被这条裤带拴住了？

裤带面像一根筋，关中人也是一根筋。关中人倔犟忠厚，十头牛也拽不回，认准的事、认准的理一根筋绷到底。罪使关中人吃尽了苦头，尝尽了艰难。面对权贵不低头，面对邪恶不缩头，面对金钱不回头。关中人就是这德行，难道是吃了一根筋一样的裤带面，脑子也变成了一根筋？

裤带面像一根棍。硬硬的、长长的，是天下好吃难克化的食物。但关中人怯懦时会用它强筋，伤心时会用它挑愁，征战时会用它壮胆，高兴时会用它销魂。关中人身子硬朗得像一根棍，难道是这根棍让关中人成了铁棍？

关中人有一种风卷残云、大快朵颐、吞并八荒、囊括四海的气势，有一种急公好义、刚直不阿、化繁为简、不屈不挠的古风，是由于像腰带一样的面条在发酵着威力吗？

姑娘不对外

在陕西农村遇到新一轮"娶妻难"的当下，揣摸"陕西八大怪"中"姑娘不对外"的来龙去脉，一如出门遇上呛面风，夜行偏下瓢泼雨，不由得我叫难喊苦。

人间千万事，像地上的蚂蚁天上的星，数也数不清，若能一言以蔽之，我以为莫过于"生娃"为大！

有了娃，天地不寂寞，鬼神偷着乐。

有了娃，家家烟火旺，村村喜洋洋。

有了娃，月下多故事，村头儿歌飞。

"尿尿泥，捏娃娃，捏下娃娃画头发，捏个男娃骑大马，捏个女娃抱匣匣，男娃穿的红袄袄，女娃穿的绿褂褂，生下儿郎坐官衙，生下乖女住大厦，南瓜蔓长瓜连瓜，出将入相人人夸！"

娃娃是女娲老祖母用泥捏的。你看那个"娃"字，一个女人抓了两把泥土，揉几下捏几下，就神奇般地变成了会哭会笑活蹦乱跳的万千娃娃。

娃娃是用泥捏的，这话听起来有些离奇，不着边际，然而，天下生灵，哪个不是土里生泥里长的呢？男人女人若不是吃了带土的五谷沾泥的葱，哪能生下能说会道、吹喇叭抬轿的一堆堆泥娃娃！

男婚女嫁是人间第一簇文明星火。男女，自然造化，婚配，人性奔放，娃娃，百代兴旺。《周易·卦序》说：有天地然后有万物，有万物然后有男女，有男女然后有夫妇，有夫妇然后有父子，有父子然后有君臣，有君臣然后有上下，有上下然后礼仪有所错。有了人才有家，有了家才有国，有了国才有了礼。这不，伟人也在说："世界上的一切，人是最宝贵的，只要有了人，什么人间奇迹都可以创造出来。"

老陕说"耍娃娃"，世事耍的是娃娃，要是没娃娃，"新鬼烦冤旧鬼哭，天阴雨湿声啾啾"。没娃的日子才叫度日如年，欲哭无泪，缺娃的家庭才是茕茕孑立，形影相吊。

老陕"姑娘不对外"，到底是笑谈还是实情，打问许多高人，皆知其然不知其所以然，而我却隐隐约约觉得决非空穴来风，因为一个古老的民族，必有古老的传说、隐隐的伤痛。这个流传了上千年的颇有调侃讥讽意味的老陕一怪，难道任其一笑了之或以讹传讹吗？

古代关中有多少男、多少女？《周礼·夏官司马第四》这样记述古雍州的风物："正西曰雍州，其山镇曰岳山，其泽薮曰玄蒲，其川泾、汭，其浸渭、洛，其利玉石，其民三男二女，其畜宜牛、马，其谷宜黍、稷。"三男二女，放大了就是三百男二百女，三千男二千女，三万男二万女。这就说，老陕所处的雍州自古就男多女少，性别比例严重失调。男多女少，光棍满街跑，女少男多，瘸子腿拿棍括。光棍多，狗挨砖、牛挨鞭，四邻八舍不得安，孤儿寡母受可怜！

然而，没有礼节，就难免发生父夺子妻、弟占兄嫂甚至母子、兄妹、叔侄、舅甥等有伤风化的乱伦现象。天下归周，深谋远虑体恤民情的周公，第一次把建立新的婚配秩序纳入了国家制度，在官职中专门设立了"媒氏"一职。《周礼·地官司徒第二》载："媒氏，下辖下士二人，史二人，徒十人。"其职责是"掌万民之判。凡男女自成名以上，皆书年月日名焉。令男三十而娶，女二十而嫁。凡娶判妻入子者，皆书之。中春之月，令会男女，于是时也，奔者不禁。若无故而不用令者，罚之。司男女之无夫家者而会之"。这在说，媒氏主管百姓中的独身者。凡是男女出生满三个月取了名字的，都要在媒氏那里登记出生的年月和名字。男子三十岁一定要娶，女子二十岁一定要嫁人。凡是娶再嫁女子、收养再嫁女子带来的孩子都要登记。在春季的第二月，命令准备结婚的男女举行婚礼，如不具备结婚仪礼而结合的也不加禁止。如果没有什么正当理由不嫁不娶的要予以法令处罚，而到了结婚年龄而未成家的男女独身者，必须撮合他们成婚。从此可以看出，仁慈而智慧的周公对男女婚配这桩关乎民族存亡的大事是严肃认真、入情入理的，这是一个巨大的历史进步。

西周衰败，礼崩乐坏，整个国家婚姻秩序自上而下出现了严重混乱和倒退。而朝代更替，总是让早婚早育登场。到了宋元明清，指腹为婚成了时兴，娃娃亲抢亲之风甚至冥婚泛滥，少年成婚生子成了普遍风气，人口数量上升，质量却明显下降，到清末民国初，人均寿命只有三十五岁，国家也逐渐气息奄奄了。

阳坡暖洋洋，阴坡冷飕飕。男多女少，本为自然现象，可男子占有女子的多少，成了男子称雄与成功的价值标志，更加剧了婚配失衡的社会矛盾。有达官贵人妻妾成群的，就有旷夫怨女怨声载道的。所谓旷夫，指无妻的成年男子；怨女，指大龄未婚的女子。比如《仪礼》有纳采、问名、入告、告期、亲迎这五礼，这五礼像五道关卡，或因门不当户不对、礼不足言不和、龟兆瓦兆不吉、生辰八字相冲等，人为地把一些生龙活虎的男男女女晒到了干滩。如与颇通情理的《周礼》相比，《礼记·曲礼上》就生硬地规定"男女非有行媒，不相知名；非受币，不交不亲""取妻不取同姓"等，又人为地把许多情缘斩断。

一个"要"字，说明世上最要紧的事要有女人托底。男女相爱是人性的高潮，什么力量也阻挡不住。孔子说"师挚之始，《关雎》之乱，洋洋乎盈耳哉"，意思是从音乐大师挚的演奏开始，演奏到《关雎》结束，美妙动听的音乐充满了耳朵。《关雎》是什么？就是依据《诗经》三百零五篇首篇的"关关雎鸠，在河之洲。窈窕淑女，君子好逑"谱写成的音乐与舞蹈呀！男女青年爱到天昏地暗难舍难分，这是人生最快乐最美妙的时光，哪个君子见了不欢天喜地呢！大圣人为何把男欢女爱的《关雎》编在《诗经》第一，大概与他这个私生子不无关系。史载孔子父亲叔梁纥年纪大了却只有一个残疾儿子，心里不甘，未经明媒正娶，便与叫颜徵在的姑娘发生了关系并生下了孔子，这在礼教盛行的鲁国，是一件没有脸面备受指责的事，日后也成为他人攻击孔子的一个把柄。而生在谁家，哪能自己选择。后来孟子为先师找到了一面体面的集矛与盾于一身的挡箭牌——"不孝有三，无后为大，舜不告而娶，为无后也，君子以为犹告也"，才把先师从"人言可畏"中勉强解脱了出来。

一个"妙"字，也让圣人对姑娘高看一眼。陕西是西周的"王化"之区，也是《诗经》的"诗教"之地。粗略了解《诗经》中八十五篇关于爱情的篇章，对理解"姑娘不对外"这个貌似简单实则深远的话题有着开门见山的启示作用。如祝贺女子出嫁，盼望家庭和睦生活幸福的《桃夭》；反映一位少女有感于青春易逝，希望早日和追求她的男士结合的《摽有梅》；记述丈夫另有新欢，妻子幻想他回心转意但终于失望的《汝坟》；诉说自己不得丈夫宠爱，倍受群小欺侮，深感痛苦和忧伤的《柏舟》；刻画一位女子与一男子恋爱、结婚继之倍受虐待，最终惨遭遗弃的《氓》；赞美女子身高体壮，希望像椒树一样能多生孩子的《椒聊》；记录男女可望而不可即的《蒹葭》；有男女幽会一方却负约不至的《东门之杨》；女子出嫁异国遭到遗弃，回到娘家谴责丈夫喜新厌旧的《我行其野》；有女子思念故乡父母，却不能回去，心里十分苦闷的《泉水》；女子思念情人火烧火燎的《子衿》……这其中有贵族青年的热恋，有女子追求男子夜不成眠、希望和他形影不离，也有男子对女子山盟海誓忠心不二，更多的则是平民男女的期盼、忧愁、怨恨和血泪控诉。应当注意，孔子删编此类诗篇，也没有丝毫回避乱臣贼子的荒淫无耻，反而以《新台》《鹑之奔奔》，无情揭露了卫宣公强占儿媳为妾、妾又与公子通奸的野兽行径，以《南山》抨击齐襄公与鲁桓公之妻文姜即自己同父异母的妹妹通奸，以《敝笱》《载驱》讽刺鲁桓公放纵文姜与齐襄公通奸，招摇过市不知羞耻。这一点，应该是我们读懂孔子不畏强权追求正义的又一侧面。

陕西人爱说古，说古少不了家长里短对号入座，娶妻嫁女的担忧必是其一。上面这些大多发生在东方南方的婚姻故事，也把民风淳朴、忠厚本分的陕西人吓得不轻，于是倔犟的陕西人作出了最主动也是最保险的选择——姑娘不对外！

老陕把"姑娘不对外"喊得震天响，看重得像祖坟、像界墙、像命根子，这不是狭隘自私，不是保守自封，也不是雷声大雨点小或待价而沽，而是老陕脚后跟缺女人。

一个"好"字，一女一男，有女有男，形象、生动、逼真地道出了人间最美的东西才叫"好"。缺女人就缺娃娃。有人说男多女少是多吃小麦的原因。在中医药典中，小麦也是一味药，味甘，性凉，归脾，入胃经，性凉的东西是否对阴阳二气即男精女血造成生育影响，不得而知，如此坊间传言尚待科学证明。而有一点雪上加霜的原因就不得不提，这就是封建制度对女子的占有剥夺，朝代更替、战争掳掠对女子的摧残，以及重男轻女、产妇死亡对人口影响的恶性循环。

　　一个"宴"字，也昭示女人是大办宴席的幕后英雄。离开女人，不说王宫，普通男人想吃上热汤热饭也不易。毫无谴责之意，西周周王有六个寝宫，每日有六食、六饮、六膳、百羞、百酱、八珍，主食用六谷，肉食用六畜，蔬菜用一百二十种，烹调的方法有八样，酱类要备一百二十瓮，其中这要占用大量的侍女奴婢，分属于主管饮食的膳夫、主管杀牲的庖人、主管烹煎的内饔、负责祭祀的外饔、掌管鼎和锅的亨人、捕捉野兽的兽人、捕鱼的渔人、猎取甲壳动物的鳖人、掌管干肉的腊人、掌酒的酒正、掌管浆洗的浆人、主管收藏和供给冰的凌人、掌管六宫洒扫的宫人等数百个职位，除了王后、夫人、九嫔，还有王公贵族的三公、六卿、大夫、群吏，身边也占有大量妇女。什么治国之六典、治官之八法、治民之八统、使民之九职、征财之九赋、收纳之九贡，还有宏大的吉礼、凶礼、宾礼、军礼、嘉礼仪式与繁杂的种种仪礼，一个庞大的国家机器要日夜运转，哪个环节哪个部位都少不了妇女的付出。何况西周贵族结婚，要新娘的妹妹、侄女等一大帮女子随嫁，愈加加重了社会男女比例的失衡。"梨园弟子白发新，椒房阿监青娥老。"后来唐朝的三宫六院七十二妃三千佳丽，搜罗天下美女不说，还占有多少民间女子去服侍她们呢？关中盘踞过十三个王朝，宫女、侍女用量之大可想而知，"近水楼台先得月"，皇城底下光棍多。关中女子中稍有姿色者，肯定躲不过达官贵人锥子般的眼睛，像"拉壮丁""拔萝卜"似的被搜刮一空。这是造成关中男多女少的因素之一。

　　人们只记得关中有十三朝古都之美誉，却忘了这也是关中的十三场灭顶之灾。仅以唐朝为例，皇后以外另设四妃即贵妃、淑妃、德妃、贤妃，九嫔即昭仪、昭容、昭媛、修仪、修容、修媛、充仪、充容、充媛，正婕好九人，美人九人，才人九人，御女二十七人，采女二十七人，一后一宫，一妃一殿，侍女成群，奴婢无数。而战争年代，哪一场战火，受害最多的都是手无寸铁的女子。男人前方守边打仗有多苦，后方女子里里外外一把手，更是倍加辛苦，累死饿死的更是不计其数。

人们只记得西汉北击匈奴开疆拓土的辉煌战果，却忘了和亲计策之下女子的眼泪与屈辱。汉初与匈奴交恶，刘邦差点也被冒顿俘获于大同，亏得重金买出了一条逃生路。此后，汉朝以和亲方式示弱求和。穆涛先生将和亲称为"倒悬"，称为"偏瘫"，称为"跛脚"，当汉朝娇滴滴的公主嫁到"风悲日曛、蓬断草枯"的异国，当羞花闭月的王昭君、蔡文姬嫁到"黄沙茫茫、鸟飞不下"的他乡，想必是笑的笑来哭的哭。用美女换和平，犹如用止疼片治癌症。唐初立，为了边疆稳定、百族和睦，唐太宗把妹妹衡阳公主嫁给突厥处罗可汗的儿子阿史那社尔，把弘化公主嫁给吐谷浑可汗诺曷钵，从而缓解了唐朝和突厥、吐谷浑之间的冲突。后来吐蕃进犯，声言"公主不至，我且深入"，唐太宗忍痛割爱，妻以宗室江夏王李道宗之女文成公主进藏。安史之乱，唐朝借兵于回纥，唐肃宗许诺，克城之日，土地归唐，而金帛、女子都归回纥。安史之乱，全国户口从九百零六万户锐减到二百九十余万户，真到了"天下百姓，哀号于道路，逃窜于山泽。夫妻不相活，父子不相救"的残败景象。

人们只记得陕西女人生育能力高，却忘了生娃的危险。在医药不发达的古代，妇女妊娠与生产的死亡率相当高，婴儿的死亡率一般在百分之三十左右，受封建迷信思想影响，女婴的死亡率更高。据网间资料，东汉的人均寿命二十二岁，唐代二十七岁，宋代三十岁，清代三十三岁，所以诗人才说"人生七十古来稀"，民间把"四世同堂"看成神仙之乐。

陕西的"姑娘不对外"，牵出了这么多的芝麻谷子，是我没有意料到的，更想不到的是，男女平等，婚姻自由，一夫一妻，竟是中国万千家庭的一个梦，与中华民族实现伟大复兴的中国梦紧连在一起。早在一九三一年，身为中华苏维埃共和国临时中央政府主席的毛泽东，就签发了史无前例的《中华苏维埃共和国婚姻条例》，为废除封建婚姻制度、解放妇女破开了冰山一角。一九三九年，毛泽东专为延安出版的《中国妇女》杂志而作的《四言诗·妇女解放》，又一次吹响了妇女解放的号角。新中国成立不到七个月，在医治战争创伤百业待举，有多少大事多少棘手难题急需处理面前，迅速制定和颁布了第一部法律《婚姻法》。这部《婚姻法》，是新中国的第一张名片，是荡涤旧社会包办、强迫、重婚、通奸、卖淫以及虐待妇女、贩卖妇女、遗弃女婴等污泥浊水陈规陋习的第一声惊雷。从此，中华民族才第一次走向了崭新的婚姻天地，而"妇女能顶半边天"，也成为古老中国的新气象。但是，深受缺乏女子熬煎的陕西人仍忘不了祖辈的伤痛，依然警惕地把"姑娘不对外"挂在嘴上、搁在心上。

四川人嫁女，千里万里也行。河南人嫁女，五湖四海也中。陕西人嫁女，村东移到村西。若是谁把姑娘嫁到十里八里外，就少不了听到风凉话："真是身上不痒，硬逮上虱子咬哩！"

"姑娘不对外"，是陕西八怪之中的最怪一例。在我的家乡，不论走到哪个村子，不难找见沾亲带故的"七大姑八大姨"。我走到哪个村子，都有人给我管饭，我要是个游狗，也总有人扔块骨头让我啃，因为按照"亲戚谱"，我可以游逛三年也不会住旅店。我那个叫京当的老家出青铜器，周王爷埋下不少宝，一镢头下去不小心就能挖出一堆窖藏。由于这个缘故，两次撤乡并镇，两任市长都让这个镇兼并了另外两个大镇，这个镇能存活下来是沾了青铜器的便宜。可你要是不小心，一镰会搂到人际关系的藤蔓上，一串瓜都是一窝亲戚。所以，在关中乡间说句骂人的话会伤十几家人，打一只咬了人的狗、啄了谷穗的鸡，也会将乡间搞得乌烟瘴气。在关中乡间，你得低调做人、忍气吞声，你得尻子上长眼睛当个老好人，你得诚惶诚恐把舌头调顺和说话，一句话说不好你就成了鸡嫌狗不爱的"众人恶之"，一件事办砸了你就成了谁见谁翻白眼的"滚刀肉""咬断巷"。关中乡间的病态锅盖、是非秤砣，全在亲戚关系上。关中人把女儿嫁在本乡本土，实际上是下围棋，棋子越布越多，关系网越织越密。关中人把女儿嫁在本乡本土，也是像胡蜂一样在织硕大的"人头蜂巢"。我的娘姨生了四个女子，在上个世纪六七十年代她们挨个长大了，媒婆也像经纪人推销紧俏产品一样为她们找主家，姨夫家是地主成分，媒婆想姨夫肯定要将女儿嫁给贫农家，可姨夫却把女儿嫁给了地富家。姨夫说，嫁给这些人家娃不受苦，家里还有没挖出来的银圆。村干部劝道，你这是死不悔改也永远不得翻身，可姨夫却铁了心。没过多少年，这些人家都摘了帽子，个个女子一家比一家过得好。邻村的刘得权，生有三个女儿，个个长得好看，全嫁给政治上有前途的小伙，老大嫁县造反派头头，老二嫁公社副主任，老三嫁一领导公子，没过多少年女婿都是"三种人"，由过去大红人成了落汤鸡。关中乡间全是团团伙伙，一家和一家吵架骂仗，就成了几十户与几十户的开仗，一家和一家的友善示好就成了几十户对几十户的攀亲，莫名其妙的事就有了"啦啦队""亲友团"。这个女人生一堆儿女，世世代代生下去，一人在家门口就有了几百人的子子孙孙。一些村子出呆子、出瓜子，实际上是亲戚套住了亲戚，有血缘关系的人结合在了一搭。隔了多少代人，明里暗里的亲戚盘根错节，谁也记不来分不清了，生下"歪瓜裂枣"就不奇怪了。在这方面，外国人和少数民族就比我们聪明得多，他们的名字虽然长，但却打上了爷爷爸爸及祖上徽记，不会乱套也避免了近亲繁殖。

关中人就地嫁女，关中人很少离乡谋生。在关中人看来，四种女子才嫁到远方去，一是品性有了问题，本地人知底细，嫁不出去。有些女子婚前不检点，以至于生下娃被父母捏死，埋在壕沟内。我的邻村刘家庄就有这样一个姑娘，没结婚却生下了娃，大人把娃活活捏死埋在沟中想让狼吃掉。可狗却把死娃叼到她家门口，天一亮全村人都围着看稀奇，家人从此也抬不起头。大人们说，狗认得是哪家女人生的娃，狗觉得娃娃可怜，想让这家人养下这娃，可狗却不识世事，把这个姑娘给毁了！《白鹿原》中的田小娥，是一家大户人家财东用来"泡枣"的工具，长工黑娃从高高的椿树上爬进她的房中翻云覆雨，事情败露后田小娥这个二房被休了，父亲就把她嫁到远方去，不仅不要彩礼，还要贴赔几百块大洋。二是父母有劣迹污点，声名狼藉，乡人怕女子是坏苗苗带坏家风，女子大了无人上门提亲，只好嫁到外地。或女子患有怪病，乡邻都知道底细，只好嫁外地蒙混过关。三是父辈定下娃娃亲，酒热耳熟之际许下诺言，女子不情愿也得嫁。四是遇到战乱或饥馑年，讨饭途中看哪家光景好，换几斗麦就给了人家。除非以上情形，关中人是女子不嫁外地的。

关中是麦囤子、油缸子，一马平川，风调雨顺，便于耕作，很少有饥年荒年。东函谷、南武关、西散关、北萧关，终南重峦叠嶂、陇山岩壑纵横、太华高耸入云、梁山绵延不绝，四周是铜墙铁壁。盆地内从西往东排列着和尚原、石鼓原、积雍原、七里原、铜人原、乐游原、凤栖原、白鹿原……原顶皆平展展、一望无际。日头从东边地平线探头，像红铁球似的滚下西边地平线。关中光照充足，关中人把太阳叫"爷婆"，"爷婆"让关中的土地吸吮着饱满的乳汁，这原那原都是聚宝盆。关中人西登陇坻，徘徊瞻顾辄起悲思，南赴巴蜀，如登天梯命悬一线，再看东边的山西沟壑连绵、河南黄河多灾，北边的甘肃宁夏干旱少雨，十年九灾。左看右看，都不是嫁女儿的好地方，权衡来去，只有守着故乡最稳当。

关中人心肠好，面情软，虽有重男轻女的理念，但把女娃还是当成心肝宝贝，当成娘身上的一块肉。把娃嫁给外地人，最难的是不知底细，怕上当受骗，音信难通，怕姑娘受气。婆媳关系很难处，夫妇关系易生变，把娃嫁得那么远，女儿受了气没个诉苦的地方，便上吊、跳井、寻短见。嫁得近，还有娘家这个靠山，受了气回娘家也有诉说的地方。过去的女人回一趟娘家是很作难的一件事，公婆一听媳妇回娘家，就会拉下脸，女子要找好多理由才能回趟家。一曲《想娘家》的歌谣道尽了其中辛酸："一骨轮蒜，二骨轮蒜，父母把我给在长安县，想来不得来，想去不得去，挟着包包哭着来，走到门上见我爹，爹爹打我一木锨，走到书房见我哥，哥哥写字不理我，来到绣房问我嫂，嫂嫂说我太啰唆。"娘家人想女儿但又怕亲家不高兴，见了女儿也变得冷酷无情。

中国在相当长的时间交通不发达，出行靠步行，驴呀马呀硬轱辘车就是上等人家的交通工具，路上还会碰到杀人越货的响马贼，等路充饥的狼虫虎豹。姑娘嫁到外地，是死是活，音信全无，有些一辈子也攒不够盘缠，鼓不起勇气。爹死了，娘没了，也赶不回去吊孝，不要说父母有病、家中生变。

女孩是见风就长的命，先是长出了一对羊角辫子，后是长出了一对奶子。到了十七八岁，就像一树绽放的桃花，谁见谁爱。而此时的父母生怕有个闪失，便急于把她嫁出去。几杆唢呐欢快地吹着，一顶轿子落地，姑娘就成了泼出去的水。昔日媒婆也按照礼数走东家串西家，若看谁家客厅供桌上放着"镜、秤、尺"三样东西，就知道这家急着给孩子找对象。镜子预示着主家心明若镜，媒人说媒不可撒谎；秤和尺表示主家严守规矩，也会精打细算过日子，提醒媒人要把好尺寸轻重，双方要门当户对。媒人问名换帖"开八字"，无非是"鼠羊相逢一时休，不叫白马见青牛，金鸡莫与犬相见，兔子见龙不长久，猛虎见蛇如刀切，金猴见猪泪交流"的迷信口诀，这也往往把一对美满婚姻拆散。"纳征"就是一锤定音了，向女方送去贵重礼物，周代时为帛五匹、鹿皮两张，征是成的意思。"请期"就是选择了黄道吉日。"亲迎"就是迎亲。周礼规定新郎于黄昏时乘漆车前往女方家迎娶，故而结婚为"昏礼"。送女出门，新娘父亲郑重地对新娘说："一定要恭敬从事，从早到晚，都不能违背公公婆婆意志。"新娘母亲小心叮嘱道："要努力，要小心，白天黑夜都要恪守妇道。"迎新娘迎进门，要经过"共牢而食""合卺而饮"的程式。次日清晨，再拜公婆。"黾勉同心，不宜有怒"，"忘我大德，思我小怨"，《诗经》上的这些爱情诗句，表明周人希望夫妻和睦，甘苦与共，反对喜新厌旧，反对忘恩负义。

周公制定的婚礼程式被关中人沿用至今，肯定有着伦理道德方面的约束力，也有着互敬互爱的正能量，更有着热闹庄重的趋从性，还有着从俭办事的好风尚。

陕西"姑娘不对外"的铁幕，已被改革开放的巨手所撕碎。如今的关中女子走南闯北四处打工，不仅嫁到外省也嫁到外国。岐山友人余安林的丫头就嫁给一美国小伙。回家办婚事时，宴席桌上听乡人把丈人爸唤"我儿"，以为是亲热的称呼，也学说汉语把丈人称"我儿"，把人笑得前仰后翻。蒲城有家三姊妹去河南打工，都嫁给开封人。三个新郎每年春节要拜丈母娘，丈母娘也说起了醋溜河南话。陕西姑娘走出去了，她们知礼仪、很勤快，过日子不胡花钱，对丈夫知冷知热，很快成了"抢手货"。而"杂交优势"将使后代更聪慧更健壮更美貌。过多少年，全球选美大赛上一定会有陕西姑娘抢得冠军。

"生男生女都一样，女儿也是传承人"。生娃，不是一家一户的私事，是关系到民族和国家繁荣昌盛的大事大政，是关系到千秋万代的基本国策。说起"姑娘不对外"的老话题，也想到落后的传统观念利用先进的医学科学非法鉴定胎儿性别，加剧了性别危机，同时，遗弃女婴、盗抢贩卖婴儿与妇女的违法犯罪行为也成为一大社会公害。如今乡间，小伙娶不到媳妇者甚多。姑娘越发值钱了，陇县彩礼由四五万元飙升至一二十万元，过去是"姑娘不对外"，现在却是"姑娘不对内"。"不对外"，人说怪；"不对内"，谁流泪？党的十八届五中全会决定全面放开二孩政策，这是万千家庭的福音，相信再过几轮人口年轮，男女比例失调的社会问题得到较好解决，哪个老陕再要顽固坚持"姑娘不对外"，那真是稀奇古怪了。

帕帕头上戴

　　手绢、手帕，也叫帕帕、盖头、手巾，论样式平展展轻飘飘，论质地劣纱粗布或边角余料，论色调并非斑斓，顶在头上大不了遮风挡寒洗脸擦汗抹眼泪，似乎与审美、与艺术、与生活方式尤其与陕西厚重的历史文化积淀没有什么深层联系，要想给一方微不足道的帕帕唱一曲勺水兴波、载歌载舞的赞歌，无异于给蚯蚓绾笼头，给蟋蟀戴耳环。一些老先生听我打听"帕帕头上戴"的来历，猜测我要给帕帕"下刀子"，几乎不谋而合地劝告说，陕西的古物、民俗多成了马，写啥都能写得风生水起，但一方帕帕，没鼻子没眼，没胳膊没腿，没亲戚没邻，能弄出啥名堂！

　　是的，陕西这片热土诞生的是炎黄老祖，哺育的是周秦汉唐，盛产的是人文瑰宝，打造的是旷世奇绝。天下男儿女儿，只要脚下沾了陕西的泥土，就神奇般点燃了血性激活了灵性，用草药击退了狼虫虎豹，用种子叩开了大地之门，用肉眼丈量了银河北斗，用诗歌倾诉出喜怒哀乐，用青铜浇铸成镇国神器，用砖石砌筑起万里长城，用锄镢凿开千里运河，用针线编织出丝绸之路。盛唐之前的数千年，陕西是中国的"硅谷"世界的"智库"。此后一千多年，过劳的陕西也累倒了歇息了，王权东渐，国运亦衰，个个老陕开口闭口"挨刀的""窝囊废""倒财货"，数落主昏臣暗，百姓跟着受恓惶。老陕造过八挂车、撑过万民伞，依然怀揣着生憎冷倔、急公好义的脾性，如大旱之望云霓，企望着老天重抖擞、降人才。盼星星，盼月亮，终于盼来了万里崎岖到达陕北的毛泽东，三秦才得以新生，国脉才得以重振。百姓说，陕西风脉怪，出帝王、埋皇上，炎帝陵在陕西，黄帝陵在陕西，中国的根与魂在陕西，中国革命也得照样讲"天时地利人和"。自古至今，咥天下实活、人间大活，非经陕西"直道、甬道"难以成就。而一方帕帕，与热闹非凡的斗鸡走狗斗蛐蛐装神弄鬼相比，连鸡毛蒜皮都算不上！

　　自信的陕西人，乐呵呵地把"帕帕头上戴"列入了自己的八大怪，假若不是有"打断骨头连着筋"的原委，恐怕像一张祭祀的烧纸早就灰飞烟灭了，由此我想，一方帕帕的丰富内涵并不像它的颜色式样那样浅显，也有不凡的来路，说不准它与房子偏偏盖、面条像裤带、姑娘不对外一样，有着深厚的独特的文化渊源。

衣着穿戴，怎样打扮自己，从来不是一件随意的事情，也不单纯是个人的爱好与自由，而是国家与社会发展到一定阶段的必然产物，是一个民族的地理环境、精神趋向、社会分工与区别于其他族类显著的文化标识，是民族的想象力、创造力与美好追求的最简明的符号。

中华文明既是"从里到外"的精神文明，也是"从头到脚"的物质文明，无不彰显着"内圣外王""谦谦君子""中规中矩""天人合一"的文化境界。这种高贵华丽、绚烂多姿的服饰文化，起源于黄帝与他的元妃嫘祖的创制。《史记·五帝本纪第一》以"时播百谷草木，淳化鸟兽虫蛾"，赞颂黄帝与元妃嫘祖教民养蚕、缫丝、织锦的无量功德；以"其色郁郁，其德嶷嶷。其动也时，其服也士"，歌唱帝喾端庄和悦、品德高尚、行合时宜、衣着俭朴的王者形象；以"黄收纯衣，彤车乘白马"，记述了帝尧戴着黄色的帽子穿着黄色的衣服，坐着白马拉的红车时的高洁与尊贵。曾子云"慎终追远"，帕帕的一丝一缕来头不小！

效仿自然利用自然，以自然为师以自然为美，是中华民族与自然和谐的生存智慧。《后汉书·舆服志下》载："上古穴居而野处，衣毛而冒皮，未有制度。后世圣人易之以丝麻，观翚翟之文，荣华之色，乃染帛以效之，始作五采，成以为服。见鸟兽有冠角髯胡之制，遂作冠冕缨蕤，以为首饰。"翚（huī）、翟，指有五彩羽毛的雉，也就是雄性锦鸡，冠、冕，即今日的帽子、帕帕。你看，光滑柔软的绫罗绸缎，珠光宝气的王冠凤冠，优雅谦和的长袍短裤，一针一线绣满了飞龙凤凰、仙鹤喜鹊、神龟蝙蝠、猛虎雄狮、麒麟麋鹿与日月星辰、山川河流、汪洋大海、奇花异草，哪一样都盼望借助自然的神妙与伟力，哪一样都充满了创造与生机，哪一样都饱含着祥瑞与喜庆，描龙画凤呀，披金挂银呀，大红大绿呀，本不是什么奢侈，不是什么挥霍，而是给自然的献礼、对祖先的歌唱、向异族的宣示，在这五光十色的背后，则是一个民族拥抱生活、向往和平的无限憧憬与埋头苦干、祈求吉祥的美好向往。

白云乌云是天空的帕帕。

树木森林是大地的帕帕。

月亮星星是黑夜的帕帕。

百花野草是孩子的帕帕。

不说帕帕便罢，说起帕帕，打开史书，走进陕西，果真帕帕像彩云、像紫燕、像喜鹊、像麻雀一样漫天飞！

帕帕不是妇人的专用饰物，它的古名叫冠叫冕，它的族类叫幞头、罗帕、方巾，或叫幂篱、帷帽、兜鍪（móu），是百官万民包裹头颅的护具，也是美化形象的装饰，像成语里的冠冕堂皇、整冠纳履、黄冠草履、衣冠楚楚、高冠博带、凤冠霞帔、华冠丽服等等，个个都是"正衣冠""知兴替""明得失"的大事，只是到了近代，统称为帽子、帕帕罢了。

《周礼》是中华民族第一部真正意义上的国家大法。国家机器要良性运转，贵在"设官分职，以为民极"。官员分工明确、职责清晰，百姓就勤奋上进，世风就清正淳朴。没有规矩，难以方圆。没有服饰礼仪，国王百官百姓军队都一式穿戴，既有违客观实际，也难以建立良好的社会秩序。于是，周公制礼，专门设立了二十多种纵横交织于天官、地官、春官、夏官、秋官和冬官的官职专责服饰。比如典妇功，主管教导和督促妇女纺织；典丝，主管丝线丝绢等丝织物；典枲，主管麻制品和麻草等原料；缝人，掌管缝线之事；染人，主管染丝帛；屦人，主管王和王后服饰匹配的鞋子；追师，主管王后头上的各种饰品；内司服，掌管王后的六种衣服，准备九嫔和宫外宫内命妇头上的各种饰物；宫伯，掌管嫡子和庶子，兼管按照季节分发给他们的衣服；司裘，掌管负责制作黑羔皮衣，进献良裘等皮革之事……特别是司服一职，掌管王的吉凶衣服，祭祀昊天上帝五帝的，穿大裘戴冕；祭享先王，穿衮袍戴冕；祭享先公，穿鷩（bì）戴冕；祭祀四方和山川，穿毳服戴冕；祭祀社稷、五祀，穿希服戴冕；祭祀风神雨神以及山川百物之神，穿玄服戴冕。凡有战争之事，穿戴浅红色的衣帽，上朝听政，穿白布衣戴白鹿皮帽，参加出猎；穿缁布衣戴皮帽，参加丧事，穿戴丧服丧冠。而弁师一职，则专管王的五种冕，冕的外表是玄色，里子是朱红色，有綖（yán）有纽，用五彩丝绳作旒，旒共十二根，每根都是五彩齐备，上面缀着十二颗五彩玉，配着玉笄和朱色的系冕丝绳，并对诸侯和孤卿大夫的冕，根据尊卑等级配备。还要有专门捕捉野兽的幂氏，捕捉冬天野兽的穴氏，捕捉猛禽的翨（chī）氏，掌管一切有关金、玉、锡、石、丹砂的职金等等，由此可知，每件衣帽，从采料到制作，从使用到管理，一举一动，都在张扬着国体国格，一表一里，都在强调着礼仪礼节。

西周有多少帕帕作坊、帽子工厂不得而知。一顶王冠，披金挂玉，令人目不暇接，一顶凤冠，描鸾刺凤，令人眼花缭乱。王有冠，公有冠，诸侯有冠，贵族有冠，士人有冠，这是一条从原料供应到精细加工的产业链条，也是一条标明身份与维护尊严的制度链条，若是谁"凉房底下戴高帽""初一十五借帽盖"，那一定是要受到法令制裁与众人耻笑的。

到了汉代，为官者的"帽子戏法"更为繁杂，有冕冠、长冠、委貌冠、爵弁、通天冠、远游冠、高山冠、进贤冠、法冠、武冠、建华冠、方山冠、巧士冠、却非冠、却敌冠、樊哙冠等等，到了唐代，天子的衣帽有大裘之冕、衮冕、鷩冕、毳冕、玄冕、通天冠、缁布冠、武弁、弁服、黑介帻、白纱帽、平巾帻、白帢等。人的制高点是头，头的制高点是帽子，一个人赤身裸体却戴着帽子，人们要骂作神经病，帽子底下有了衣裳、鞋子、袜子的互相搭配，帽子才能显示出自己至高无上的地位，才能叫衣帽齐整。看看制作衮冕的纷繁讲究，我们就不难懂得如何突显一顶帽子的"威严与荣耀"了："广一尺二寸，长二尺四寸，金饰玉簪导，垂白珠十二旒，朱丝组带为缨，色如绶。深青衣纁裳，十二章：日、月、星辰、山、龙、华虫、火、宗彝八章在衣；藻、粉米、黼、黻四章在裳。衣画，裳绣，以象天地之色也。自山、龙以下，每章一行为等，每行十二。衣、褾、领，画以升龙，白纱中单，黻领，青褾、襈、裾，黻绣龙、山、火三章，舄加金饰。"

与任何事物一样，帕帕也历经了由简到繁再由繁到简的演变，也吸收了其他民族的文化音符。关中人的服饰，也是民族融合的结晶。唐代胡人来长安出使、求学、经商、传道者颇众，奇装异服十分炫目，朝野也纷纷模仿，刮起了胡服、胡帐、胡床、胡饭、胡笛、胡舞时尚之风，一种襟窄袖小的胡服成了显示新潮的"洋装"。花蕊夫人曾在一首《宫词》中写道："明朝腊日官家出，随驾先须点内人。回鹘衣装回鹘马，就中偏称小腰身。"同时胡人的化妆术也流入长安，黑膏涂唇、头发推髻也在民间很风行，花里胡哨的帽子和头巾也在关中得以普及。

官有官帽，民有民服。《新唐书·志·车服》洋洋洒洒记载着皇帝皇后太子王公与百官的车服标准，但对平民的穿戴只有寥寥七个字："庶人婚，假绛公服",假指借用,绛指红色,此类公服是官阶较低者的服饰。封建社会官贵民贱,官分三六九等,民则是"一鞭子赶的羊"。而结婚是人生大喜事,穿戴装扮,难免"僭越"礼制,是故法外开恩,准许新郎在结婚之日穿用红色官服,假借显贵身份,以添喜庆,人称其为新郎官,这便是无爵无位的新郎官的来历。平民结婚可穿官服坐官车,如大姑娘坐花轿,一辈子就这一回,是谁有这份礼遇,都会感恩戴德、山呼皇恩浩荡的。看看这些,平头百姓不戴帕帕戴什么!

凡戴帕帕,不只是标明地位,也是重要的养生保健之物。大家知道,头脑是人的司令部,是军机要地,尺寸之地,布满视觉、听觉、嗅觉、味觉、触觉的敏感元件,但却"高处不胜寒",也没有重兵把守,最容易招惹贼头贼脑的歪风邪气。头昏脑涨,头痛脑热,必然心烦意乱,六神无主。早在黄帝时代,人们就发现人体是一个小宇宙,与大宇宙的亿万零件一样,有着自己的运行规律,其中的脉络与穴位,就是指挥与影响人体机能的百官机构。百官中有一个"一人之下万人之上"的宰相,人体也有一个起指挥和控制作用的百会穴,百会穴位于头顶之巅,别名"三阳五会",意为百脉于此交会,归属督脉,专督军令畅通,护卫内外秩序,因此百脉之会,主治百病。若是百会受到邪气侵袭,就难免监而不督甚至失职渎职,七灾八病就乘虚而入。而帕帕就是百会的"恒温器",热天隔热,冷天挡寒。头部还有一个穴位叫囟会,俗话叫囟门,婴儿出生,脑颅骨还没有闭合,所以人们总是给婴儿头上缠裹一方帕帕,生怕受风着凉。像老人年高体衰,阳气不足,总是喊叫头凉头冷,包上一方羊肚手巾或帕帕,则足以帮助安神定志、升阳举陷、延年益寿的。同时,祖先为了子孙康健,还对头部数十个穴位作了"顾名思义"的命名,如天窗穴,主治中风;风府穴,主治眩晕;头维穴,主治偏头痛;神庭穴,主治失眠;本神穴,主治癫疾……特别是生产后的妇女,气血两亏,毛孔大开,弱不禁风,若没有一方帕帕阻挡寒气,落下"月子病",一辈子不得安生。

"身体发肤,受之父母,不敢毁伤,孝之始也。"虽然时代进步,但保护"首脑"、装饰"首脑"仍是"重中之重"的"头等大事"。除了军警与执法的戴着专用帽子,危险工种戴着安全帽,大多官员皆"丢了帽子",以"留洋楼"为美,城里女子的帽子中西混杂,唯老农不但保留着"把头包严了，小心着凉"这个养生的老传统，还指教小孩要懂得"欺人不欺帽，欺帽爷发躁"与"帽子歪歪戴，猪嫌狗不爱"这样的做人常识，谁若在旁人头上动手动脚，必定被人斥不懂规矩，自己反戴帽子或歪戴帽子，也会让人心生厌恶。而深知养生奥秘的农妇，更把婴儿头上的帕帕，看成比连心锁、猫娃鞋、老虎枕更神气的"保护神"。

我小时的关中乡间，土色房黑色衣是主基调，唯顶在头上的白毛巾蓝帕帕花帕帕格外豁亮。顶帕帕往往是二三十岁以上的女人装扮自己的最好道具，犹如今天城中女人提手提包一样讲究。四十岁左右的女人头上顶的帕帕有黄有绿有蓝，已是很扎眼很绚烂的，让人感觉到留住美貌的紧迫感。五十岁以上的女人头上顶的帕帕以白黑两色为主，朴素庄重。女人顶帕帕，上了年纪的男人也不甘落后，就把羊肚毛巾裹在头上，腰上再缠丈二长的白布腰带，一身粗布黑衣在白毛巾白腰带点缀下，也增添了几分老仙翁般的慈祥。

爱美之心人皆有之。昔日农人日子艰难，过年一般就是白菜豆腐蒜苗红萝卜。别说添置帕帕，就是买包火柴也要抠算几天。日子过得这样紧巴，买个手帕当然要列入家中的"财政预算"，女人们从卖鸡蛋钱、卖药材钱中一分一分抠，所以手帕是很珍贵的。汽油打火机时兴那阵，寻汽油成了头痛事。邻村一小伙在部队当运输队小排长，从秦岭往西安运货，绕道看看父母，回村后让父亲站在车厢像夸状元一样转乡，父亲穿上儿子军绿色大衣神气得像首长阅兵，逢人"他二叔他三姨"频频打招呼。到了晚上，想讨点汽油的村人排成长队，儿子用细皮管往瓶中抽油，父亲端灯站在一旁给他照亮，可碍眼的瓜皮帽滑落了，父亲想护住帽子，没想到油灯引燃了油箱，轰的一声瞬间烈火冲天，卡车成了碎片。小排长犯下大罪，被劳改多年。那时没有卫生纸和餐巾纸，手帕也是吃过饭擦油嘴揩汗渍的文明品。一些上了年纪的人只顾抽旱烟也就不买手帕，鼻涕涎水抹在袖子上起明放光，青年人一看就远远躲开。别看这方小帕帕，用处可大了，也标志着讲卫生、讲文明的程度。关中虽文明之邦、教化之地，但穷困年代只顾填饱肚皮哪顾上讲卫生了，这也应验了"仓廪实而知礼节"。但贫困挡不住爱美的脚步，犹如《白毛女》一戏中，穷困的杨白劳过年要给喜儿买上二尺红头绳驱走寒酸一样。所以，"帕帕头上戴"是关中女人在贫困年代爱美之心的折射。关中女人把屋子收拾得干净利落，把自己打扮得乖巧可爱。她们在田野劳动时或摘一朵野花插在头顶。她们对生活抱有信心，这种闲情逸致，看起来有些苦中作乐，但这正是天下女性爱美之心的自然流淌。她们把细碎的美装在心中，窗格上的剪纸，鞋垫上的花鸟，枕头上的飞边，灯曲罐上的造型，面花上的涂彩，虽都是细碎之美，然而却是天然之美、质朴之美、阴柔之美。这么说来，头顶帕帕虽平淡无奇，但却与给羊脖子拴铃铛、给牛犄角绑红绸、给自行车车头上插鲜花一样，总能给人一种生活的希望，也衬托出关中女人的细腻与精明。

近代有了洋布，洋布的平整鲜艳让女人们叹为观止，如获得了一块温润的宝玉爱不释手。俗话说，礼无车载。要是谁能得到一方洋布帕帕，肯定要乐得照镜子串门子显摆几天，先是来到在树下纳鞋子的女人堆中，分明是想听"看把你俊得像画上的美人""保不准把娃他大兴得忘了关后门"几句好话，却脸红得像下了蛋的鸡，接着女人们抢着帕帕，如同喜鹊争窝一样，轮流戴在头上，让人给自己打个分。戴帕帕的女人又到男人堆显摆。男人的嘴像刀子，他们本来抽着旱烟有点困倦，看见花帕帕走了过来便惊叹道："以为是麻野鹊过来了，才是你！"上了年纪的老汉有些不正经地说："来，让爷摸一下白脸蛋。"戴帕帕的女人恨不得找个地缝钻进去，心却像喝了蜂蜜水。没有洋帕帕的时候，女人戴的是土帕帕。富产棉花的关中，女人是纺织的能手，冬闲时纺车摇到半夜鸡叫纺下半屋子纱锭子，在纺车上织成土布，先要给男人做个长腰带裹棉袄，因为男人的性命与苦力都在腰上，下来给娃娃做单的棉的新里新面的，剩下的布头边角，这才比划着做帕帕。

帕帕是遮阳的云朵。关中的太阳从清明开始猛然加温，到夏至时铄金，立秋时仍像老虎一样咬人。关中女人跟着男人在地里当牛做马，胼手胝足，锄地弯得人腰疼，割麦晒得人头疼，玉米地锄地施肥叶片刮得人胳膊疼，而最方便遮阳擦汗的就是帕帕。太阳像个醮着油燃烧的鞭子，抽打着农人浑身上下疼痛难忍，可是太阳又是催熟剂，也是驶向丰收的特快车。太阳毒的时候，偏偏不见一丝云彩，人人恨不得变成孙悟空，变出一片云朵当成帕帕。比起草帽来，帕帕它透气轻便，庄稼人嫌草帽碍事，农活紧得像催命鬼，田间树木又稀少，哪能像王孙公子手摇凉扇坐在树下乘凉呢。

帕帕是除尘的拂尘。农人住土房，睡土炕，走土路，浑身上下不是土便是泥，个个都像"泥菩萨""土地爷"，刚弹了弹鞋面上的尘土，却被旋涡风卷起的尘土呛了鼻子，刚拍了拍头发上的柴草，又被龙卷风卷起的尘渣眯了眼睛，四季都是风里来雨里去，真正风和日丽尘土不起的时日并不多。人常说，要想脚下不沾土，除非扛脚倒着走！因而，农人除了家家门后挂拂尘，最方便的除尘工具莫过于随身携带的帕帕。

帕帕是盛菜的提篮。关中地肥野菜多，冬季有地儿菜，春天有苜蓿菜，夏天有灰灰菜。女人们忙完地里还要忙锅头，更要操心全家人吃得有营养。她们荷着锄，走路却盯着塄边的草丛，发现野菜就像沙漠中觅到一汪清泉，赶紧揪下帕帕，撅下几把包起来，偶然从草丛中觅到几个鸟蛋，从草丛拣摘几个豆角，就像捡到元宝一样高兴。攥在手心的帕帕，打开是提篮，揣在怀里的帕帕，裹住是钱包，压在箱底的帕帕，则是掌柜最心爱的家底。老陕一般是女人当家，女人把毛二八角卖鸡蛋的钱用帕帕包得整整齐齐，外面还绑着红毛线，生怕救命钱长了翅膀飞走了。

帕帕是定亲的见面礼。古老西周贵族相亲，见面礼是送雁，不知到什么朝代，时俗变了，男女第一次见面，男方送给女方的第一件礼物是帕帕，女方接了，就表示定了情，把自己一辈子"包"给了男人，女方拒绝，这婚事肯定要泡汤。从送帕帕到送鞋面再到送彩礼，这就是关中人定亲的全过程。小帕帕是结亲的第一个信物，如同一面小旗帜指引着你穿过曲径走向殿堂。所以，有些女方将"见面帕帕"以至珍藏到下世时，有些还带入棺中希望来世再成为夫妻。如果成了"半路夫妻"，按照关中的讲究，小小的"定亲帕帕"要退给男方，意即"这女人不是平地卧的兔"，"浅水里养不住大鱼"，帕帕包不住了再换个大的包。关中至今流传着才女苏若兰用帕帕挽救破裂婚姻的故事。若兰祖籍武功，娴静端庄，才华横溢，精通经史，嫁于前秦将军窦滔。这桩婚姻按说是金玉良缘，美满幸福。可偏偏窦滔是个花花肠子，在秦州（今天水）当刺史时遇到了一个白皙娇美、能歌善舞的鲜卑女子赵阳台，就被勾走魂，纳其为妾，沉入爱河不能自拔，便荒于政事无所作为。苻坚大怒，将窦削职为民。受此打击，窦滔也将赵阳台赶走了事。才女苏若兰面对窦滔另有心欢十分怨恨，但又惜怜丈夫陷于困顿，遂椎心泣血织成彩色织锦回诗文，将诗帕和寒衣送给夫君。再说窦滔赶走小三后，流放敦煌，接到寒衣和诗帕后泪如雨下，悔恨交织。而苻坚又启用了他去做安南将军。窦滔遂迎回若兰，一起赴任。这个小小的诗帕，连武则天读后也称赞"纵横反复，皆成章句，其文点画无缺，才情之妙，超今迈古"。这个小小的诗帕，也成为中国帕帕中的奇葩异卉，更成为飞越千年时空的一只经典爱情鸟。

说到苏若兰的诗帕，就想起帕帕抹眼泪。动物中，只有人类爱哭爱流泪，饿了哭，急了哭，喜极而泣，愁怨也泪，而女子的眼泪最方便，泪水是女子集矛与盾于一体的护身符，娃病了哭天抹泪，受气了向隅而泣，伤透心了号啕大哭，而大凡泪流满面者，手里都紧攥着湿答答的帕帕，仿佛帕帕是自己的知心人。

帕帕始于何时已无法考证。在服饰中它只装于兜中或拴在纽扣，有"万能抹布"的作用，功能非一又至简至柔。《陇蜀余闻》载，"汉中风俗尚白，男子妇女皆以白布裹头，或用黄绢，而加白帕其上，昔人谓为诸葛武侯戴孝，后遂不除。汉中滕太守严其禁，十年来渐以衰止。然西凤诸府风俗皆然，而华州、渭南等处尤甚。凡元旦吉礼，必用素冠白衣相贺，则为武侯之说非也"。其作者是清代王士禛，说明清代时汉中关中戴帕帕已蔚然成风。这段文字也排除了为武侯戴孝的猜测。另外，《陕北文化研究论文》一书收有贺国建的《陕北：衣着服饰与风味食品》，也从另一个侧面为陕北帕帕立了个小传。

十多年前，关中小脚女人纷纷驾鹤西去，小脚这一禁锢妇女的枷锁已从世上逃得无影无踪。幼时曾见乡间的婆婆大年三十用尿盆洗脚的一幕，甚为骇异。小脚犹如被砍枝的树桩，被挤压的拳头，丑到极致。妇女解放了，再不缠足了，这让妇女免受皮肉之苦，也使妇女能迈开双脚自由走动。与小脚一同消失的还有头上的帕帕。女人们冬天用上了五彩缤纷的丝巾，夏天用上了五颜六色的遮阳帽，头上顶帕帕已成为昔日的风景。乡下女人在穿戴上与城里女人不相上下，脸也白起来，腰也细起来，头也抬起来了。人们已经忘掉了婆婆头上的帕帕，也忘掉了祖上过日子的艰难。女人们大把大把花钱，买化妆品，买时尚服装，一天三换衣，家里像个服装店。但凡崇尚奢侈、花钱如流水的家庭，都会走向破落，只留下"我们先前都是很阔的感叹"。在乡村的文化广场，不时发现陕西八大怪的雕塑，可没有几人追究一下怪的根脉。人们只是大笑着嘲讽这怪那怪，特别是贬损着关中女人帕帕头上戴的丑陋……但我看着这一幕，心中却酸酸的。帕帕下的慈母心有谁知道？女人谁不想穿金戴银？婆呀，忘不了你头上顶着的那方天，那块帕帕！

我的相册里珍藏着我婆的照片，她老人家坐在褪了漆的木凳上，头上顶着只有框线装饰的一块帕帕，清瘦的面孔上露出聪慧慈祥的和气。婆到去世时，头上一直顶着那块帕帕。婆是在九年前的那个冬季下世的，那个冬季关中从没下过那么厚的雪。婆晚上睡觉将火炉放在屋中，但门总要开个缝。可那晚风却将门掩住了，婆死于煤气中毒。每年的冬天对关中农村的老人是一道坎，他们大多熬不过来。由于取暖是个空白，庄户人疼省着钱，被寒冬抽了"壮丁"。在每年的 11 月 15 日取暖日，投诉暖气不热的热线响个不停时，乡间像我婆一样的人却被遗忘了。那块帕帕或是婆头上的太阳，在那个世界为她祛寒拂尘，为她擦汗挡风！

帕帕在老陕头上戴了几千年，而谁能惦记着祖先们一丝一粟的来之不易？"帕帕头上戴"，是怪不算怪！帕帕，是中华文明这个璀璨的皇冠凤冠上的流云，与那无数的树冠花冠一样顶着蓝天，绽放着寄托着无尽的期盼。

辣椒一盘菜

《易经》中的每一种动物，都是我们的启蒙先生；《诗经》中的每一种植物，都是我们的忠实盟友；《黄帝内经》中的每一种药物，都是我们的救命恩人。这些众多的动物、植物与药物，几乎都像《周礼》中设置的天官、地官、春官、夏官、秋官、冬官一样，陪伴着西周这部庞大无比的国家机器日夜轰鸣了八百多年。西周老了，东周亡了，这些大自然的精灵却依然本色如故，被四下逃散而幸存的王宫厨师、药师操纵着摆布着，在秦王宫、汉王宫、唐王宫演绎着烹龙炮凤般的厨艺盛宴。

"食、色，性也。"所有的动物都要靠吃才能存活，停止了吃，性命也到了尽头。与人类"吃法""吃相"比，无论是食肉的山大王食草的犀牛，还是杂食的蚂蚁蚯蚓，它们的厨房、食谱与餐桌都贫气透顶糟糕透顶——没锅没灶，没盘没碗，没盐没醋，没甜没辣，要像人一样喝一碗热粥、吃一顿火锅、呷几口美酒，简直连做梦的份也没有。生吞活剥、茹毛饮血的鸟兽虫鱼，自由程度远远超过了人类，但自由是有限度的，要付出代价的，高度自由的反面，大概就是不得不生活得枯燥简单可怜兮兮。

无穷无尽的自然界深藏着许多令人百思不得其解的奥秘。比如，除了人类与辣子虫，没有其他动物对辣子这种像魔鬼一样的食物感兴趣，而辣子竟成为陕西人比门神爷、灶王爷、土地爷、送子娘娘还要亲密的神灵，恐怕有着更深的背景，不是民谣唱的"辣椒一盘菜"那样热闹轻松。

甜食让江浙人找到了快速致富的灵感，酸醋让晋人焕发了趁势而上的勇气，而辣味让秦人举起了号令天下冲锋在前的大旗。

每一个朝代拉开大幕时，都因饥寒交迫、狼吞虎咽而心明眼亮步伐矫健，但掌握了政权，无一也不因"食不厌精，脍不厌细"而脑满肠肥、步履蹒跚。

煌煌西周，或因天下第一部包罗万象的王朝食谱而到达治世的顶峰，也因饕餮天物、钟鸣鼎食而智尽能索，自取羞辱。

要说"辣椒一盘菜"的根底，我就想到了西周的兴盛与衰落。当人们糊里糊涂将《周礼》奉为圭臬四处拍手叫好之时，我却在《周礼·天官冢宰第一》看到了一幅炊烟四起、人声鼎沸、灯火通明、通宵达旦的"大吃大喝图"！鲁迅曾痛斥封建礼教是"吃人的礼教"，我看此言不虚！

周公是我村子的祖先、我村子的圣人，我懂得周公苦心孤诣追随武王、辅佐成王的艰辛，他最担心的是"好酒淫乐"的纣王阴魂不散、好逸恶劳的商朝贵族卷土重来，他费尽心机制定的王朝食谱本是为了节制食欲、取之有度、使之以时、用之有止，而不是放手让王子王孙们肆意挥霍，醉生梦死。但是，人亡政息、坐吃山空的厄运像秋风一样，照样将枝繁叶茂的西周刮得面目全非。

无论如何，还是让我们看看西周王室日日夜夜年年月月花天酒地的排场吧！在西周庞大的官员队伍中，主管餐饮的官员紧排在大宰即宰相、宫正即宫中众官之长、宫伯即主管宫中卿大夫的三位高官之后，这足见吃好喝饱成了百官的重要职能，成了王朝统管天下的开场锣鼓。看吧！总管饮食的膳夫及下属一百五十三人，主管食用牲畜的庖人及下属七十一人，主管王、王后、王子的内饔及下属一百二十九人，主管宫外祭祀和宴会的外饔及下属一百二十九人，主管为内饔、外饔煮肉的亨人及下属六十三人，主管供应天子祭祀所需谷物的甸师及下属三百三十六人，主管供应野兽的兽人及下属六十三人，主管供应鱼类的渔人及下属三百四十三人，主管供应龟鳖等甲壳类动物的鳖人及下属二十五人，主管制作干肉的腊人及下属二十九人，主管酿酒供酒的酒人及下属三百四十一人，主管祭祀时分四次进献的豆里面所盛的食物的醢人及下属六十二人，主管酿醋的醯人及下属六十三人，主管供给盐的盐人及下属六十三人等等，在这上千人的"造饭"大军之外，还有"掌医之政令，聚毒药以共医事"的医师、食医、疾医、疡医、兽医等等，都在为着一场接一场的盛宴翻新着花样。

如此威风凛凛浩浩荡荡的"国厨"团队，不但滋养了一个空前辉煌的"刑错四十余年不用"的成康盛世，也让整个王宫朝夕笼罩在一片蒸煮煎炸的炊烟之中。周昭王吃腻了，南巡不返，卒于江上；周穆王吃馋了，王道衰微，诗人作刺；周厉王吃疯了，使监谤者，国人暴动；周幽王吃狂了，嬖爱褒姒，死于骊山。一个由十多代人浴血奋战打出的西周，就这样被一群吃人贼吃得席散国破、人去楼空。

天下没有不散的筵席！西周王室讲究的"春多酸，夏多苦，秋多辛，冬多咸"，以及用枣、栗、饴、蜜等甜品和淀粉等滑利之物调和出滑甘爽口的美食，百姓没有口福享用；西周王室讲究的"泛齐、醴齐、盎齐、缇齐、沉齐"这五种酒，百姓滴酒难沾；西周王室讲究的"六食、六饮、六膳、百羞、百酱、八珍"这药食同补的餐桌，百姓连气味也闻不到。油头粉面大腹便便的西周散了伙，面如土色缺盐少醋的百姓只有把辣子当成一盘菜！

然而，吃得天昏地暗、吃得民怨沸腾的西周并非一无是处，它在认识食物、搭配食物、食物营养的研究创新与保健上是功不可没的。其中的五谷配五味以养五气、听五声、观五色，正是对《黄帝内经》药食同源学说的长期实践，特别是"聚毒药以共医事"的"毒"，指的就是含有辛、辣、苦味的辣、葱、姜、蒜、韭、椒及苦菜、苦菊、苦杏仁等一类的食物，这就为后世尤其是老陕喜食辣子提供了理论支撑进而形成了饮食习惯。

据说辣椒不是中国的物产，但中华文字之祖仓颉老人家在造字时，似乎生怕后人味道单一脾胃虚弱筋疲骨软，于是挖空心思创造了这个让人又喜又怕的"辣"字。"存在决定意识",假如没有辣子这种植物,难道仓颉凭空臆造了一个"辣"字么!有了辣子,古人才心领神会,创造出了酸甜苦辣、半死辣活、黄汤辣水、心狠手辣等众多的成语。

辣子叫"毒药"?以毒攻毒,名我固当!

辣子是"良药"?强筋健体,名不虚传!

葱辣鼻子蒜辣心,辣椒辣到脚后跟!人的味觉有着帝王般的贪婪,自然构成的酸甜苦辣的原料,犹如后宫里争奇斗艳的三千妃子,即使多如牛毛也难以满足。食用辣椒,寻求刺激,让味觉野性十足,让腑纳功能强劲,当是人体具有爆炸式的升级和蜕变。人类第一次食用辣椒时,肯定是一次冒险,辣得口腔像蜂蜇了似的嗷嗷大叫,倒吸冷气,长吐舌头,大汗淋漓,血脉偾张,之后的舒坦却是无法言及的,体内的幸福指数却犹如解冻的大河流冰轰鸣。辣椒无异于是食品中的刺客,窝藏体内的团团湿气被赶跑了,心脏的鼓槌抢得更欢了,肺的叶片翕动得更饱满了。如果没有辣椒像炸药一样炸开一个个邪气寒气病气隐匿的明碉暗堡,我们体内会淤积多少块垒与疾患?

辣椒角红了,挂在枝上,有的像脾气暴躁的鞭炮,有的像刚出火炉的铁钉,有的像猛将长矛上的红缨,即使是青辣椒,也像高翘的蝎子尾巴一样令人畏惧。秦人嗜好辣椒,辣子也知趣似的田间地头房前屋后都能生儿育女。八百里秦川都是辣子的乐园,特别是中国四大辣子名县之一的耀县(今耀州区)出的辣子品种优良,角长味足,集形色香辣于一身,其原因大概是光照充足、降雨量小、旱塬土壤富含营养吧!渭河两岸水肥条件较好,更适宜辣子的繁殖。旧时,麦收前后,农人在大田菜田的夹缝中刨出巴掌大的育苗坑,将鸡眼仁状的辣椒种子撒到坑内,上面铺一层麦秸,像守护婴儿一样精心,白天洒水,晚上苫护。十多天后种子睁开了睡眼,长到半拃长后,农人连苗带土移栽到地里。辣苗换水土的那几天,农人叫换性,一旦换过性来,辣苗就在骄阳下往上蹿,疯长到尺把高的小树,枝杈便绽放出白色米粒般的花蕾,露出一个个毛茸茸绿色精灵。辣子角长到一两寸,农人忍不住要尝尝鲜,轻轻塞进牙缝,却是甜丝丝的,外行人以为辣子变了种,然而,一经三伏天的暴晒,满地的辣子像关公的战阵一样翻卷着五颜六色,再经过秋阳的文火历练秋风秋雨的梳洗,曾经绿油油的辣椒叶开始褪色，整个辣椒畦子成了燃烧的火苗火焰，成了一片游行的火炬。农人将红辣椒采摘下后，晾晒在院落，婆娘们用绳子三五个一绑，串成长长的红辫子，挂在屋檐下、树杈间，农家院也变成了喜庆的红海洋。从青辣椒有了辣味，庄户人就摘上一大把，用刀切碎后拌上盐醋，当菜就馍吃。这阵，农人却舍不得拿品相好的辣子下锅，只拣出有虫眼的灌水的辣子解解馋，你看，新辣子下锅，锅下火猛，锅里的辣子葱段姜片唱开了乱弹，整个村里村外都成了辣味十足的世界。

辣子含有大量的营养物质，具体有什么理化指标科学道理，农人未必悉知，只知开胃口，吃得香。辣子的吃法众多，油泼辣子是陕西人餐桌的"主帅"与"干将"。主妇将干椒切成环状，用慢火在锅中焙烤，再用石磨盘或铁碾槽碾成粉末，舀到辣子盒，放上几勺盐与芝麻，用冒烟的菜籽油一泼，顿时这四个脾性迥异的兄弟如热油锅里倒了凉水，刺刺啦啦蹦蹦咧咧火苗腾空，香气四溢。吃干面舀上一勺，碗中像落下一抹红霞，辣味让你全身像电击了似的，眼光有了神，骨骼也咔吧咔吧舒展松动着。刚出笼的白馍夹上油泼辣子，更是满口生津，胃口大开，人人一副腾云驾雾、得胜回朝的模样。老陕如果离了辣子，麦面就吃不出香味。辣椒在陕西大面积推广后，"神来之食"——薄筋光、煎稀汪、酸辣香的臊子面也一如长了翅膀，飞遍了大江南北甚至漂洋过海成了世界美食。

辣子脾性虽烈，内里却是合群的，这正是陕西人的德行。在岐山，辣子是专门奔着这碗臊子面而来的，也似乎是专门来为缺菜少肉喜食面条的老秦人改变口味的。关中虽被誉为天府之国，除渭河两岸灌溉方便外，平展展的这塬那塬却被缺水困扰着。而种菜要靠水滋养，辘轳汲水供人畜饮用已让壮汉倒抽冷气，哪能供得起种菜，所以大多数农户是种不了菜也吃不起菜的，过年无非是辣子白菜大葱红萝卜，四季多是挖地菜、撷苜蓿、捋灰灰菜仁罕菜度光阴。关中人讲究盖房，所以在吃上十分仔细，生怕辣子多了费米面。过去关中人说，财东是省出来的，《白鹿原》中的黑娃在给一财东家打工时，财东多次怒斥黑娃吃完饭不用舌头舔碗，竟夺过碗来替黑娃舔碗。民国年间土匪横行，我村一财东吕思昌因早起拾粪躲过一难。村东的官道上夜间会跑过驮物的骡马，也留下了土豆状的粪便物。这个财东总是起得很早能赶上"早市"，用笊篱往襻笼中收起路上的一个个"金元宝"。一个深冬的早上，土匪盯上了他，问他是不是吕思昌，他看来人一脸凶相，便摇头说不是。土匪仔细打量来打量去，一看胡须上挂满糁子粒，嘴角也没粘上油辣子，便轻易放过了他。蒲城一带过去红白喜事请不起客，就是用辣子包饺子、蒸面辣子、炒八宝辣子谢客的。关中人一日三餐就靠辣子提神，就靠辣子点穴，就靠辣子定神。改革开放初期，老陕的干部去深圳考察取经，总要用罐头瓶装上油泼辣子，要不饭菜像吃药似的难以下咽。岐山一县委书记上世纪八十年代初到深圳就带了两件宝：一是一瓶油泼辣子，二是一顶锅盖状的文王锅盔，下榻宾馆后，生猛海鲜总是咥不饱，便用锅盔就辣子解馋。翌日外出，服务员把锅盔当垃圾，端起油泼辣子以为是狗皮膏药，均弃之于垃圾筒，而书记回屋后用嘴吹了吹锅盔上的灰尘就着辣子吃得津津有味。秦人不论官做得多大、事干得多大，也不论到了天南地北，爪哇小国，都忘不了油泼辣子。若是回到家乡，第一顿饭必是面条内放几勺油泼辣子，吸溜后脚下像踩上彩云，浑身也通透了好多。

陕西辣椒红若火舌，长若红烛，亮若珊瑚，身段长、色素高，比苹果所含维C高，被称为"维C之王"，也是大宗外贸出口产品，特别受泰国、马来西亚人青睐。上世纪七十年代初，周恩来总理在一次广交会上看到秦椒这么抢手，一问是宝鸡的绝活，他召集宝鸡参展团现场开会，要求扩大面积、增加产量。在很长一段时期内，秦椒出口要捎带湖南的尖角椒，即使"拖儿带女"，也拦不住秦椒鸿运当头、财源滚滚。八十年代初到九十年代末，秦椒种植面积扩军增容，仅西府就达到三十五万亩，小麦套辣椒，玉米套辣椒，使西府农民大受其益，不仅粮食满仓而且钱袋子也鼓起来了，一亩辣椒至少可赚千余元。农民把辣椒称为"钱串串"。宝鸡辣椒育出了八二一二、八八一九等品种，产量增加了一倍，可是这几年打工之风盛行，农民种辣椒，腰变成一张弓，脸被晒成关公脸，穿辣子串又要在月光下熬到半夜鸡叫。而采摘辣子又没有机械化，辣椒面积锐减。但秦椒却在新疆面积越种越大，辣椒被加工成辣椒粉用来防暴，加工成辣椒碱用来制药，加工成辣椒素用来美容。四川、湖南、江西、河南、山东、安徽也成了辣椒基地。聪明的日本人不仅进口中国的辣椒，也进口辣椒叶，说椒叶比西红柿维C成分高，可包饺子、可做菜……可惜国人身在宝山不识宝，当废物扔掉了。

造物主冥冥之中为人类把一切都安排得妥妥帖帖、严丝合缝。植物、动物及万物均无废弃物，鸡叫鸣，狗护院，马驮物，牛犁地，人类是役使万物的上帝。一部《黄帝内经》蕴含着无穷的养生秘笈。看看医学鼻祖岐伯对"辣味"的揭秘，我们就知道祖先之聪慧。岐伯曾说"五味各走其所喜，谷味酸，先走肝；谷味苦，先走心；谷味甘，先走脾；谷味辛，先走肺；谷味咸，先走肾。"辣入肺，有发汗、理气之功效，保护血管，疏通经络，可预防风寒感冒，通气孔止疼痛，酸甜苦辣咸为我们的身体提供着特殊养料，均衡摄取才能强骨健体。葱被列为"菜伯"，就是菜中之老大。姜，更是祛湿通窍的良药，而辣椒至今还没有更辣的植物替代它。辣椒不仅是秦人喜食的美味佳肴，也是除湿祛寒的"苦口良药"。应该说，秦人这一嗜好是怪癖也是良俗，是食菜也是食药。据岐山肖四弟辣椒加工厂披露，秦人去岁每人平均食用辣椒达三点五公斤。除吃完秦椒外，还需大量的新疆椒、河南椒、山东椒补充市场。

秦人喜食椒，性情如辣椒。外地人说陕西人生、冷、倔、憎、犟。姑娘是十足的"辣妹子"，媳妇是十足的"辣婆娘"。这种脾性，加之周礼文化的千年熏陶、十三朝皇都的调教，乡间发案率低，吃辣子多了胸中不藏事，啥事都摆在脸上，谁要干了坏事，老老少少都会站出来"呛一口"，也维护了干净淳朴的乡风。食辣椒让关中小事讲谦和，大事不糊涂。秦人面对邪恶大都能发出"一声吼"，有一股辣子精神，不当石头大了绕着走、稀泥抹光墙的"弯弯绕"。就近代而言，"苟利国家生死以，岂因祸福避趋之"者为数不少。清末大政治家蒲城人王鼎，官拜军机大臣、东阁大学士，鸦片战争爆发后，因不满林则徐被贬，怒斥穆彰阿为秦桧，在廷谏哭谏无效情况下，怀揣"条约不可轻许，恶例不可轻开，穆不可任，林不可弃也"的遗嘱，以"尸谏"吊死在圆明园邸所。史书载："王鼎清操绝俗，生平不受请托，亦不请托于人。卒之日，家无余赀。"铮铮铁骨，留得万世清名。在清廷一片议和、大把大把吃着糖，甜言蜜语的"一口腔"中，王鼎是一只鲜红的辣椒，是一包烈性的炸药，软蛋们都领教了这个辣椒有多么辣！

提到蒲城，我们不得不想到以"兵谏"留名的杨虎城将军。杨虎城是"刀客"出身，胸有大志，拉起一帮人呼啦啦响应辛亥革命，雄起陕西，声震华夏。蒋介石为拉拢杨虎城，以兄弟结拜，礼仪有加。著名军旅作家、

《西安兵谏》作者杨闻宇曾以《天风抚白莲》的短文，披露了杨虎城母亲孙一莲大义教子的秘闻，其情其景不亚于岳母刺字。杨虎城外婆信奉佛教，初一、十五必携小女进庙叩头，看见庙内观音娘娘座下有一朵绽放的莲花，便给女儿起名一莲，一莲十九岁生下杨虎城，三十四岁时丈夫杨怀福被清政府判处死刑绞杀于西安。她一手将杨虎城拉扯成人，孙一莲六十大寿时，蒋介石曾赶到杨府跪拜作揖，以母相称。西安事变爆发后，老太婆被当作人质羁押于檀自新部，杨救出母亲后老母怒斥道："你们办的啥事，对得起西北的父老兄弟？亏你还五马长枪，枉打了半辈子仗，既得罪他蒋介石，就不该放他！"老太婆有着辣椒样的性格，才有了把委员长辣得叫苦连天差点丧命的儿子。老太太识大理，绝不因蒋给她拜过寿就轻饶他——"放蛇入洞，纵虎归山，这是造孽！"这话石破天惊，字字千钧，仿佛神谕。

出生于眉县的共和国上将李达，一生喜食辣椒也有着辣椒一样的性格。年少时因不满乡霸欺侮，考入冯玉祥西北军第二军官学校，后加入工农红军，身经百战，先为刘邓大军参谋长，后任赴朝志愿军参谋长、解放军副总参谋长。1968年，被康生一伙打成"三反分子"投入秦城监狱，责令交代问题闭口不言，坚贞不屈。长子李掌林一直在家乡务农。1975年李达复职后，儿去京城看父，问父亲要的珍贵东西竟是一副"架子车轱辘"。李达家教严，儿几次张口才挤出了这几个字。当时架子车是劳动的主要工具，轱辘要有指标才能买下，李达嘱咐儿要好好劳动。这一笔应写进共和国领导清正廉洁的史册之中。对敌人辣，被称为"活地图"的李达将军对共和国有着赤子情怀，家风也是辣得呛人。

我的老家南边是青化镇，这里曾出了个"中华铁骨"的抗战英雄冯汉英。冯曾在杨虎城部下任营长。1939年9月，在太岳山区对日作战中冯肉搏受伤被俘。日军将他软禁在一小屋内轮番劝降，黎明时分，冯乘敌不备，一把夺下鬼子腰间佩刀，砍死日军联队队长、副队长二人，遂被日军射杀身亡，于右任先生为其亲书"尽忠成仁"牌匾。

有趣的是，食辣椒的省份有湖南、湖北、四川、陕西四大部落，而且都出的是改变中国命运的巨匠或领袖，这里所出的政治家都有辣椒一样的性情，大都是补天搅海式的人物，这就引出了民间说吃甚补甚的话题，也就引出了吃甚像甚的哲理。味觉酿造了性情，味觉酿造了脾气。秦人中文气的少，即使像陈忠实这样的大文人，也是黑脸瞪眼，爱憎分明，辣得让人咋舌的汉子。有炸药一样的人才能点燃一个个"政治炸药桶"，才能敢于高喊与坚信"星星之火，可以燎原"。

毛泽东这个湖南"辣椒王"，一路嚼着辣子从南方到了陕北，与爱吃辣子的秦人汇合成辣味十足的大军。两支红辣椒队伍的完美结合，革命也就红得像辣椒，陕西的辣椒对中国革命也是有巨大贡献的！蒋介石吃甜食，口是心非；毛泽东吃辣子，说到做到。毛泽东一生爱吃辣子，几乎每餐"正经饭"中都少不了辣子，他曾对工作人员讲："大凡革命者都爱吃辣椒。因为辣椒曾领导过一次蔬菜造反，所以吃辣椒的人也爱造反。我的故乡湖南出辣椒，爱吃辣椒的人也多，所以'出产'的革命者也多。"[1] 不胜酒力的他也曾以干吃辣椒与苏联领导人斗酒，大胜！一九三六年七月的一天，毛泽东邀请美国记者斯诺去他那里吃饭，席间，他情不自禁地为客人唱起了以湖南民歌加工而成的《辣椒歌》：

远方的客人，你请坐，
听我唱个辣椒歌。
远方的客人，你莫见笑，
湖南人待客爱用辣椒。
虽说是乡里的土产货，
一日三餐不能少。
要问辣椒有哪些好？
随口能说十几条——
去湿气，安心跳，
健脾胃，醒头脑，
油煎爆炒用火烧，
样样味道好。
没得辣椒不算菜呀，
一辣胜佳肴！[2]

---

[1] 《毛泽东轶事》，山东人民出版社，1997年1月第一版，134页。
[2] 《毛泽东遗物事典》，红旗出版社，1996年11月第一版，90页。

锅盔像锅盖

"面条像裤带"，咥得气派；"辣椒一盘菜"，嚼得开怀；"锅盔像锅盖"，啃得慷慨！

"陕西八大怪"中，这三样怪直指吃，另外那五样怪，样样也与吃分不开。而最能展示老陕招牌、老陕风采、老陕豪迈的，则莫过于大如车轮、重若碾砣、厚如磨扇、状似锅盖的锅盔。

锅盔外表浑圆厚重，如古铜老铁、龙鳞龟甲，一派披挂齐全威武雄壮之势、敢打必胜之气。锅盔脾性如陕西冷娃，外焦里熟，面冷心热，浑身散发着麦子、茴香、芝麻、椒叶与油盐混合而成的诱人爨味，给人以安稳感自豪感；锅盔冷水和面，猛火搭色，慢火熟瓤，暴晒不裂，雨淋不散，彻寒不冻，重击不碎，久存不霉，是月婆子、病秧子、壮汉子、商贩子与戍边将卒最可口的美食。

说起锅盔的来历，我想得最多的就是军旅与战争。我当过三年步兵，略知兵家"兵马未动，粮草先行"之古训。我经历过断炊断粮，更难忘五天五夜徒步穿越腾格里大沙漠的生死考验——全连全副武装，人均只带一日份干粮一军用水壶水，挑战生命禁区与生命极限。白天赤日当空，沙漠地表温度达五六十度，夜间则寒气逼人，真个"早穿皮袄午穿纱"。走在松软的沙漠上，像踩在棉花堆，走一步退半步，人人大汗淋漓脚底起泡，个个汗流浃背东倒西歪，接下来就是嗓子冒烟唇裂喉痛，再接着就是饥肠辘辘头昏眼花，稀疏的沙葱沙棘芨芨草红柳根与捕获刺猬沙鼠沙鸡豺狐为救命粮，胆大的吞食臭烘烘的甲虫蜥蜴……我多次出现严重脱水的幻觉，眼前的一切都看成食物与水，也一次次渴盼有几片锅盔就好了。后来我想，如果上了真正的战场断了给养，非战斗减员至少多达八九成，而古代将士在缺水少柴的戈壁沙漠吃啥喝啥，难道果真携带的是炒面、锅盔与用牛羊皮牛羊膀胱制作的水囊吗？而这次饥渴交加死海穿越的意外收获，就是我的适应性训练的短消息第一次刊登了《解放军报》上，全军适应性训练高潮也由此而引发。

退伍后，我曾以战地记者的身份上过对越自卫反击战的战场，自带军用干粮与侦察兵战友出没于蛇当道、蚊横舞的原始森林，入蒸笼、钻雾海、穿雨林、摘野果，饮泉水、卧草丛，再次体验到了戍边的困苦与饥饿到极点的滋味。压缩饼干救了我的命，但比锅盔的口感差远了。我离开南疆时，发誓回家乡后要发动妇女为前线烙一火车皮锅盔。

少小离家吃兵饭，没有丁点零食，总觉得肚子空荡荡，而官兵个个是饿狼是馋嘴猫，饭量大得惊人，不说黄瓜红白萝卜，就是大蒜辣椒咸菜疙瘩转眼间就被内贼踅摸走了，因而炊事班常常如临大敌又顾此失彼。当兵人的梦，都是千里之外的故乡，我的梦多是母亲的锅盔搅团膔子面。

"人是铁，饭是钢，一顿不吃心发慌。"在食物充裕与快餐食品急速升级换代的今天，锅盔这种地域风俗食品似乎已经没有多少特殊意义可言了。锅盔是怎样来的，它起初是啥模样，在漫长的中华文明进步史中扮演了什么独特的角色，无人给出一个相对可信的答案，而民间传说并承传几千年的"文王锅盔"，难道真的是文王的创造发明？说到锅盔，必然牵扯到五谷杂粮的生产与加工水平，炊具从陶器瓦罐等到铜器铁器的演变，特别牵扯到锅盔在军事上的特殊需求，要回答这些问题，若没有《史记》的指南《周礼》的路标、《诗经》的向导，显然是无法寻找到锅盔身世、锅盔家族的。

战争是历史进步的发动机。从小到大、由弱到强的西周，也是在浴血奋战中崛起，而不是成天给老天叩头给鬼神烧香强大的。人们赞美周人的坚韧与忍让，却误以为周人向来是逆来顺受的农夫，人们熟知武王灭商的牧野之战，却忽略了周人从公刘到文王十多代人从没有停止在战火中拼搏。

周人本是一个智勇双全的战斗部族。早在公刘迁徙豳地，他就将民众分成三批，轮流服役组织成氏族军队，这是周人以农耕打底、以征战保家从而与犬戎杂处十多代的生存两翼。"笃公刘，匪居匪康，乃场乃疆，乃积乃仓。乃裹糇粮，于橐于囊，思辑用光。弓矢斯张，干戈戚扬，爰方启行。"（《诗经·大雅·公刘》）译成白话，就是"忠实厚道的公刘，不敢安居简单想，开辟疆界种田忙，积攒粮食扩建仓。干粮装进袋和囊，团结一心争富强。张弓带箭齐武装，盾戈斧钺威风扬，开始动身去远方。"到了古公时代，犬戎侵凌日多，古公以避战求全迁岐，但犬戎越咬越凶。古公第三子季历，曾率领军队两次长途出征，抵达今陕北与内蒙古河套地区反击西落鬼戎，首战大胜，得到了商王朝武乙帝赐赏，并娶商境内挚国任姓女为妻，次年又一举击败其主力，俘获其二十个部落的首领，保卫了周人的安全，也确保了商朝西部边疆的安宁。接着，季历指挥军队在今咸阳东北击败了一个叫程的部落，又打败了今山西屯留西北的余无戎，商王文丁大喜，封季历为商朝"牧师"。但周的强盛，也引起了商朝统治者的不安，商王文丁便设计抓走季历并将其杀害。这一连串大规模的征战，说明古公、季历是把厉兵秣马、枕戈待旦、以攻为守作为生存战略的。文王时代，周人继续坚持强军与东进战略，首先消灭了毗邻的今武功一带最大的一支犬戎，剪除了商王朝的一翼，乘胜攻灭今甘肃灵台一带的密须国、阮国、共国，减少了东进的后顾之忧。其后，以蚕食方式与商朝争夺天下，在今山西长治攻灭了商朝内属国耆国，今户县的邘方国（一说今河南沁阳），回师消灭了今户县的崇国，这才初步完成了对商朝的战略包围，从而为牧野之战的决定性胜利创造了先机。那么，在农业生产极度低下的先周，打了几百年的苦仗硬仗，它的军队以什么为主食副食，便成了周人崛起的一个深层话题。如果我们对周人的饮食状况一无所知，就无法回答后人对"锅盔像锅盖"的提问。

周人是率先进入农业文明的开路者，也是食物创制的带头人。西周已广泛栽种黍、稷、麦、菽、麻、稻等主要粮食作物，诗文多有记述，但受到炊具食器的影响，主食的花样并不多。从王宫炊具食器看，主要有煮肉或盛肉的鼎、煮粥的鬲、专门煮肉的镬与像蒸笼一样的甑、像大碗一样的簋、像高脚盘一样的豆等，从饮食习惯看，古人一日两餐，第一顿饭叫朝食，又叫饔，在九十点钟进食，第二顿饭叫餔，又叫飧，下午三四点进食。《说文》说"饔"为熟食，说"飧"为"食之余也"，即剩饭，关中农村至今还保持着一日两餐的习俗，把晚饭叫喝汤。在如此条件下，主食主要是炒熟的米或麦子叫糗，稻或黍捣成粉做成饼或团子蒸熟叫饵，与饵原料相同，只是经过水浸的叫餐，以及称呼糇、粮、饼等，指的都是干粮。《周礼·天官》载，供给给笾中装配食物或供品的官职叫笾人，笾，指竹编的容器，笾人掌管祭祀时分四次进献的笾，第一次进献炒麦子、炒麻子、炒米、炒黍子……第四次进献炒干的米麦、豆粉的蒸米饼和蒸米粉饼，说明周人已经熟练掌握了炒食蒸饼技术。"国之大事，在祀与戎。"由此我想，智慧的周人既能把精心制作的美食用于祭祀，也自然会用于保障浴血奋战的军人。文王时多次北征，东征的步伐也在加快，随着铁的冶炼与应用，为了适应更大的作战需要，人们完全有理由相信周人一系列干粮，已经迅速升级到体积更大、营养更丰富、储存时间更长的"文王锅盔"的新阶段。

粮食是军心、士气的定心丸，也是战争舞台上最刚硬、最持久的主角。自秦文公带领秦人千渭之会，全盘继承了周人以农为本的强国理念，经过数百年的积累，国力大增，秦穆公时跻身春秋五霸，秦孝公任用商鞅"变法修刑，内务耕稼，外劝战死之赏罚"，新法"行之十年，秦民大说（悦），道不拾遗，山无盗贼，家给人足。民勇于公战，怯于私斗，乡邑大治"，"诸侯毕贺"，之后的秦惠文王、武王、昭襄王南取汉中，西举巴蜀，东割膏腴之地，北收要害之郡。关中万石一积的粮仓有咸阳仓、栎阳仓、霸上仓，新占领地区的粮仓有敖仓（今郑州西北）、陈留仓（今开封东南）、宛仓（今河南南阳）、成都仓（今四川成都）等，加之铁器的广泛应用，笨重易碎、携带搬运不便的陶器瓦器让位于铁器铁锅，秦军车、骑、步、弩大军既有充足干粮，又能吃上热食，军力日益强劲。秦昭襄王时，破格以年轻将领白起为主将，攻击韩国魏国联军于伊阙（今河南洛阳龙门），一役斩首二十四万人，诸侯惊恐，六国战栗。一战升为大良造、担当秦军主帅的白起，又于公元前279年指挥了进攻楚国的鄢郢之战，在强攻未能奏效的情况下，筑坝拦水，决堰放水，滔滔洪水淹没鄢城（今湖北宜城），死伤军民数十万，然后沿长江东下，拔楚都郢（今湖北江陵），焚夷陵楚王庙，大军前锋直指竟陵（今湖北潜江），楚国无奈迁都于陈（今河南淮阳），白起因战功卓著被封为武安君。此役前后持续两年，秦军初到南方，两军对垒，难耐湿热，为了大造声势先声夺人，人高马大四肢健硕的秦军，卸去盔甲脱掉衣服，赤身裸体，叫阵时吼声如雷如狮，冲锋时勇猛如虎如狼，身后背负的锅盔经过日晒雨淋已变成如铜似铁、如木似皮的鬼怪模样，进食时个个又像长着铁齿铜牙，大块吃肉，大啃锅盔，而楚人身材矮小、面黄肌瘦，国家连年征战，国库空虚，饿着肚皮上阵，未战先输一着。又楚人不知锅盔为何等神器，看到秦军大吃大嚼如泥如土如砖如瓦的东西，又力大如牛，披发如魔，大为惊骇，频传秦军恶魔妖怪一般茹毛饮血、啃石咬砖，是故每遇秦军，大呼"妖怪""虎狼"来了，慌不择路，争相逃窜。此后，"战神"白起又指挥攻击赵国的长平之战，断绝赵军粮草，射杀赵括，围困其主力四十六天，赵军迫不得已暗地自相残杀以为食，连战带饿，四十五万人一命呜呼，唯释放未成年的二百四十人返回。史书载白起尽坑降卒，后世颇有争议，我非为白起喊冤叫屈，我以为，可怜的赵军四十多万人脱离原有防线与军需基地，冒险前出，食不果腹，日夜鏖战，伤不能救，尸横遍野，食人杀马，疫病流行，能侥幸存活的必然为数不多，再说秦军不是"收尸队"也用不着销毁"罪证"，没有时间也没有工具去挖坑掩埋四十多万人的。《吕氏春秋·爱士篇》说："衣，人以其寒也；食，人以其饥也。饥寒，人之大害也。"《上农》篇说："古先圣王之所以导其民者，先务于农。民农非徒为地利也，贵其志也。民农则朴，朴则易用，易用则边境安，主位尊。"这说明"上农"是整个秦国国防战略的思想与经济基础，这是秦军所向披靡、秦国统一天下的重要保证。

秦军背着锅盔扫六国，背着锅盔筑长城，锅盔也成了汉朝唐朝誓扫匈奴突厥铁骑的诡秘兵器。今人虽无法亲历古代大西北恶劣的环境与气候，也无法体验戍边将士一把炒面一把雪、一块锅盔半月粮的艰苦，但一篇篇战争诗，仍能把人带到"轮剑直冲生马队，抽旗旋踏死人堆"的生死战场。陇上边危，"当朝受诏不辞家，夜向咸阳原上宿"；塞北秋早，"北风卷地白草折，胡天八月即飞雪"；大漠孤苦，"孰知不向边庭苦，纵死犹闻侠骨香"；西域风烈，"轮台九月风夜吼，一川碎石大如斗，随风满地石乱走"，"将军金甲夜不脱，半夜军行戈相拨，风头如刀面如割"；西海天高，"黄沙百战穿金甲，不破楼兰终不还"……"好勇自秦中，意气多豪雄"。锅盔伴随着西北战场的传信狼烟、嘭嘭战鼓，伴随着金甲兜鍪、如雷凯歌，也伴随着男儿意气，一起成为我们民族的英雄诗史！

锅盔为什么惹得老陕流涎水？为什么让老陕像牵挂宝贝一样挂在嘴上？而且老陕的锅盔又极像锅盖，又招惹国人如打量天外来客似的说长道短："中国人唯秦人嘴巴大，一次能吞卜这么大的食物！""秦人铁齿铜牙，吃硬如砖块的锅盔如吃豆腐！"外地人将女儿嫁给陕西小伙，出门时母亲含泪拉着女儿的玉手心疼地说："到了婆家人家吃什么你别挑食，锅盔就是费牙，不行了用水煮着泡着吃，别早早没了牙！"关中某县县长去无锡招商引资，无锡老板说："陕西人诚信厚道，只是锅盔我们啃不下！"外地人对陕西锅盔的这番误解，是他们从未品尝过这么甘美的食物。它是黄土地的脂膏，是补给庄稼汉胳膊上肌肉疙瘩的特殊补品。吃锅盔的庄稼汉，能把碌碡举到头顶，能把大梁扛到房顶，能把一麻袋麦像拎鸡娃似的扔到粮垛上……散文大家刘成章上世纪八十年代在千阳蹲点时写了千余字的锅盔短文，称赞："锅盔的形状，又多么像这千阳大地，像这黄土高原：敦厚、雄浑、粗犷，可以载大树，可以负巨石，可以经受暴风雨的无情打击。"老陕说：有牙没锅盔，有锅盔没牙，是说锅盔吃起来很费劲，牙口不行是吃不了锅盔的。另一层意思是，想吃锅盔还要赶上丰收年，否则牙齿再利也只能喝稀糁子，吃糨糊状的搅团。一上海知青上世纪七十年代在岐山北郭某村下乡，一日三餐是轮流吃派饭，遇到家境好的能吃上两片锅盔，遇到家境差的，常常是两碗搅团。第一次吃搅团，他把盐、醋、辣子合成的调料水一口喝光，蹙着苦相对上饭的大嫂说："水水好喝，糨糊难吃。"惹得大嫂捧腹大笑。民国十八年关中一场大饥馑，人口饿死过半，亏得秋天下了几场雨才让麦种下了地。来年麦子籽实饱满，我村有三位长者逃荒回来，捋着青颗麦粒大嚼大咽。麦刚半熟，心急得用石磨推了二斗面，让婆娘烙下锅盔，不料一年未吃硬食的长者怎么也嚼不动硬锅盔，一个嘴含锅盔笑着咽了气，活着的叹道："唉！真是有牙没锅盔，有锅盔没牙，苦命！"老陕在谝闲中，也常用这句调侃话感叹生不逢时，搭不上幸运车。

关中人的家常锅盔，大若草帽，厚若砖头，状若猛士盔甲，极像秋野里成熟的金葵。最有名的锅盔，有岐山文王锅盔，千阳砖头锅盔，陇县油酥锅盔，乾县原味锅盔，以后也有苜蓿锅盔、菠菜锅盔问世……文王锅盔是文王发明的，一类是麦面伴盐伴茴香粘芝麻，用酵子将面发起来后，揉上几百遍，再将面团放在板上，用铁绳将木杠一端挂在木板上，运用杠杆原理发力，老者压不动了，小伙上阵，面团中的水分被榨尽，擀成磨盘形放入锅中，用麦秸火煨上半天，锅盔便散发金黄色泽、大肉出锅的香味，切下一角，外筋内酥。加盐是为添味道、防霉变。还有一种拱若穹隆、小若礼帽的锅盔，做起来极为讲究，用猪油伴糖水和面，揉上几百遍，用小锅烙熟，酥脆可口，营养极高。据考古专家推断，这是西周宫廷专用食品，是专门供王食用的，后流传到民间，家境好的才能食用得起。千阳的锅盔厚若木砧，一个锅盔有十多斤，吃起来时嘴巴需张得像瓦窑像蛇吞象。一妇人曾以手脚麻利著称，烙好砖头锅盔常站锅台扔向案板，喜听那"咚"

的一声，不料放学的孙子站在案板前，锅盔砸向他的头顶，顿时鼻孔出血，倒卧在地，送往医院被诊断为脑震荡。千阳人用刀切锅盔，为夸耀其厚实，总是用刀子斜切下去，让人如打量深沟高原似的惊叹不已。千阳山大沟深，农活吃力，只有吃了砖头厚的锅盔，农人犁地扛柴才不怯场。陇县山高路险，凡耕种多以苦力，故用清油和面加工成油酥锅盔，干脆爽口，油而不腻。春季苜蓿发出嫩牙，关中妇女将其拌入面中，烙成锅盔补充营养，少菜缺肉的家人因而食量大增。

旧时商贩远行、樵夫进山、麦客赶场，路上吃口熟食很难，而熟肉、蒸馍容易变臭变霉，唯锅盔放个十天半月也不变味。在没有方便面的时候，秦人出行必携带锅盔。荒无人烟、饥饿难耐，吃几片锅盔能量得以补充，马上精神焕发。相传古时军队头戴铁盔，饥一顿饱一顿，饭时不见食物送上，不知是何人急中生智，卸下头盔当锅，胡乱揉面生火，面团被烤得半熟，众人犹如饿狼扑食。这一传说，可能为真。战争往往能点燃发明的灵感。锅盔相当于如今的压缩饼干。锅盔解决了士兵水土不服的痼疾，也解决了守城无暇吃饭、打埋伏怕目标暴露、转移阵地辎重拖累等难题。锅盔二字，若非沾上了盔甲的硝烟，要不何来"盔"字这样的名号？锅盔从军队传到民间，也造福无边。如今秦人的羊肉泡馍，用的就是硬面锅盔。后来，人们将用来蒸馍的"发面"烙成了"起面锅盔"。农人种地，惜时如金，咥上几片锅盔就能一鼓作气犁上几亩地割完几亩麦。商人贩运，为节约成本，昼宿夜行吃几片锅盔喝几口冷水就继续赶路。樵夫上山砍柴，百里之路，吃上几片锅盔力气不减。在方便面未出世之前，关中人坐火车，就带着一挎包锅盔，一瓶辣椒当饭吃。臊子面、锅盔、面皮，是关中人将麦面做到极致的结果，也是关中人适应自然、改造自然的又一创举。在家吃面，在外吃锅盔，关中人还发明了"棋子豆"，这也是干粮中的细碎物，易保存易携带。扶风人还发明了学子赶考途中的专用食品——鹿糕馍，它小形瓦当，上画有飞奔的一只鹿，意即食后得禄。

锅盔是母亲用心智催生的一轮圆月。关中母亲除忙完农活外，用去许多时间是站在锅台烙锅盔。烙锅盔来不得半点心急，要用麦秸慢慢烧，否则锅盔就成了"皮焦里生"的木炭。锅盔上面的花色像雪地里绽放的梅花，有起有伏，均匀有致，细看起来有的像地图、有的像山河、有的像人物画花鸟画。夏季烙锅盔，厨房像着了火，母亲汗水涔涔，不断地翻转，一顶锅盔寄托着母亲祈求全家平安团圆的愿望。在极其贫困的年代，母亲烙下锅盔后，连一块三角形状的小锅盔也舍不得吃一口。如果丈夫或儿子外出干活，母亲烙锅盔更是小心翼翼，生怕有过火的疤子，避讳祸事殃及家人头上，也知道出门在外艰辛备至，食口锅盔就想到了家。我当兵离家的那天早晨，母亲半夜起来烙好一顶锅盔，装入我的挎包，叮嘱道：远离故土吃点锅盔就不拉肚子。那时家里常常闹粮荒，我将舍不得吃的几片锅盔偷放食案上，可细心的母亲又偷偷装入我包内。母亲一生是教书育人的，她在朝阳学校教书时，我家灶房在两座大房的过道夹缝，无门窗也罢，但若刮东风，烟筒就被卡住了喉咙，灶房内浓烟呛得人睁不开眼，做一顿饭母亲眼睛就被烟熏得红肿流泪。我上课时常爱观风向，生怕吹东风，但刮东风总比西风多。我的二婶是乡邻们公认的好人，一生乐善好施，菩萨心肠，幼时我放假回村，孤独一人，二婶饭时总是把我叫到她家，虽是几片高粱面锅盔，搅团就野菜，却让我有了温暖的家。记得她去世那年的深秋，我回到村子小住二日，走时她老人家烙了一顶大锅盔，切成小块让我带走。二婶肾癌已到晚期，全身浮肿，却半夜爬起来为我烙锅盔，她老人家可能知道这是她为我烙的最后一顶锅盔。

锅盔是父亲用汗水浇出的一轮红日。从麦子下种到收获，父亲比侍弄小孩还精心。没有化肥，常常是土地大搬家，从土场把土拉到后院，给人粪、猪粪撒上一层土，又得把农家肥一车车拉到地里。庄稼人常常为给地里上肥而发愁。多年的土墙被挖了当肥施进麦地，三年的土炕被挖了当肥施进了麦地，炕灰、锅灰被当成稀罕物施进了麦地。光土肥的大搬家就让他浑身散架。麦田锄草要三五遍，勾着头、猫着腰，眼睛像辨奸一样。割麦碾麦更是苦不堪言，要是遇上连阴雨，一年的心血就泡汤了。父亲脸上总是忧郁着，他们被麦子压得喘不过气来，父亲吃起锅盔来，生怕掉碎渣。即使芝麻大的馍渣，也要像捡元宝似的捡起来扔到嘴中。父亲知道，每粒麦子都浸透着他的汗水。太阳似的锅盔让父亲喜悦，这是上天赐给人间的佳肴，父亲心中变得金灿灿、晴朗朗。父亲的手指变得像料礓石一般粗糙，额头爬满了沟壑状皱纹，父亲绝无退路，他生下来是种地的，他是为麦子活着的。他吃着大地的麦子，最后被大地从头到脚吃了个精光。

锅盔是游子怀中贮藏的一顶草帽。关中汉子离乡时，母亲总要让他怀揣几片锅盔。锅盔上有母亲的味道，散发着"临行密密缝，意恐迟迟归"的情愫。岐山人给离乡的人总要烙形似铅球的"灶干粮"，实际上是希冀孩儿早回乡、早团圆，当游子吃尽这些锅盔后，母亲的形象就烙在他的骨子里。锅盔是故乡的苍穹，是秦人的血脉、秦人的徽记，大凡在外地谋生的秦人，官做得再大、钱挣得再多，见了锅盔就有了"锦城虽云乐，不如早还家"的归根感。

锅盔是武士出征的一面战鼓。秦人扫六合，用铁饼似的锅盔砸平了天下。能吃锅盔的猛士，有着白起的血性，有着王翦的狠劲，有着郭子仪的威风。中条山战役中，关中冷娃吃着锅盔与日寇搏斗得昏天黑地，失利后绝不投降，毅然跳进滚滚黄河，让黄河水把自己变成一顶奔向大海的锅盔。

千里迢迢有一口锅盔你就不会倒毙途中，大雪茫茫有一口锅盔你就找到了温暖的火炉。

洒血疆场，有一口锅盔你就回肠荡气。逃荒要饭，有一口锅盔你就死里逃生。

锅盔，是五谷打造的车轮。

锅盔，是苍天赏赐的奖章。

锅盔，是大地揭开的锅盖。

如今，城里的女人不再烙锅盔，乡下的人也不是顿顿吃锅盔。锅盔渐渐失去了它的市场，但岐山的文王锅盔同面皮一样卖到天南地北。

城里人烙锅盔烙成了点心月饼，黑心商家把点心月饼烙成了铁饼。锅盔不再像锅盖了，人心也就薄了，血性也就衰了，勇气也就弱了。好在锅盔并没有像珍稀植物动物那样濒临断代灭种，对秦人来说，锅盔永远像天穹一样盖在这方天空！

秦腔吼起来

"上到九十九，下到刚会走，人人都会吼。"

"老到弯了腰，小到背书包，个个受熏陶。"

这段顺口溜，是说在陕西不论老幼、不分男女、不分早晚、不分城乡，也不论红白喜事，你都能听到独唱、清唱、哼唱、吼唱与乐器伴唱的秦腔划过时空。如果说衣食住行是老陕的身子，那么秦腔便是老陕的影子——穿破袄的诉恓惶，披绸缎的亮排场；饿肚子的咒天堂，咥饱了的夸婆娘；住草窝的骂皇上，睡大房的吼命强；赶大车的夸风光，钻密林的恨虎狼；逃荒的念先王，受冤的哭忠良；孤儿寡母怕的是恶霸地痞为虎作伥……

秦腔是秦人掏心窝子的爆炸性的心声，是"鼓之以雷霆，润之以风雨"的真情倾泻。秦腔调门高，蹿过五线谱，高过高八度，如雷公掀翻了雷车，天崩地裂，吓得公鸡上了树，惊得母猫钻了窝，震得树叶嗖嗖嗖；攀弦合板的也罢了，尤有走腔跑调的，扯开破锣嗓子，像伐锯、铲锅、驴叫唤、炭渣窝里磨铁锨，像鬼哭狼嚎，咋样难听咋样吼，让你锥心刺耳、五内俱焚……外地人把演戏叫念词唱戏，可只有老陕念词是喊、唱戏是吼！

老陕吃的是辣子锅盔裤带面，头像升子胃像斗，胸腔发达，气壮如牛，像帕瓦罗蒂的声音一样能把演艺厅玻璃击碎。一个"吼"，是说秦人不文气，爱咋呼，嗓门粗，像张飞三声喝断当阳桥一样威猛。一个"吼"，是说村村户户都有驴叫马嘶的秦腔声，直吼得八百里秦川旋风打滚尘土飞扬。秦腔吼起来了，夜晚不再寂寞，白天不再空旷，愁肠不再纠结，农活不再吃力，日子不再难熬。"吼"是秦人甩出了肚中的一汪苦水，"吼"是秦人服软不服硬的德行，"吼"是秦人路见不平拔刀相助的秉性，"吼"是秦人对天荒地老的哀婉绝唱，只有秦人吼天吼地吼得这么雄壮悲壮、这么刚烈惨烈、这么高扬高亢。

一声吼，吼的是盘古开天地，三皇克艰险，五帝治天下，万民敬圣贤。

一声吼，吼的是周朝八百年，秦朝气数短，大汉拓边难，盛唐不复返。

一声吼，吼的是世间缺公道，忠臣多遭难，子孙要奋发，国家万代传。

一声吼，像狮子咆哮，像大河决堤，像金瓶破裂，吼得上天要长眼，吼得大地要行善，吼得奸贼冒虚汗，吼得良人遂心愿……不吼，秦人觉得憋屈、苦闷、纠结；不吼，秦人觉得白来世上一场。秦腔与辣椒、西凤酒一样，成为秦人的开心果、催眠曲、冲锋令。秦人有了秦腔，如干柴见烈火、猛士遇悍将、战马吃黑豆，也如洞房花烛夜、他乡遇故交、金榜题名时……

关中自古帝王乡。皇帝找乐子的办法多得数不清，但秦人只有秦腔才能给他们带来精神大餐，也只有秦腔吼出了他们的大起大落、大忧大愁、大盼大愿，诉出了他们的大慈大悲、大智大勇、大忠大德……他们虽做不了戏中的忠烈，但他们与戏中人心是通的，意是合的，情是投的。一出戏让他们流了一老碗眼泪，一出戏也让他们解开了几年甚至几辈子积压在心头的疙瘩，更让他们懂得了精忠报国，懂得了天不可欺、恶不可作，也让他们懂得了因果必报、祸福相随等哲理。他们喊着戏上的词，吼着戏上的曲，似乎自己也判了一个公正的案子，也到沙场尽了一回忠，冤屈苦闷也如竹筒倒豆子似的诉了出来，仿佛爱着的那个意中人也回到了怀抱。他们担着一担麦去赶集，吼起《下河东》，犹如皇上指挥三军拉着粮草征讨，豪气冲天，牛皮哄哄。他们扶着犁，套着牛在犁地，一时兴起吼起《拾黄金》，把石块会像金元宝一样捡起来左右端详，白日做梦，笑声震天。他们被村霸或街痞找茬欺辱了一顿，气得不吃不喝，想上吊自杀，可吼起《白逼宫》来，气立马就消了。秦腔是秦人的心理医生，不用看肝气郁结就好了。玉米拧成了绳绳，地里干得冒烟，他们吼起了《赵匡胤祈雨》，盼望龙君急驾祥云降甘霖。他们走路唯恐踩上蚂蚁，口念阿弥陀佛，可官司却找上门，糊涂县官要判儿子偷盗罪，他们吼起了《法门寺》，盼望青天大老爷显灵，弄个真相大白。他们一次次上访，一次次击鼓喊冤，最终为儿子讨了个清白。

秦腔是百姓洗涤灵魂的殿堂。庄稼人劳累终日，晚上跑十里八里也要去看戏，有些戏看了几十遍，人都钻到戏肚子里头去了，像勾走了魂似的还跟着赶场子。似乎秦腔能打粮食能娶媳妇能生娃，能壮骨强身能祛病，能做梦梦财神出门遇贵人。在一个村上，盖房或筑墙，只要一个人唱一句"老娘不必泪纷纷"，就有人接唱"听儿把话说原因"，也有人接唱"我的父在朝官一品"。只要开了头，有时接唱的是十几个人或路过的陌生人，远处听来，好像来了一个大剧团在唱，连念书的娃娃也驻足跟着唱了起来。锅台前把挂面下到锅里的妇女，跟着吼忘了捞面，被丈夫训斥得面红耳赤，用辘轳汲水的老汉，把水桶吊在井半空，硬憋着一口气吼到底。在陕西，人人都是戏子，人人都恋上了秦腔，他们被秦腔勾走了魂，掏走了心。晚上一有秦腔演出，"偏瘫爷"吃过午饭就拄着棍像拜老皇帝一样往戏场挪，"瞎子婆"让小孙子拖着手像回娘家一样往戏场赶，四邻八乡的人连饭也顾不上吃，冷馍就着绿辣子都往戏场跑，生怕看不上头，留下遗憾。秦腔的魔力像鬼附身，也像现场直播发射登月飞船、像天安门阅兵式一样，往往引得万人空巷，连习惯于顺手牵羊的溜门贼也"痛改前非"了。

一有秦腔戏，千家万户就沸腾了起来，就乐和了起来。邻村的傅有钱先生是个教书匠，只因"反右"时糊里糊涂被戴上了帽子，于是回到村上种地。尽管他干起活来手无缚鸡之力，但吼起秦腔却老到得像个演员，唱着唱着就满面泪痕，唏嘘不已，直唱到最后平反昭雪又走上讲台。往教室走时他在吼秦腔，下课了他又在吼秦腔，但却很少吼学生。他一生命运坎坷却活了九十岁。很难想象，在艰难岁月没有秦腔搀扶他，他早就成了木头人。傅先生下世前，当晚还看完了一台秦腔戏；他弥留之际，耳畔还是秦腔声，没留下一句话。我父亲一直是个戏迷，他二十多岁时带着乡亲在雪天去麟游出公差，从十米高崖上坠下，右腿疼得钻心，又被庸医手术刀误伤，后锯掉一条腿，在文化战线跌跌爬爬了几十年。在文化馆看护文物上千件，给自家没留任何一件宝物，因文章惹了一大堆麻烦。父亲几次分房，几次涨工资都让人顶了。父亲的脾气变得越来越差，可县城周围有秦腔戏，他骑着自行车必定去看。父亲已经八十岁了，每天晚上的陕西电视台《秦之声》栏目是他必看节目，每天下午县城的秦腔自乐班他也是常客。我们兄弟三人都在外面工作，和父亲说话的机会很少。父亲只有和秦腔说着心里话，只有和戏上的人一次一次交流着。父亲十三岁时丧父，下有弟妹，上有母亲，念了个小学三年级只好辍学，以砍柴为生。父亲的记忆力惊人，字没识下几斗，但看戏却把戏词记得一字不漏。每有演出，他跑十几里路也要去听戏，有次竟半夜睡倒在柴堆上。砍柴时常会碰上狼，父亲就吼起秦腔，山冈山谷回音大，狼一次次被吓跑。秦腔也成了父亲的大救星。父亲渴望念书却进不了学堂，借来发黄的几十本戏簿，用记在心中的戏词识着陌生字，完成了艰难的认字过程。戏词又是千锤百炼的锦句名言，也滋润了他的文字功底。父亲后来走上工作岗位后，还成了县上有名的"大秀才"。小时，常见父亲的评论文章发表在《陕西日报》上，而没有人知道他的先生是秦腔。父亲喜爱秦腔也感恩秦腔，他生怕台下观众少而让演员受冷落，再热再冷再渴再饿，靠着自行车也要把戏看完。这已是繁星满天，父亲吃力地骑着自行车，嘴里哼着秦腔乐悠悠地赶回家里。父亲能把好多戏词从头至尾背完。身边没有儿子照料，秦腔就是他的亲人，他的知己。父亲晚年为演员写过好多文章，为此我多次劝他歇歇，但他的朋友中唱秦腔的居多。岐山的著名演员王学琴、张凤才，都是他的至交。他知道，他的欢乐在秦腔中在演员中，他写的对联在全国获过大奖，但给戏子戏楼写的对联最多，这是他骨子里爱着秦腔，才一文不收绞尽脑汁心甘情愿这么做的。不啻是普通人爱看秦腔，文坛泰斗陈忠实晚年就迷上了秦腔特别是"华阴老腔"。他时常吼几句，或是开怀大笑，或是咬牙切齿。他在一篇文章中写道："这样富于艺术魅力的老腔，影响到了我对关中乡村生活的感受，也影响到笔下文字的色彩和质地。"他为老腔申遗做了好多事情，直到死还为此奔波着。他说要保持老腔的艺术纯真性，不要跟风，把先人留下的东西变形变味。《白鹿原》被改编成话剧，片头曲就是用哭腔哀声吼的，陈忠实对此十分满意，认为只有老腔才配《白鹿原》。陈忠实二〇一六年四月去世，十一位艺人在灵堂前为他演唱了老腔《白鹿原》片头曲。生前爱秦腔，去世了也听一曲秦腔，让陈忠实一路走好！文坛鬼才贾平凹的长篇小说《秦腔》，以疯子引生爱上了一位女戏子后，掉进了迷茫矛盾的深井，深层次揭示了中国农村社会转型时期的震荡，是当代文坛现实主义作品的迤逦高峰。上世纪八十年代，老家在凤翔上郭店村的一七旬台湾老兵回乡探亲，白天走亲戚，晚上看秦腔，他对乡邻说："在宝岛暑热难耐，思乡心切，靠听秦腔带子度日。"原来，陕西的老兵在台湾争买秦腔带，也成立了娱乐班，人人都是秦腔迷。这位老兵下世时，叮咛儿子要在灵堂前给他放几曲秦腔，听到秦腔魂就归故里了。

秦腔的曲牌有三百余种，其音乐特点高亢激越，如敲金戛玉，强烈急促，如骤雨急风，板胡的悲苦，二胡的苍凉，弦索的酸心，扬琴的激越，唢呐的穿透，大鼓的轰鸣，梆子的干脆，让秦腔成为"百鸟和鸣"的演奏。其板式主要有"慢板""二六板""带板""垫板"等六种，再加上"三滴水""十三腔""苦中乐"等"三音子"拖腔点唇，具有"繁音激楚，热耳酸心"与"声振林木，响遏行云"的风格。秦腔的音乐激越时若枪声大作，缠绵时如爱妻撒娇，道苦时若雨打芭蕉，时而天上，时而地上，时而热气蒸腾，时而冷气穿骨，如秦人性格直爽暴烈，爱憎分明。秦腔虽有各种艺术流派，如东府大荔腔，西府周至腔、礼泉腔，西京的西安腔，南路的汉调桃桃，北路的阿宫腔，但唱者要字正腔圆，声若洪钟，胸腔发出的音如大炮的威猛。不少戏可以用假嗓子唱，秦腔只能是本嗓真声，除小生、小旦真假声糅在一起唱外，其他只能是凭硬功夫打擂台，叫"挣破额"。演员要气沉丹田，从腹腔爆发出排山倒海的力量来，震得天雨哗哗下，震得房土唰唰落。而男演员在十四岁左右的青春期要变声，大都过不了这道坎，这无异于牵着骆驼穿针眼，不少苗子就过不了独木桥。秦腔的声音挺拔宽厚，悲切柔和，豪放细腻，适宜在关中这样的黄土高原吼叫，而"吹胡子瞪眼""提袍甩袖亮靴底"，正是关中人倔脾气的映现和写照。秦腔有历史剧、神话剧、故事剧，演的是家国情怀、军国大计，秦人由此也爱操公家心，爱议谁忠谁奸，也由此熏陶出不少政治明星。《辞源》曰："秦声，秦地之歌曲，尤言秦腔也。"吴季札聘鲁观周乐《秦风》时说："此之谓夏声，夫能夏则大，大之至也，其周之旧乎。"是说秦腔可追溯到周代之前。曾担任过易俗社社长、毕业于北京京师大学堂的剧作家李约祉说："戏曲之源，起于西秦，而秦人反无片纸只字之著述，宁不可愧！"那么秦腔是怎样由幼苗长成参天大树的，我是秦人之后，只能从浩如烟海的史册中洞幽烛微，剥蚌见珠般探索着来龙去脉。

秦腔灌注了周公制礼作乐的正气。"大乐与天地同和，大礼与天地同节"。乐的含意取法于天，礼的含义取法于地。古时帝王修德，尤重礼乐。《史记·乐书第二》，是一篇关于音乐起源与流变的纲领性史册。"凡音者，生于人心者也；乐者，通于伦理者也。""人生而静，天之性也；感于物而动，性之颂也。""礼节民心，乐和民声，政以行之，刑以防之。""乐至则无怨，礼至则不争。"这是说，礼乐都是调整情绪的"润滑剂"，是复苏心灵的甘霖。上古舜帝演奏的是《韶乐》，天下大治，凤凰来仪，百兽率舞。纣王演奏的是《朝歌》《北鄙》，阴气冲天，离心离德，弄得身死国亡。武王演奏的是《武乐》，指挥若定，威武雄壮，速战速胜，天下归周。因此，周人特别重视乐教。《周礼·春官宗伯第三》载，西周在百官中设置了数十种专管音乐乐器的官职，国家乐团人数多达一千四百六十四人，规模宏大，运用的乐器有二十五种，门类齐全。因此说，秦腔是上古音乐的回声，是西周音乐的传人。

秦腔融进了秦人崇勇尚武的威猛。秦人是西周的长工，周平王赏赐给秦人岐山以西的土地，秦人就鹦鹉学舌般地哼起了秦腔。司马迁说："音正而行正"，"雅颂之音理而民正，嘈噌之声兴而士奋，郑卫之曲动而心淫。"秦腔中的慢板、垫板回荡着武王伐纣的口号声，昂扬着秦皇横扫六合的呐喊声。李斯的《谏逐客书》中写道："夫击瓮叩缶弹筝搏髀，而歌呼呜呜快耳者，真秦之声也。"击瓦瓮，叩缶罐，拍大腿，呜呜唱着秦声，这实际上是写最早的秦腔。秦灭六国后，在关中建宫室一百四十五处，集中了女乐倡优万余人，在上林苑宫殿，出现了"车行酒，骑行炙，千人唱，万人和"的壮观一幕。

秦腔是隋唐文明的"拍弹"。汉时，长安演出的歌舞规模宏大，京师"三百里内皆来观"。隋时，"令城市少年有容貌者，妇人服而歌舞，有神鳌鱼山，有幻人吐火，金石匏革之声，闻数十里之外。大列炬火，光烛天地，百戏之盛，震古无比……"唐时玄宗于听政之暇，教太常乐工子弟三百人为丝竹之戏。玄宗号为皇帝弟子，又称梨园弟子。唐懿宗时，又有了"拍弹"，即乱弹。

秦腔是李自成转战南北的"军戏"。李自成作战间隙，以秦腔告慰士兵，听到秦声就少了想家的愁绪。这也是秦腔大面积普及于湖广的原委。

秦腔是京剧、越剧、汉剧的鼻祖。一六四〇年，秦腔传入江浙，绍兴大班、乱弹班出现，演变成"西皮"，也被越剧繁衍成"梆子"。一六五〇年，秦腔又流入江西，滋生了"宜黄戏"。后秦腔流入安徽，发育了枞阳腔。清初，秦腔在北京唱红，滋润了京剧的诞生和发展。秦腔是国粹，是国宝，它吼遍了华夏大地，吼得人荡气回肠，吼得人天良迸发，知识大长！

秦腔"形成于秦，精进于汉，昌明于唐，完整于元，盛行于明，广播于清"。秦腔诞生于关中这块沃土，玉韫石，珠藏渊，因这里曾经是中国的政治中心、经济中心、文化中心，而格外沾恩带露，普惠受宠。关中因隋唐的大开放，也使艺术之树见风就长，异彩缤纷。仅胡人带来的乐器，就使当时的音乐收到"昆山玉碎凤凰叫，芙蓉泣露香兰笑"的效果。政治舞台上的大起大落，经济旋涡中的大跌大涨，文化长河中的大鸣大放，让秦腔有了大吐纳、大境界、大见识。"向阳花木易逢春"，秦腔与其他戏比较起来，就多了政治戏、英雄戏、爱国戏、忠烈戏。而且粗喉咙大嗓门、黑脸红脸出来进去，本戏故事纵横捭阖，酣畅淋漓，当然除了"奸臣害忠良"

的悲悲切切外，还有"姚婆害先房，相公招姑娘"的啾啾怒怒。

　　秦腔演员大都出身寒门，饱受屈辱，演这些悲壮的角色立马会被剧中人物所打动、所缠身，如同吐肚子一腔苦水，演自己一段身世。他们把演戏当成谋生的饭碗，也把演戏当成实现自身价值的平台。学武功、吊嗓子、住破庙、睡寒窑，他们从不叫苦，他们知道："台上一分钟，台下十年功"，"演员不动情，观众不同情"。吃尽苦中苦，也要把笑脸快乐奉献给乡亲。上世纪三十年代，十二岁的宋上华被卖柴的叔父扔在西安城，靠乞讨度日的他想报考西安易俗社，可连一句戏词也唱不了被拒之门外。可他怎么也不离开易俗社，演出时就坐在后台观看，被演"活赵云"的呼延鑫发现，怜其可怜，让他学旦角。没料两个月后，登台演出《一拜缘》中的少女李素贞，声若出谷黄鹂，腰若春天柳枝，遂一举成名，把《美人网》中的玉兰、《风雪图》中的宋琴珠、《周文送女》中的周兰英、《颐和园》中的西太后演活了。宋上华的《拷红》《杀狗劝妻》《龙门寺》被央视多次播放，也捧回了多项全国大奖。人称"兰州红"的杨金凤，是母亲逃难时在一座破庙所生。一九三二年，全家人逃荒落脚于甘肃靖远县城，一日演大戏，母亲将十岁的她锁在屋内，想看戏的小金凤哭了一阵，站在炕上，一人唱起了看过几遍的《断桥》，一会唱白素贞，一会唱许仙，一会唱青蛇，去戏园看戏的人被她的声音所打动，围了个密密匝匝。过路的县长一看这么多人，以为出什么事了，仔细一听女童唱得这么好，遂叫来戏班领班让这娃三天后唱出戏，没料想小金凤一上台全场轰动，在《卖酒》中演活李凤姐，在《打金枝》中演活昭仪公主，在《走雪》中演活曹玉莲……一九五六年在陕西省第一届戏曲会上演出时获一等奖，在全国戏曲观摩演出中屡获大奖。受到刘少奇、周恩来多次接见的秦腔艺人崔惠芳，一岁时父亲干活时吐血而死，母亲只得改嫁，继父又因逼债上吊身亡，七岁的惠芳去糊火柴盒去酱园择辣子为生。母亲送她去学戏，她几年就成了名演，扮演的梁秋燕让人叫绝，扮演的祥林嫂催人泪下，她说："我母亲不就是祥林嫂嘛，我就是阿毛，不同的是阿毛让狼吃了，我却活了下来。"出生于长安县的孟遏云被称为"秦腔第一女演员"。遭旱灾后家里送她去学戏混口饭，戏班人说，女孩子唱戏不吉利，但她有一副金嗓子，"响遏行云"，遂将孟小光改名为"孟遏云"。十五岁那年，军阀马步青要她去甘肃演戏，欲娶她为姨太太，她怎么也不答应，被关禁闭三年。孟遏云不仅留下优美的唱腔，也留下了"富贵不能淫"的美谈。

秦腔大师任哲中幼时练嗓子，对着井口直喊得井水晃动才罢休。秦腔大师张兰秦演出时曾把高音喇叭震落。秦腔演员都有一副"铁嗓子"，他们和国际上的美声大师可以打擂台、较高低！他们不图钱财，一门心思唱戏，吼得脸红脖子粗，吼得万家开心、千村喜庆。在艺坛英华中，有五代包公——李善、李买刚、左福成、白江波、宋百存，有六代"宝钏"——杜彩霞、郭明霞、刘棣华、肖玉玲、陈娴华、杨凤兰，有七代"周仁"——李云亭、刘毓中、雒秉华、赵集兴、黄金花、任哲中、李爱琴，有八代"香莲"——赵桂兰、王玉琴、李夕岚、张慧侠、党碧侠、卫水珍、张爱莲、胡波，有九代"慧娘"——马蓝鱼、崔惠芳、张咏华、郝彩凤、张燕、齐宝琴、舒曼莉、刘晓玲、肖英……一代又一代的艺人们传递着薪火，使秦腔有了永恒的生命力，有了亘古的传播力。忠与奸水火不相容，美与丑冰炭不同炉。崇尚光明、追求真理是社会的主色调。而在雨遮阳、云遮月的浑浊年代，人们从秦腔中看到了邪不压正、黑不挡白。陕西的农民起义，近代革命，也有秦腔从暗处助推的原因。秦腔让好汉揭竿而起，秦腔让忠臣舍生取义，秦腔让百姓学做好人。

秦腔吼的是为国尽忠、战死沙场的英雄气概。《杨门女将》中，十二寡妇柔肩扛大旗，男儿没了，女人出征，山河寸土不能丢，保家卫国人人有责。看罢此戏，谁再贪生怕死，也要在国难当头中拼上一回！《苏武牧羊》中，苏武饿得吃老鼠，嚼毛毯，面对匈奴劝降宁死不屈。秦腔最恨忘恩负义的小人，戏中常诅咒此类人要遭雷击。《天雷报》吼的是一对老夫妻在清风亭拾到一个婴儿，养到十三岁时被亲生父母认领走。这个孩子最后出脱成状元，路过清风亭时却不认孤苦伶仃的养父养母，为此天公震怒劈死"逆子"。秦腔播洒的是正能量，弘扬的是真善美。

秦腔吼的是刚正不阿、执法如山的君子情怀。《铡美案》中包拯铡了喜新厌旧、禽兽不如的驸马陈世美，包拯唱道："我要为民除害把国保，百姓无冤江山牢，这案官司断不了，有何面目在当朝！"百姓喜爱清官，包拯百唱不厌。《金麒麟》歌颂了大义灭亲的好官余达。余达这个八府巡按生了个瞎娃——余安，余安在一家小酒馆以势欺人调戏民女，并捅死其丈夫张喜。余安母亲和当县令的舅舅准备栽赃于人，余达不徇私情，处死了余安。谁不怜子？谁不护犊？但余达的形象正是公正执法的真君子！

秦腔吼的是有冤难申、风雨如晦的不公世道。封建社会，清官如凤毛麟角，大多数掌权者判案都若《红楼梦》中的"葫芦僧"，怀揣护官符，不辨曲与直，因怕得罪权势，让无罪者走上断头台，做了屈死鬼。而《窦娥冤》《法门寺》正是刺向黑暗社会的利剑。民女窦娥走上刑场时，发下三桩誓愿：血溅白练，六月苍天飞雪，楚州大旱三年。冤情连上苍也深表同情，个个应验。百姓是草是泥，但水能载舟也能覆舟，压迫愈烈反抗愈猛。看了《窦娥冤》，你就会直骂"狗官"不休，你就会喟叹世事险恶，公道难讨。而《法门寺》中的眉人宋巧姣，斗智斗勇，设法追赃，使案子真相大白，更让人感到百姓打官司难上加难。

秦腔吼的是扶困助危、急公好义的人间大爱。自私自利是人的本性，"拔一毛而利天下，不为者"甚多。但善良的人总是舍身喂虎，雪中送炭，他们像黄金一样因稀少而金贵。现代剧《迟开的玫瑰》里，大学生乔雪梅在母亲去世、父亲瘫痪、三个弟妹陷于绝境之时，放弃了上学，办起了老年公寓，扶困济危，广洒甘霖。现代剧《郭秀明》更是推出了一位心系乡亲、身患重病、改天斗地的好村官。

秦腔有剧目四千七百多出，居全国三百三十六种戏曲之首。京剧存戏一千出，豫剧存剧八百出。这么丰厚的文化遗产，堪称洋洋大观，好戏连台。秦腔的历史就是中国的戏曲史，秦腔的存活就是中华文化自信的一面镜子、一通铁碑。秦腔在发展的进程中，历经异族入侵狼烟焚烧，历经灾年频发十室九空，历经影视挑战网络走红，但秦腔不死，足见生命力之顽强，足见扎根泥土之深邃。真正的艺术是野火烧不尽，春风吹又生。真正的艺术藏在老爷爷的故事篓中，藏在老婆婆的唠叨筐中。写在书本上的艺术离平民生活大都相距甚远，秦腔是下里巴人的艺术，是挂在乡间永远通红的一盏灯笼，是悄然走入秦人心坎不需恭迎巴结的布道者。再没有什么艺术有这么廉价，这么直接，这么普及！这几年陕西电视台的《秦之声》成为秦人必看节目，也成为该台拳头产品，让连续剧碰壁，让韩剧冷漠。常见夜幕降临，老汉蹴在客厅围着荧屏目光不移，婆娘坐在马扎上呜呜学唱，学童停下作业腾挪跳跃；《秦之声》播放时，打牌的赌博的打架的就少了，足见秦腔是解渴的精神甘泉。陕西省第五届群众秦腔电视大赛的消息一传出，报名人数竟然达到三万之多。一甘肃秦腔迷是个环卫工，为能登台亮嗓子，竟忍饥挨饿三天三夜排长队，终于圆了这个梦。每逢该台下县录制秦腔节目，比赶集聚会场面还热闹，万人空巷，为"秦腔节"助阵。一虐待老人的儿媳看了秦腔后，一进屋门就跪在公婆面前，泪流满面，忏悔不断。一偷遍四邻八乡的贼娃子看了秦腔后，金盆洗手，重新做人。一懒得很少起床，要母亲三餐把饭端在床前的"二赖子"，看了秦腔后像打了"强心针"，走向勤劳致富之路。一骂遍街道、蛮横无理"咬断巷"的麻糜子婆娘，看完秦腔后脱胎换骨，和气待人。一要钱要得倾家荡产、债台高筑的"赌王"，看了秦腔后，一头撞墙，大哭不已，从此安分守己，闭门谢客。秦腔是灵丹妙药，是普法讲座，是道德讲堂，是国学教坛……秦腔为社会风气的好转、为铸魂育人作出了贡献。只可惜年轻人为金钱忙碌，被浮躁绑架，让时尚掳掠，也被考证左右，把秦人的精神乳汁冷落了，把秦人的灵魂宫殿废弃了。尔虞我诈、争风吃醋的宫廷剧让女人心更毒，饮鸩止渴见谁爱谁的时尚剧让男人心更野，搏击商海不择手段的创业剧让世人心更坏，错把毒草当灵芝。看这看那，更觉秦腔嫽！陕西的高校多，科研机构多，但要秦人行得端、走得正、能吃苦、干大事，必先强心铸魂，强筋壮骨，不妨用秦腔这个秦人导师作为开智的引子。

秦腔也是抵抗日寇侵略、唤起民族救亡的"霹雷之声"，救国的"解放之声"。《光明日报》二〇一二年五月二十一日刊登《中国戏曲现代戏从延安出发》一文，其中有一节《毛泽东是"新秦腔"重要推手》概述毛泽东在陕北十三年间，不仅是秦腔迷，更是推动秦腔接地气的高手。一九三八年四月，陕甘宁边区工人代表大会组织戏曲专场晚会，演出了秦腔《五典坡》《二进宫》等剧目，毛泽东在观看时被那种人山人海的呼应声所感动："你看，百姓来得这么多，老年人穿着新衣服，女青年擦粉戴花的，男女老少把剧场挤得满满的，群众非常欢迎这种形式，但就是内容太旧了，应当有新的革命的内容。"事后三个月，陕甘宁边区民众剧团便组建成立了，毛泽东亲自题写了团名，提出"新秦腔"的口号。他在会见柯仲平、马健翎、杨醉乡时说："请来'三贤'，有两位'美髯公'，都是苏区文艺先驱，走到哪里，就将抗日的种子播到哪里。'马髯公'连续创作和演出《一条路》《查路条》《好男儿》《那台刘》等剧目，既是大众性的，又是艺术性的，体现了中国气派和中国作风。"在延安时期毛泽东还说，"秦腔对革命是有功的。"在抗战中，民众剧团走遍边区一百九十多个市镇乡村，演出达一千四百七十五场，观众二百六十余万人次。连美国朋友斯诺都几次对毛泽东讲："没有比'红军剧社'更有力的武器了。"而像《大刀进行曲》《黄河大合唱》等，其创作者无疑是吸收了秦腔秦韵的精华迸发出来的齐天怒吼。由陕甘宁边区民众剧团整体移师西安后成立的陕西省戏曲研究院，七十余年编创大小现代戏二百余本。上世纪六十年代创作演出的现代戏《梁秋燕》，三年演出千余场，三秦大地至今甚至还流传着这样的民谣："看了《梁秋燕》，三天不吃饭。不看《梁秋燕》，枉在世上转。"

吼一吼，坏人坏事少八斗。

吼一吼，英雄好汉遍地走。

板凳不坐蹲起来

"板凳不坐蹲起来"，是"陕西八大怪"最后一怪，也是最怪的一怪。这一怪，查古籍，古籍鲜少记载；求学者，学者目瞪口呆；问老农，老农头摇手摆。这一怪，流传了千年，真的没有解？这一怪，怪到云天外，实在费疑猜！

午饭的时候，村子的碌碡、土堆、台沿、崖畔与大树下，都蹲着一群端着老碗的男人，吸溜着裤带面，远远看去，就像一群出水的青蛙、一槽贪草的黑牛、一窝梳翅的老鹰，而屋里的板凳却闲着四腿蹬直面朝天。"站着咥饭胃下垂""坐着咥饭没滋味"，老陕咥饭讲究蹲。

赶会的集市，一街两行的小商小贩齐刷刷地蹲在地上，仰着头伸长着脖子，像等着天上掉馅饼似的盼望着顾客的光顾。羊市鸡市，主人蹲着；猪市狗市，主人蹲着；牛市马市，主人蹲着。主人蹲着，一路受惊的牲畜也不像刚出门时那样拼命地弹跳挣扎，它们似乎知会了主人的无情绝情已到了死心塌地的地步，只好接受屠刀或是其他命运的摆布。挑剔的买家，最懂得蹲着的卖家使的是"示弱术"，装的是"可怜相"，骨子里贩弄的是待价而沽、锱铢必较，因为"从南京到北京，买的没有卖的精"。老陕有一句口前话，叫"立客难打发"，说站着谈生意的急脚客咥不成买卖，做生意的秘诀是磨嘴皮子磨时间。你看，那戴着石头眼镜噙着旱烟锅的经纪人，总是诡秘地蹲在地上，而眼睛却像锥子一样紧盯着买主卖主的神色与诚意，火候差不多了，便拿出"和事佬"最厉害的一招——生拉硬拽，硬把双方的手拉进草帽或袄襟下，口里念着"这个整""这个零"，"让一点""添一点"，一边用"买卖不成仁义在""乡里乡党熟脸鬼"等戳心窝子的话撮合着。一旦成交，经纪人顺手抽上块儿八毛塞进怀里，然后笑呵呵地调侃说，你哥俩都是精明人，以后弄啥事咔嚓麻利些，把老弟我的脚都蹲麻了。

昔日人民公社常开万人大会，除了主席台上有几条板凳，台下众人都蹲在地上，像黑压压的一群老鸹，一蹲就是大半天。那时会开得死长，有时开到半夜鸡叫，而作报告干部的尻子却一直辗在硬板凳上，大概也不是个好滋味，把两个尻蛋子拧来换去，这时候，爱出风头的农民悄悄说，估摸会快散了，你看那他们的嫩尻子快挨不住了！后来干部下乡问农民，你们的蹲功是咋样练出来的，农民苦笑着说，谁下地还背着板凳，哪有站着间苗拔草打棉花枝杈的，你不蹲下，耳背眼花的土地爷咋知道你三折子窝在地里受熬煎，你蹲实了，汗水流到脚后跟，饿得再放几个空空屁，土地爷闻到味道恶心，才会发慈悲怜悯你，才会拿着皮鞭抽打着庄稼好好长！

看大戏，你站着晃来晃去碍人眼，蹲着的人骂你像个踢货骡子木头桩。上庙会，你站着指手画脚不消停，蹲着的人就怨你三心二意不是敬神的样。即便下地累了坐在地头，闲暇时聚在村口谝闲传，蹲的人也数落你坐相不端，两腿撇得像簸箕一样不害臊，生怕人家不知道你裤裆里长的啥货！蹲在炕头，蹲在墙根，蹲在街头，最有蹲功的要算棋迷，一蹲就是半夜，双脚就像被大耙钉钉在地上。最出奇的蹲姿要数蹲在板凳上，敢蹲在板凳上的多是长者，一副居高临下唯我独尊盛气凌人的架势，若是日子不舒坦、婆娘娃不顺心，那肯定蹲在没人处生闲气哩。农村人打架，下手最狠的不是张牙舞爪挥拳弄棒高喊"来！来！来！"的莽汉，而是蹲在地上一声不吭的"阴头虫"，他找准机会以他那光光颡奋力一顶，像弯曲到极点的弓猛然张开，一下子把对方撞个仰八叉，轻者肚子痛几天，重者断几根肋骨，断起官司来，拿家伙先动手的往往占不上理，倒是让手无寸铁的占了上风。所以农村人说，打架别张狂别扎势，小心蹲在地上的突然站起来，你没听老人说尺短寸长、不叫的狗才咬人么？

蹲下能咥饱。蹲下能解乏。蹲下能安神。蹲下能防病。爱蹲的老陕一般夏不坐木、冬不坐石，木有湿气，石有寒气。老人说四季不坐地，坐地久了，看不见的病菌邪气毒气就上了身，尻子生虫肚子胀，腰酸背痛爱生疮，老人也常给娃娃说怕怕——尻门子是气筒子，在哪坐过潮湿地，就赶急在哪用力拍打沾上的泥土，小心堵塞了生草长树，生草长树还不要紧，天长日久就会长出像大尾巴狼一样的尾巴，男娃休想娶媳妇，女娃休想嫁人家！而尻蛋子像抹了胶似的粘着板凳的凉性子人不长眼色的人，则时常被人冠以"大尻子""沉尻子""二亩尻子"的外号。

农人过日子，家当十不全，百样都作难，不是人不爱坐板凳，是因为没有板凳坐。昔日农村缺木料，大多数人家置办不起家具，别说配套的高桌子低板凳，就是一两个一条腿的树根墩、两条腿的狗娃板凳、三条腿的单人凳也是稀缺，只有个别富户才有杌子椅子长板凳。遇到红白喜事招待客人，家家都是东拼西凑拼成的杂牌军。有一家娶新媳妇，主人万分热情请亲家坐上席，不料那长板凳一头折腿挑了空，亲家急忙想扶桌站起来，又一手拉倒了餐桌，顿时七盘子八碗都浇到身上，这下人家不依不饶翻脸了，说是故意给难看，难听话说得多了就拉拉扯扯推推搡搡，两家人打到了一起，亲家抹着鼻血火冒三丈，吼叫说跟着穷光蛋没有好日子过，这婚不结了，硬是拉上哭泣的女儿出了村。后来托了几拨人赔情道歉，答应给娃做四把新椅子、二回摆酒席，才把媳妇娶进门。而学生娃上学，自带的板凳高的高低的低，方的方圆的圆，上课时不是前头板凳掉了腿，就是后面板凳咯吱咯吱响。老师苦笑着对学生说，都不要嫌板凳烂，没这烂板凳，就要趴在地上写作业，烂板凳出大秀才，出大将军。毛主席的著作，大多是蹲在马扎蹲在战壕蹲在石头旁边写成的，有了好板凳，恐怕你们都坐得舒服了变成了懒身子，坐等天上掉馅饼了！

动物和人一样，爱蹲的比爱站的更具有攻击性。狐狸豺狼老虎豹子等食肉动物，伏击出击时都把身子压得很低，就像把弹簧压得很紧一样，一旦时机成熟，就弹了出去。长腿子骡马一般都是站着睡觉的，病得不行了才卧槽，它们是食草动物，有怯狼畏虎的基因，随时准备撒开蹄子一逃了之。非洲的长颈鹿也是站功第一的动物，一生都是提心吊胆站着睡觉。好多动物的站姿或睡姿，人看起来怪难受的，也替它们操不尽心，但它们却咋样舒服咋样来。秦人蹲在板凳上，就是图个舒服。能蹲，说明他腿脚利索身体好，要是病得头昏脑涨头重脚轻，病得不行了才会坐板凳。有的人在地上蹲惯了，板凳放了几十年也新新的，像没用过一样。过年待客，一家蹲在炕上围着炕桌吃饭，板凳也用不上。有一老妇被儿子接到城里，样样随心，就是不习惯坐便器那洋玩意，几天也无法排便，肚子难受得转出转入，战战兢兢蹲了上去，结果脚底一滑，一头栽倒，一命呜呼。后来儿子叫父亲到城里住，父亲怒斥说，你娘都死在茅坑了，你还想害得老子早些死！儿子睹物伤心，硬是把上千元的坐便器换成了百十元的蹲便器，但老父亲从此再没有进过儿子的家门。

翻开中国地图，陕西的轮廓就像一个蹲着的武俑。外地人惊叹道："秦人头望着大西北，心脏是陕北是黄帝陵，腹部是大关中，陕南是两条蹲着的腿！"多少年前，《华商报》就发了"陕西版图是蹲着的兵马俑"的消息，秦人也附和道："怪不得呢，咱老陕爱蹲着，这地图上的兵马俑也是蹲着，陕西蹲着，陕西人也跟着蹲呢！这一怪，刻在地图上了。"

凡人蹲着的姿势，极似母腹中的胎儿，秦人把娘肚中的常态固定了下来。秦人来到世间，蹲着就从天地间、草木间吸收着精血和营养。一蹲下来，他们就与天地万物通上了电，也补充了娘胎里需要的一种养料，蹲下来吸地气更近，地上的养分离地近了才能吸到，庄稼不就是扎根土地才旺长的吗？一位医学专家说，蹲在凳子上比坐在凳子上舒坦，原因是血液涌到上半身，心脏、脑子供血充足了，人立马就精神了。但也有专家反驳说，蹲下不利于血液循环，容易患痔疮、静脉曲张，更容易发生脑中风。孰是孰非，各执一词，尚待百家争鸣。陕西民谣说："蹲下吃饱，立起刚好。"蹲着吃就像蛇吞鸟，肚子成了西瓜状，一站起来肚子就平展展。人也是这样，祖先造字，把天象地理鸟兽中人性的绝妙之处都吸纳尽了。一个"蹲"字，一边是"足"，一边是"尊"，难道人蹲着就显得高贵自尊吗？难道脚板是比头脑还要尊贵的器官吗？人生之前蹲在母腹中，生下来蹲在地上，死后也蹲在棺材中。位于凤翔县南指挥村的秦公一号大墓内，有一百八十六具殉葬尸体，挖出来后都是蜷曲状，他们在墓中蹲了几千年。考古专家认为，这是典型的先秦"屈肢葬"。人刚一咽气，就用布把下身捆扎成蹲的姿势。秦人在先期都推崇"屈肢葬"，认为这样埋人合乎于休息或睡眠的自然姿态，像胎儿在胎胞内的样子，死后就安然生活在地胎内，大地就成了永远的母亲。我不知道爱蹲的先祖是否托生成了人，但眼前的世人却都是习惯于蹲的，难道这也是一种遗传吗？

上古时期，人们生活条件非常差，畏惧野兽，住树杈，钻石缝，卧土洞，下树拣拾野果要蹲，伏击猎物要蹲，遇见更强的异族也要表示降服一样下蹲。从夏商周直到秦汉，连帝王也没有高桌子低板凳，帝王接见大臣、会见贵宾，都是围着叫作"几"的小桌子，《说文》说："几，坐所以凭也。"《周礼·春官宗伯》载：司几筵，掌五几五席之名物的官员，五几即玉雕彤漆素五样小桌子。所谓的让座与赐座，不是给一个小板凳，而是请你身子挺直跪在草墩或织物上，这种姿势叫长跪，尻子坐在两个小腿上当板凳，叫小跪，《诗经·小雅·伐木》有"坎坎鼓我，蹲蹲舞我"，描述的是舞者以蹲姿随着鼓乐旋转跳挪，就像今天草原民族跳的蹲姿舞蹈一样，蹲着跳、蹲着蹦，更能显示出人的刚健与奔放。而所谓的上席、坐席、吃席、退席，都指跪在席片、蹲在席片或席地而坐。苏东坡在《范景仁墓志铭》中曰："客其家者常十余人，虽僦居陋巷，席地而坐，饮食必均。"这是在表扬范景仁在条件简陋的情况下，平等待客，一方席成了温暖的火炕。明代凌濛初的《二刻拍案惊奇》就记录了席地而坐的这一温馨场景："大家笑了一场，又将盒来摆在红花地上，席地而坐，豁了几拳，各各连饮几十大觥。"猜拳喝酒，蹲在地上，酣畅淋漓，也符合酒徒的性格。"席丰履厚"的成语，道尽了富家人的殷实，"席门蓬巷"的典故，则刻画了穷家人的困顿，"席珍待聘"的传说，反映了饱学之士的渴盼……先前的官人办公茶几很矮，人就像板凳狗娃一样跪在那儿。这种坐姿，显然膝盖受不了，这才逐渐发明了太师椅或高板凳，而这些雅座，只有身份高贵者才能享用，普通人只有蹲或圪蹴的份了。

上等人家的席子是用芦苇编起来的，是炕上或地上最美的铺垫，更奢华的则是竹席，趔的顺的花纹与图案，精细得不亚于一幅锦绣，贫苦人家的席子是茅草谷秆麦秆编起来的，爱钻虫子爱惹虱，唯一的长处是冬天暖和。人躺在席上，从席缝间过滤着光阴。人坐在席上，身份也高了几等，心也格外安静。于此，古人与席结下了深厚的感情。不论身份贵贱、职务高低，席地而坐就显得亲近平等，也省略了许多繁文缛节。农人没有工夫坐席，也无暇享受坐板凳的清福，忙完地里活又要忙院子活，刚蹲下喘口气，又听到母猪哼哼羊叫唤，又想到瓮里缺水灶下缺柴，他也想偷懒，也想一觉睡到日西斜，但一脸神气的门神爷、一脸和蔼的灶火爷却不会替人干一点活。于是，一些人怕冷板凳坐久了误了日子，坐的时间长就成了懒汉，所以很讨厌娃娃坐下，干脆家里就不做凳子。乡间只有上了年纪的人盛夏纳凉时才端来半尺高的、有后背的低板凳，可他们蹲惯了，又怕子孙好样不学学坏样，便挣扎着蹲在了凳子上。

仔细探究陕西人"板凳不坐蹲起来"，绝不是外地人所说的"猴尻子坐不住"，也不是外地人说的"是在表演杂技"。老陕受周秦之风的熏陶，既讲究站相坐相，更注重脚踏实地埋头苦干，由此看来，蹲在凳子上这一怪异姿势，肯定有合法合理之处的。

蹲起来有一种野蛮粗犷的大美。蹲起来有《易经》上"尺蠖之屈，以求信也；龙蛇之蛰，以存身也"的意味。蹲起来像鹰伏在崖上准备捕获猎物，像青蛙伏在岸边要做新闻发言人，像婴儿蜷在胞衣中安闲自在。只有"野蛮其体魄"，才能文明其精神。人的各种姿势都是一种舞姿，蹲是一种静美。我们京当镇过去有两个怪人，在外面干事，因不让蹲竟然回乡务农。一个抗美援朝时立下了战功，在南方某县一个镇当上了镇长。他蹲惯了就天天蹲在办公的凳子上，有天县长突然袭击检查公务，说他纪律性差，上班不像上班样子，镇长愤然回乡。他要自由地蹲下来，就放弃了铁饭碗。另一个在县上某局干事认真，很有点子，但嫌吃饭要坐凳子，说是吃下的饭一口也不香，遂回家务农，他一生也爱蹲，去世时也蹲在墙角，勾着头咽气了。让秦人不蹲，实在很难，秦人就是当上了将军，没人了也要蹲在椅子上舒服一下，否则头就昏、胃就胀。

蹲起来是一种英勇顽强的军姿。临潼兵马俑有多种俑，唯有蹲姿持强弓的俑最能给人以震撼，隐藏或彰显着更人的杀伤力。至今，我军队列条令还有一种队列姿势叫蹲姿，部队会操也有蹲姿一项，练的是蚊叮不能打，蜂蜇不能动，与站姿等队列动作共同形成站如松、坐如钟、动如风的军人素养，目的是强化严明的纪律、令行禁止的战斗作风。蹲姿训练基础扎实，蹲姿射击时就身体稳定，一些炮兵装填炮弹就动作敏捷。蹲下是"保存自己，消灭敌人"最高战略的具体应用，也是减少伤亡保持战斗力的重要一环。蹲下是一种随时准备冲锋的姿势，肯定要有健美的躯体，大腹便便者蹲不下，头昏脑涨者蹲不久。

蹲起来有一种悠闲无事的慢拍。城里人很少蹲，生活节奏快得如盖邮戳，钱多了房大了，但催命鬼却上门了。庄稼人一早起来蹲在墙角下晒暖暖，这种安闲是钱买不来的。文人们在诗中呐喊让生活慢下来慢下来，而蹲下来就是慢下来了。慢下来，你就能品尝生活的滋味，亲情的真味，大自然的美味。去什么"慢城"都没有蹲下让你灵魂回归，百愁顿消。蹲下来就不想地位了，也就不想谁说了什么。原来人生也能高能低，能站能蹲。蹲下来你就会看到山有多高，天有多大，你有多低。爱蹲的人都是低调做人的人，也是会享受生活的人。关中人最不喜欢吹牛皮的，也最不喜欢显摆的，认为这些人没真功夫。蹲下来，就让混浊的、发昏的头在澄清水、在退烧呢。他们蹲下来会望着天上的云彩看个不休，也会望着树上的鸟儿吵架到天黑，或是看着一群黑蚂蚁抬着一只死去的苍蝇挪了几百米……他们讨厌手机，认为那是一群老鼠在咬耳朵，让你没法静下来。就是有信息提示他们小麦或玉米涨价了，他们也不抬尻子在晒太阳。他们的一切事都是顺其自然。要是为钱忙得火烧火燎尻子冒烟，乡间人会笑掉牙。乡间人的幸福指数是蹲出来的。

蹲起来是一种沉思、一种潜伏。狗常常把头枕在爪子上，也把耳朵贴在地上，可以分辨出几里路有没有贼娃子。狗有时引着主人去一块荒地，然后用爪子刨深坑，主人赶忙回家扛来镢头，顺着狗的指引挖下去，有时会刨出一个青铜器或一堆银圆。过去土匪来袭，离村子还远，狗从地心就打探出这一消息，村里人一听见狗都汪汪起来，就跑掉了。人蹲在地上也是打探消息。有些消息不是广播上能传得出来的，也不是人想传多远就多远、传多真就多真的。地震时"金牛在地下翻身"，地上的水草走兽飞鸟都有了动静。青铜器要出土时地上总在冒红光，有经验的人就朝冒红光的地方挖，多会挖出大宝。有些地是风水宝地，下了雪雪化了，生草草黄了，爱蹲的人就发现了这一秘密。有时是蹲下来拉屎偶尔发现的，却让这家红火了几代。有眼力的庄稼人蹲下来一看土的干湿，就知道今年该种什么不该种什么。蹲下来谝闲，也让一些灵光人捕捉到了商机，把积压的陈货卖了个高价。有个村子来了一群贼娃子，手里握着亮晃晃的大刀，年轻人扛着铁锨对骂，几个年老的却蹲着不吭声，贼娃子望了望撒腿跑了。他们不把这些年轻人放在眼里，却怕蹲着的那几个老汉。他们不怕吵架声大的却怕不言传的。蹲下的人有主意也有来头，蹲下的人一旦跳起来就伤人。岐山京当镇出了个西府游击队队长冯兴汉，他议事时总是蹲着，端掉国民党青化乡公所时他蹲了半晚上，三下五除二打死了二十多个伪警察。于是乡人说："不怕冯兴汉站，就怕冯兴汉蹲。"

　　蹲下去也是党政干部带领群众的大本领。中国革命成功，一个重要原因就是共产党蹲在老百姓之中、蹲在田间炕头、蹲在火线最前沿，什么民心所向、轻重缓急，看得一清二楚，什么危机重重、大是大非，看得了如指掌，这也是共产党夺得天下的一个秘密武器。国民党的高官坐着美式吉普，骑着高骡子大马，穿着呢绒大衣皮靴，吃得油头粉面，他们低不下高贵的头颅，弯不下肥胖的腰身，看不清山沟里草丛里蹲着的英雄好汉，更看不清蹲着的百姓咬牙切齿。所以，毛泽东治党治国的一个重要思想就是让干部定期轮流下基层蹲点，让将军下连队当兵。下去蹲实了，蹲久了，与百姓同吃同住同劳动，就不难掌握百姓冷暖百姓所盼，思路就出来了，政策办法就切合实际了。而像蜻蜓点水蹲而不住，像游狗子蹲而不守，脚底下不沾泥星，人在曹营心在汉，那必定是要"蹲了尻子伤了脸"，更甚者是要蹲班房的。目前，全国都在落实"精准脱贫"的号令，而要在"精"与"准"上发力，无疑就是"蹲在泥里插秧""蹲在水里捕鱼"，甚至要像母鸡一样蹲窝。只有蹲得干部废寝忘食火烧眉毛，才能蹲得百姓信心满满眉开眼笑。

　　禾苗蹲不在土里，颗粒无收。练功蹲不好马步，对阵必输。蹲者是一种潜伏，一种思谋，一种蓄势。会叫的狗不咬人，会蹲的汉子咥实活！

小人图

引言

　　凤翔木版年画，是民间艺人酿出的一坛陈年美酒，品读它就像触摸一轴地道的关中民俗画。民间艺人身份低微，将根须扎在最基层，把对生活的吉光片羽、对人世间的眉高眼低描绘得极具个性。他们刀下的大人物大都道骨仙风、呼风唤雨，他们刀下的小人物大都吹胡瞪眼、栩栩如生，传神如天空的闪电，质朴如地里的高粱，丰富如海底的世界，斑驳如秋天的林地。我敢说，这些民间艺人是真正的丹青妙手、艺术大师，其捕捉美的能力如狮子捕捉黄羊一样敏捷有力。而张贴于千家万户门板上的秦琼敬德，在百姓心中可以赶跑任何厉鬼害虫。近日，我无意中发现了其中的"异类"——八幅"小人图"，觉得其讽刺意味惊世骇俗。细细观之，扼腕长叹，世道在变小人未变，从中就可窥探出那张阴毒猥琐的丑脸来。于是，用手中的拙笔，为"小人图"作出粗浅的诠释，以醒友人。

戏说木版年画"小人图"之一：

扶上杆儿抽梯子

　　人世间使坏的招数，谁也没有盘点过，谁也盘点不清。假若成为不共戴天的仇敌，互相使用的绝招就是两个字——灭绝！假若成为分道扬镳的政敌，彼此挥舞的利器就是两个字——阴鸷！假若争强好胜嫉妒猜忌，双方惯用的伎俩就是两个字——诬陷！

这些斗法之术，我原以为只是上流社会的尔虞我诈，可近来在翻阅凤翔木版年画"小人图"时，竟惊异地发现，"民间高手"早就对这些"无所不用其极"的招数藏于胸、用于事、害于人——八幅"小人图"，如吐信的蛇、卷尾的蝎、装死的狐狸、打盹的鳄鱼、火红的罂粟花，个个饱含毒汁、暗藏玄机，让人后怕，冷气倒抽，直至毛骨悚然，心惊肉跳。

且看第一幅"小人图"——"扶上杆儿抽梯子"，之所以"名列榜首"，皆因其杀气最重，心计最毒，手段最狠，不得不解剖再三，以警世人。

这幅图没山没水，没云没鸟，画面简洁，刻工娴熟，技法精湛，人物形象逼真，而思想之深刻，却不亚于"三言""二拍"与《聊斋》，着实令人拍案叫绝：梯子上的敦厚老实人，硬生生被假善人扶上了梯子，哄上了杆儿，不料一个"谢"字还未蹦出，却被抽走了梯子，于是，老实人只好一只手紧抱杆儿，如攥住救命稻草，另一只手在空中挖抓，眼里散射着恐慌与哀求，而那位抽梯子的家伙，眉梢倒挂，眼角阴森，脚底抹油，边走边拧着脖子分明在窃喜："这回不摔死你我儿才怪呢！"

扶上杆儿抽梯子，在《三十六计》中被压缩为"上屋抽梯"，解释为"诱逼计"。兵法将此计点评为"假之以便，唆之使前，断其援应，陷之死地"。而扶上杆儿抽梯子，绝就绝在"扶"上，这种扶不是甘为人梯，不是扶正祛邪，更不是扶上马来送一程，而是装出菩萨面孔给你灵丹妙药，装成诸葛再世给你指点迷津，装作成人之美给你雪中送炭，让你感恩戴德、深信不疑，也让你自不量力，再向"百尺竿头"迈出一步……

古人说："物必自腐而后虫生。"凡人在世，谁也不愿像蚯蚓甘居泥土，蜗牛甘居人后，总想爬得高一些、上得快一些，当了小官想当大官，站在北山想登南山，妻儿成群想做神仙，满脑子的荣华富贵、光宗耀祖，连做梦都想一夜暴富、一举成名甚至一步登天，误以为拉关系就是终南捷径，有靠山就是吉星高照，傍大款就可名利双收，已经记不得"欲速则不达""高处不胜寒""爬得高摔得响"，久而久之，找杆儿找得心慌意乱，就难免善恶不分、忠奸难辨，就极容易见了梯子就往上爬。而欲擒故纵、欲盖弥彰，将魔鬼扮成天使、将砒霜拌进蜂蜜，正是小人的拿手好戏。

世间有想找梯子的，就有送梯子的；有想上梯子的，就有扶梯子的，即使你压根不想一飞冲天，别人也会变着法子，让你放心地爬上梯子。由此来看，"扶"的办法不外乎有四：一是哄。哄者，欺哄、瞒哄也。明明此路不通，他说铺满金子，如邪教中的"天国世界"，锦衣玉食，不劳而获。二是诱。引诱、误导。明明北国不生大象，南国不产骆驼，他却会用巧舌之簧无中生有、撒豆成兵。三是捧。捧为吹捧、捧杀。这个世上，谁都爱听好话，像"屁秀才"进了阎王殿，阎王放了个屁，他马上凑出"丝竹般悦耳，麝香般芳香"的颂词，令对方坐在火山口上像坐在热炕上，走在薄冰上像踏上钢桥一样轻飘飘、喜冲冲、乐颠颠。四是骗。诈骗、欺骗。罂粟花成了牡丹，豺狼成了绵羊，娼妓成了良妇，奸佞成了忠臣，雪片成了白面，顽石成了珍珠，骗子织就的花环动辄让你陶醉。在这样的上扶下扶、左扶右扶中，你就钻进了口袋阵，你就爬上了杆儿。

古今中外，大凡借梯扶梯者，猜忌者有之，仇怨者有之，眼红者有之，恶作剧者亦不乏其人。如舜帝时常受到父亲瞽（gǔ）叟与后娘的虐待和多次暗害，有一次，大舜奉父命攀上梯子维修屋顶，刚上去就被父亲抽走了梯子，接着放了一把火，多亏大舜急中生智，拿着两顶斗笠护住自己向下跳，否则难逃一劫。因此史书上在谈及"上屋抽梯"的例子时，总要把舜当作受害第一人。但遇到"扶上杆儿抽梯子"的境地，有几人能像大舜幸免于难呢？战国时的孙膑与庞涓，同拜鬼谷子学习兵法，后庞涓为魏惠王将军，担心孙膑取代他的位置，于是诱骗孙膑来到魏国，又在魏惠王面前巧言诬陷，终使孙膑被处以膑刑。一部《汉书》，惊心动魄，血泪斑斑，尤其每读到《韩信传》，谁都伤感"成也萧何，败也萧何"绝非戏言。而美国为了拖垮苏联，动员全部盟国，以数十年时间与之开展军备竞赛，苏联不识其计，投入巨资发展国防工业，结果导致经济基础失衡……

综观现实生活，"扶上杆儿抽梯子"的闹剧一出接着一出。某女娃父母双亡，有人找上门热心地说："给你找个饭碗，去云南打工，包吃包住月薪五千！"殊不知却把娃拐卖到外地！某非法集资者，逢人便称"东家""股东"，把赚钱说得比和泥还简单，头月缴两千元，下月发三千元，轻轻松松把人扶上了发财的梯子，结果害得股民叩头作揖也血本无归。而有人假借市场经济之名，也给不少造梯者贩梯者扶梯者大开方便之门。比如有能人胡吹养獭兔能致富，养牛蛙能致富，养锦鸡能致富，农民信以为真，结果搞得越大亏得越多。更有推波助澜者，搞什么"布尔羊选美大赛"，把羊当作小姐一样描眉涂眼，披红游街，农人没"发羊财"，倒吃尽了"羊苦头"。同样，昏官庸官也有意无意之中充当了"扶上杆儿抽梯子"的角色，比如本来农民种一亩苹果还能赚钱，一些干部却动员建成"苹果之乡""核桃之乡"之类，农民以为栽下了摇钱树，不料收获的只是泪蛋蛋。这时找某些人论理，他们把责任直推到市场头上，把自己洗得干干净净，农民把这种人骂作"日弄人不带盖盖"！

人往高处走，水向低处流。生活中靠"人情梯"，树倒猢狲散；爬"美人梯"，人老几辈都抬不起头；卖"官员梯"，无人不戳脊梁骨；倚"大款梯"，除了铜臭没一点人味道。至于造"害民梯"、贩"坑民梯"者，从来都没有好下场。然而，生活中的确也有许多梯子，值得我们毕生追求和借用，这就是"勤劳梯""修养梯""道德梯""知识梯""自强梯"与"奉献梯""爱民梯"，当然，最值得倡导的是甘当"人梯"。有了这些梯，我们的脚下始终是踏实稳当的，即使上不了天，成不了大气候，也绝不会像版画中的那位老兄，叫天天不应，喊地地不灵，丢了魂甚至丢了命！

我们崇尚君子，厌恶小人；我们崇尚光明，畏惧黑暗。但没有了小人也就没有了世界。这个世界，就是由黑与白、火与水、丑与美构成的。人生之路，哪能不碰见小人，问题是我们自身不强大，头脑不清醒，才会让小人钻了空子。一个人怕小人，就说明你还立不起身子。犹如小孩子，就怕鬼怕狼；犹如稻草人，就怕风怕火。所以，对付小人唯一的法子，就是让自己强大起来。小人没长尾巴，小人比狼难辨认，但问题还在于我们没有一双识别小人的慧眼。孙悟空火眼金睛，能看透一切妖魔鬼怪。我们不是"孙大圣"，是肉眼，但小人再鬼大也有蛛丝马迹，可惜我们把一切想得太好，不能洞幽烛微，不能明察秋毫。所以，这幅版画就像凤翔灵山上的苍劲古槐，就像凤翔东湖的婀娜巨柳，就像一位饱经风霜的历史老人，一并告诉我们："人皮难披，切不可上错梯，世道艰辛，一定要睁大眼睛认人！"

自有人发明了梯子，后人就在天梯、云梯、木梯、铁梯、绳梯上动了脑筋，上房上树、攻关攻城，以至于今天的铁轨，大概也是模仿梯子的原理来的。但是，上梯容易下梯难，谁都不要忘记：自己莫蹬倒梯子，更莫让人抽走了梯子！

戏说木版年画"小人图"之二：

得风扬碌碡

碌碡者，用青石麻石錾成，为农具中最重最笨最憨的家伙，犍牛见其恨得瞪眼，毛驴碰面愁得瑟缩，壮汉提起全身发毛，可是它与农人的锄镰、锅炕、怀娃一样重要。道理很简单，不掀碌碡、不拉碌碡、不滚碌碡，农人的日子就掀不转。

碌碡是农具中的实力派，早在秦朝就逐渐替代了石柱、木棒、连枷那些效率低下的工具，汉唐明清十多个朝代的辉煌，说到底都是从碌碡底下滚过来的，直滚到了上个世纪八十年代，才被迫让位于农业机械。退休了的碌碡，百无一用，碍手碍脚，碍事碍眼，有的被推下了枯井，有的被掀进了沟壑，侥幸存活的也准备着让时代的巨轮碾得粉碎，其境地十分可怜，有的如瘦狗蹲在村口，有的似野猪卧在草丛，有的像麦客躺在地头，依然顽固地安歇在农人的梦境。

其实，碌碡并不笨手笨脚，在繁体字里，碌碡的碌是"（磟）"。或许正是古人看中了石头的顽强、麋鹿的敏捷，才创造了这个石头与鹿结合的精灵。事实上，碌碡不但是农具中的"大哥大"，也是碾压秦朝直道、唐朝街巷、清朝官路的第一功臣。它曾作为地主的浮财滚进了穷人的场地，曾伴随着三面红旗的号子压实过无数河床，也曾像幽灵一样蠕动在老一代作家的笔尖。假如没有碌碡，我们的文明史会轻飘得像一片枯叶，所以我们确实应当感谢这个省略了五官、唯有将军肚的石将军！

凡物皆有灵性，有灵性就有故事，其貌不扬、沉默寡言的碌碡也不例外。旧时大户人家的青石碌碡威武粗壮，少说也有七八百斤，算是碌碡之王，两头踢货骡子拉起来像闷雷滚过，闲暇时风光的主人蹲在碌碡上，神气得就像孙悟空占据着花果山。而小户人家的砂石碌碡，相比之下就显得丑陋猥琐，犟驴烈马往往瞧不起它，使尽性子把它拉得不是脱了轴，就是翻跟头。不仅如此，肯出蛮力的庄稼汉，又热衷于把它当作比勇斗力的试金石，于是举碌碡、翻碌碡、滚碌碡就成了乡间的热闹，于是笨碌碡、死碌碡、鬼碌碡就成了某些人的外号。而最令人喷饭又深思的，却是"得风扬碌碡"这句土得掉渣的俗话。

昔日没有脱粒机、收割机，可谓碾场靠碌碡，扬场靠木锨，碌碡转一圈，木锨扬半天，要把麦子从堆积如山的麦秆、麦穗、麦衣中分离出来，是一场人与碌碡、木锨、扫帚、簸箕等和自然风的协同作战。于是，在碌碡完成了碾压使命后，借风扬场就成了农人最迫切最焦心的期待——望风的手搭凉棚，唤风的打起口哨，等风的恨天咒地，而老天偏偏扎紧着风口袋与人作难，火炉下的树叶纹丝不动。这时，人们与吝啬的老天讨价还价：即使不给好风，那给点微风也行！老天被人骂躁了，微风整日不吹，好风三日不来，某天终于发了脾气，一场狂风，差点把碌碡吹了起来——这就是"得风扬碌碡"这句话最初的出处。久而久之，用木锨扬碌碡，就成了天大的笑话，就成了讥讽见风使舵、捕风捉影、信口雌黄、异想天开的口头语。

君不见，在这张版画上，一个壮汉喜滋滋地招呼着风神，果然要风得风，好风下凡，缕缕清风顿时被驯服得如绽放的朵朵牡丹。他与老天讨价还价得胜了，还不满足，兴奋之余得意忘形，竟自不量力把木锨塞在了碌碡下面，神气十足地盘算着"得风扬碌碡"——

"你看把你挣死了，项羽也扬不起碌碡！"

"凭你这力气，能掀动碌碡吗？张飞也没有这能耐！"

"你这人满口胡言，明明想用破木锨扬碌碡！"

"人心不足蛇吞象，得风扬碌碡，得寸进尺！"

"丑人多作怪，得风扬碌碡！"

碌碡与风，一轻一重，一呆一灵，一明一幽，竟纠缠着渗透在人们的习俗里。在关中农村，总不乏"得风扬碌碡"者：你说巧媳妇会擀面，他就跟风说，会用牛柳头擀面！你说麦秆能撑船，他顺风说，用脚能捞鱼！你说昨晚鬼在村子哭了一夜，他会说我看见了那鬼黑脸红头发、二尺长的脚趾甲！你说牛二女子勾引男人，他说一晚上差点把炕压塌，叫得全村狗也失了声！你说某人把事干大了，他就说人家坟地的蒿草都长得顺眉顺眼！

"得风扬碌碡"者，不分青红皂白去跟风，不管东西南北风，什么风他都敢跟。农村人将这种人讥为跟屁虫。别人说风他就下雨，别人说雨他就响雷，别人说色他就加彩，别人说要地震了，他就说发现了地震云，井水往外溢，河边青蛙排成了队。别人说盐要涨价、卫生纸要涨价，他就说在单位干事的侄儿昨儿打来电话，国家马上就要正式宣布了。别人说男人和女人走在一起如何如何，他就说早好得是一家人了！

"得风扬碌碡"者，多为"长舌妇""公道男"，时常嚷嚷着："人都是这么说呢，岂能有假？"总是嚷嚷着："耳听为虚，眼见为实，谁敢给人铁板上钉钉子？"直到有一天事情真相大白，"得风扬碌碡"者脸红得像猴屁股，见了人像做贼似的。扬碌碡扬没了脸面，扬没了人格，扬得人见人恨。虽然起初很起劲很风光，但到最后却落得个"尻子客""转轴门""阴阳人""醋溜神"的下场。

风有大有小，天天都在吹，但无论如何不能用木锨扬碌碡！扬碌碡者会出尽洋相不讨好，折了锨把拧了腰，弄不好还会被碌碡碰得鼻青脸肿，还是本本分分老老实实做人好！

碌碡滚了几千年，已经滚乏了滚累了，没了用场，但演化出的"得风扬碌碡"的故事还在上演，还要在关中人的口中流传一代又一代，因为再没有什么语言比这句俚语，更鲜活地将那些小人丑脸描绘得如此入木三分。

戏说木版年画"小人图"之三：

见了旋风竟作揖

风者，上接太空，下裹寰球，无边无际、无形无踪、无色无味、无孔不入，亦无拘无束、无家无舍、无妻无子、无情无义，显然是老天爷披风下最神秘的超级武器。

风者，静若处子，柔若丝绒，利若剑弩，猛若虎豹，巨若块垒，歇息周天沌沌，抬眼扶烟袅袅，愉悦附柳依依，嗔恨则掀风鼓浪、搅尘昏昏，暴怒则摧枯拉朽、翻江倒海！风者，难道不是老天的出气声、老天的出气筒么？

风者，虽然缥缈虚无，却有许多族类，而最早给风定等级的是唐代天文学家岐山人李淳风，他是识风的神、驭风的仙。风之源、风之径、风之旅、风之喜怒哀乐，都游走在他的手掌间。于是，我们就更清楚地认识了风，就学会了趋利避害，农夫熟知了春风化雨秋风送爽，渔夫学会了借风行船见风使舵，军师算计出巧借东风，牧民意识到骏马逆风。不识天文地理，焉能成为良师良医良相良将乎？

风者，幽深广大，催生督死，与所有的生命攸关，当然要潜入所有人文领域。孔子沐风，倡导君子之风；列子御风，游于无穷；庄子逍遥，扶摇九霄；毛泽东则醉心"风雷动，旌旗奋""风展红旗如画""四海翻腾云水怒，五洲震荡风雷激"。宋玉在《风赋》的开头说："风，起于青萍之末，觉轻渺而欣然；飘荡于八荒四野，拂万物而盘旋；升降于云际本土，志高远而固磐。"由是可知，风起云涌、风平浪静彰显因果，风云际会、风声鹤唳暗藏天机，风和日丽、风调雨顺昭示太平。

狂风、台风、飓风、龙卷风，是风族中大小不一的霸王。台风来了，半个大海不得安宁，龙卷风来了，把铁轨扭成了麻花，前几年的"桑迪"飓风，把美国纽约糟蹋得鼻青脸肿。看来，老天打个喷嚏或抽一口冷气，人类也要发烧害冷一年或几年。可是，比之于台风、飓风，旋风最多只算老天扔向大地的一根稻草绳，但是，正是这根接近腐烂的稻草绳，却在人们的日常生活中演绎或助长了许多歪风邪气。

在沙漠、在草原、在关中农村，受暖热气流和地形影响，常见粗如碌碡、形若魔柱的旋风忽隐忽现，有的在旷野疯癫狂奔，有的在坟头腾挪旋转，有的在田地追逐嬉戏，有的在村口装神弄鬼，有的在路旁张牙舞爪。旋风作怪时沙起柴飞，鸟恐兽惊，行人眯了眼窝抓了脸，猪鸡挣脱链子钻进窝，谁见谁疑，谁见谁恨，农村人像碰见了凶神恶煞似地提心吊胆，把此唤作旋风，骂作妖风。旋风乍起，大胆者快步追击，胆小者吐唾沫压胜，但怕事者却被其狰狞面目吓得魂不附体，晕头转向间竟对其作揖叩头，于是凤翔木版年画传神写照，给世人留下了一副令人忍俊不禁的小人图。

我细细琢磨着这幅版画，画面上的人物不是普通农人的装扮，更像清末民国间的书呆子。他眼里倾泻着恐惧和游移，毕恭毕敬间若有所失，诚心诚意后若有所求，而那股受到膜拜的旋风得意忘形，像无数长蛇缠绕扭曲在一起，时而奔时而停，时而盛时而竭，像魔鬼一样示威，像疯狗一样狂吠。

"这人是神经了，竟给旋风作揖！"

"要是见了官员，还不跟个磕头虫一样！"

"没有骨气，胆小鬼！"

"旋风是他先人的魂灵哩！那呆子生怕树叶落下砸了头！"

今天的年轻人，看了这幅版画都会发出这样一串讥笑和嘲讽。可是，放在新中国成立前看这幅版画，你就觉得它并无怪异之状，也无荒诞之处，而是广大百姓可怜可悲可叹的生存现状的真实镌刻。

从封建社会到军阀割据的民国时代，广大百姓怕灾怕病怕官怕狼怕匪怕兵怕鬼怕饥怕富至少有十怕，见了旋风竟作揖也是怕惯了的心态在作祟。因为堂堂天朝光明正大的牌匾背后，总躲藏着控制人们精神、左右人们生死的天神、帝神、族神以及无数的牛鬼蛇神，而天灾总是助纣为虐，摔打着折腾着他们。三月不降雨，颗粒无收，先是吃树皮，后是吃草根，再是吃人肉。百里之乡，不见炊烟，白骨遍地，惨不忍睹。若是狂风暴雨，电闪雷鸣，鸡蛋大的冰雹砸得房上的瓦像马蹄踩过，砸得地里的庄稼像野猪啃过，砸得庄稼人的心像钢针扎过。于是人们敬天畏地，把太阳叫"爷婆"，把雷公叫"呼噜爷"，风神、雨神、火神、水神一齐唱乱弹，而人们越是抬举这些神，越是灾祸连连。人们怕了，怕字当头，怕厄运沾染、怕鬼魂附体、怕来世不得托生。怕来怕去，腰杆越来越软，思想越来越愚，不要说见皇帝老儿县太爷一律要下跪拜见，就是见半夜牛叫唤、天黑鸡打鸣、枯树生了叶、猫狗住一窝，也惊骇得不知所措，于是南方人多设淫祠，北方人常送纸钱，于是一个民族在怕人怕事、怕鬼怕神中越来越衰，衰弱到一盘散沙，八国联军来了，皇帝一逃再逃，日本鬼子来了，汉奸为虎作伥。

旋风是何时成为鬼神的，不得而知，但鬼的幽灵在乡间徘徊了几千年却是事实。旧中国有许多愚根，缺医少药是其一：医疗卫生的落后，使好端端的人一会儿就闭了眼，于是人们常常怕鬼恨鬼怨鬼直到驱鬼，于是农民发明了三件法宝——血溅之、火映之、桃木钉之……怕这怕那，让饱受岁月摧残的庄户人日坐愁城，如履薄冰，惶惶不可终日。旧中国有许多愚根，文盲遍地是其二：文化掌握在少数人手里，不少文人不是传播先进文化而是故弄玄虚，传播《易经》大义的人少，算卦问卜的人多；知孔子"敬鬼神而远之"的人少，说孔子敬神的人多，揭开鬼神面目的人少，乱纷纷烧香叩头的人多；用科学解释自然现象的人少，用鬼神吓唬人的人多。要是没有《不怕鬼的故事》那本书的广泛传播，特别是文化的普及，今天的人们很难走出神魂颠倒的阴影，还要成为神乎其神的俘虏。旧中国有许多愚根，科技落后是其三：封建迷信异端邪说束缚着人们的手脚，居家辟邪、出门择日、入葬选穴等等老套套、老框框充斥朝野，泛滥成灾，于是发生了用木偶陪葬到活人陪葬、从采集甘露到炼制丹药、从食噬婴孩到糟蹋少女的种种人间闹剧惨剧。旧中国有许多愚根，苛政匪祸是其四：苛政者，唯我独尊，唯利是图，只求一家一世二世连万世，视民如寇仇，害民猛于虎，"刁民、痞子"不绝于口，动辄砍头剁足、株连九族；而土匪为害乡里，作恶一方，嗜血成性，杀人越货，抢粮烧房，辱贫仇富，欺男霸女，平民见其叩头作揖也无济于事。

"往事越千年，换了人间。"如今，在政治平等、科技昌明、法治进步、成果普惠的大环境下，农民已是天不怕地不怕的汉子了！见官不用躲，生病有医保，受灾能救济，有疑问科学，对旋风一类的"鬼"更是见怪不怪了。虽然旋风还要按照自然规律旋下去，但却再没有人愿意当那个见了旋风就作揖的呆子。

民谚往往有着亘古的生命力，它是语言中的常青树，是洞察世象的一面照妖镜。君不见，见了旋风就作揖的后人并未绝迹——见恶人低头哈腰，见权贵趋炎附势，见大款唇若绽桃，见窃贼视若无睹，见穷困事不关己，见危难袖手旁观，见庸俗随声附和，脊梁骨软，正义感弱，小人心重。这些，都是见了旋风作揖者的看家本领，孔子曾愤愤地对这类人下了定论："见义不为，无勇也！"

"东风吹、战鼓擂，现在世界上谁怕谁？"不怕旋风的农民，才能蔑视旋风跟踪旋风观察研究旋风；不怕旋风的民族，才会预测台风、飓风、龙卷风甚至有朝一日控制和利用它们。一个民族强大了什么都不怕，不怕天，不怕地，不怕帝，不怕贼，不怕鬼，不怕魅，不怕流血牺牲，不怕艰难困苦，就会活出勃勃朝气、泱泱清气、浩浩正气！

看看吧！老先人在《易经》风雷益卦如此启示和勉励子孙："益，利有攸往，利涉大川。"益，就是指减轻赋役，纾解民困，这样老百姓就会欢喜无边。君上谦卑，体察民意，尊老爱幼，那么他的道义广庇四方。"风雷，益。君子以见善则迁，有过则改。"即君子观此卦象，惊恐于风雷的威力，从而见善则从之，有过则改之，过而能改，益智益友，改过自新，善莫大焉！

戏说木版年画"小人图"之四：

爱钱钻钱眼

钱者，外圆以天，内方以地，四海谓之神物，万国传之永久。钱之又谓泉，其源不匮，无远不往，无深不至，无翼而飞，无足而走。失之则贫弱，得之则富强。西晋人鲁褒著《钱神论》一文，备述渊源，详尽表里，特别是辛辣讥讽了"有钱可使鬼"的末世乱象，而凤翔木版画"爱钱钻钱眼"，亦庄亦谐地勾画出了两个"孔方兄"无往不利的百般俗态——"光绪通宝"的麻钱被幻化成碾盘状，一人很吃力地扶着麻钱，一人正削尖脑瓜欲钻钱眼，而硕大的脑瓜怎么也钻不进去。这情景，就像牵着骆驼穿针眼，就像赶着大象穿窗户！

从贝币到布币，从铜币到镍币，从金币到纸币，从纸币到网银，我们得感谢发明钱的人。假使以物易物，多少人的肩膀要被压肿磨烂，多少人会因负重不堪而倒毙阡陌。然而，自从有了钱，围绕着钱上演的一幕幕人间喜剧、闹剧、怪剧、惨剧就没有休止，只不过是在贫与富、弱与强、盛与衰、丑与美中转换着主角与配角，国王与大盗、巨富与赤贫、君子与小人、清官与贪官，凡属人种，概莫能外，这正合了老子"天下熙熙，皆为利来；天下攘攘，皆为利往"。而司马迁的《史记·货殖列传》，就是专门为如何博取天下钱财矗立的引路碑。因此，我们无须羞于爱钱耻于挣钱，反而要敢于赢钱挖钱花钱，而不是厌钱怨钱恨钱，更不是见钱眼开、见财起意、见利忘义，给自己背上"见钱钻钱眼"的恶名。

　　向往富裕是人性中万古不泯的情愫，赚取金钱是人类永远不变的动力。有了钱，才能有吃的、有穿的、有住的。在很大程度上，钱是幸福指数的来源。假若这个世界不靠钱来驱使人来召唤人，坐吃山空的懒汉懦夫就越来越多。实际上，绝大多数人是为钱而活着。因为有了钱，你才能生存下来。没钱，就会被饿死、冻死、病死。钱能使八十岁的人变成十八岁的人，钱能使乞丐变成国王，钱能使地狱变成天堂，钱也能使天使变成魔鬼，使贤人沦落为奸佞，使法官堕落为囚徒。所以，大大小小的财神殿总是摩肩接踵，被人奉若神明的文财神赵公元帅、武财神关圣帝君塑像前总是香火鼎盛。假如连香火钱都掏不起，那么，有什么资格怪罪各路财神的吝啬与嫌贫爱富呢？

　　有人说，钱是万能的上帝，钱是主宰命运的神灵，钱是身份地位的象征……在这个世上，钱的魔力被夸大到了极致。一位陕西文化界名人曾对人说："我爱钱爱得就像乌骨鸡，里里外外黑透了，谁不爱钱，谁跟钱有仇哩？"此君靠卖字攒了一座金山。他舅上门买字，他优惠了两千元，还嘟嘟囔囔说是从来没让过这么大的利。文臣爱钱，武将惜死，是古今之通病。实际上，这个世界上没钱就成了龟孙子。农村人说："人没钱龟着哩，灯没油黑着哩！"又说："一分钱难倒英雄汉！"一个人什么也可以没有，唯独不能没有钱！没了钱，你站在餐馆门口要碗面汤喝也讨不来。没了钱，锅眼就不冒烟，饥肠辘辘就像饿鬼掏腹。当年李斯在混得很背时，在茅坑看到一群老鼠吃着很肮脏的东西后，发誓要做大如猫的官仓老鼠："把嘴扎在朝廷粮仓，就不愁吃不愁穿了，官仓的油缸大着哩，官捻子粗着哩！"穷人最能体验到钱的能耐，饥馑年代没钱时，不仅卖儿卖女卖妻，有的甚至也将自己卖掉，典身为奴！

　　然而，君子爱财，取之有道。在农耕社会，靠种田务农致富为上，靠经商、耍手艺致富次之。靠勤劳汗水换取的钱，它会成为丰衣足食的金桥，也会成为脱贫致富的甘霖，更会成为驶向平安港湾的小舟。起早贪黑、汗流浃背的农人，用沉甸甸的麦穗换取钱财，添置几十元的衫子穿在身上，其心情比皇帝穿上龙袍更喜悦；面如锅底、命比纸薄的煤矿工人，缩肩弓腰将黑暗的碎片化作乌金，购买一辆自行车，其心情比大款买来宝马更喜悦；气喘吁吁、难若登天的挑工，在华山千尺幢负荷着百余斤米面艰难攀登，用额头上豆大的汗水换取着微薄的薪金给老母买来一件棉衣，其心情比官员完成一件重点工程还喜悦。钱虽然没有刻画着谁的名字，谁也不能剥夺与施予，但对于百姓却是吝啬鬼，他们从一生下来直到闭眼时都为钱而熬煎而困顿而悲愁。他们企盼"孔方兄"光顾，可"孔方兄"却怎么也不肯在他们家门前逗留半步。于是，应该上北大的后生成了打工仔，应该活高寿的老人早早断了气，应该娶来漂亮新娘的小伙气得大口吐血。

古人说，致富没有常业，财货没有常主。"爱钱钻钱眼"，实际上被关中人骂作"要钱不要脸！"钻，是挖空心思、不择手段；钻，是投机钻营、不顾脸面。钻钱眼者，往往会耍出坑蒙拐骗六亲不认的伎俩，会使出贪得无厌谋财害命的绝招。历史上不乏为了钱巧取豪夺贪赃枉法的"钱臭子"。最有名的贪官当属和珅，当时就有"和珅跌倒、嘉庆吃饱"的民谣。和珅被抄家后，金银珠宝足可以与皇家媲美，仅赤金就有六千两、狐皮五百五十张、女人六百名、房屋三千间、田地八千顷，至于奇珍异宝多不胜数，① 临死前他绝望地口占一诗："五十年来梦幻真，今朝撒手谢红尘。他日水泛含龙日，认取香烟是后身。"他本是喝着仁义礼智信乳汁长大的，一人之下，万人之上，可钻钱眼使之身败名裂遗臭万年。钻钱眼者不独唯官，民间的"孔方兄"也比比皆是。打家劫舍者有之，囤积居奇者有之，趁火打劫者有之，私铸钱币者有之，掺杂使假者有之……但最后无一不落个惹火烧身、因果报应的下场。

改革开放，使中国人富起来了，洋起来了，美起来了。市场经济让百业兴旺，让能人受宠，让富人扎堆，但一切向钱看的拜金之风却也愈演愈烈，国人自古就有"笑贫不笑娼"的陋俗，于是钻钱眼者如过江之鲫。纵观世象，丑态万千：一是坑蒙拐骗者层出不穷。先是用牛皮纸造名牌鞋，后是用化学品造鸡蛋，再是地沟油上餐桌，还有用"大头奶粉"毒害下一代者。二是新中国成立后被禁绝的行当又死灰复燃。歌舞厅、桑拿间、洗头房嫖客无忌暗娼横行，贩毒吸毒禁而不绝，车匪路霸打而复生。三是腐败成为置党和国家于死地的要命病，跑官买官、贪污受贿、腐化堕落腐蚀

---

① 资料来源薛福成《庸庵全集》之《查抄和珅家产清单》。

着干部队伍。陈良宇晚节不保，薄熙来有辱门风，安徽省原副省长王怀忠掌权期间"日进斗金"，在中纪委调查立案期间，惶惶不可终日，吓得连电话也不敢接，犹如坐在火山口上，悔之晚矣地喟叹"钱把人害死了！"四是以追求显绩不惜代价短期掘金。如引进污染项目，毁了一方青山绿水，砸了子孙后代的饭碗，如瞎凑数字瞒天过海，苦了一方百姓，损害了党和政府的形象。五是千方百计以钱圈钱。非法集资、民间借贷，让一夜暴富者欢天喜地，让一夜赔本者哭天抹泪，到最后暴富者钻进了法网，钱成了绞索，钱成了杀手，钱成了催命鬼，机关算尽，也难逃"财悖而入者，亦悖而出"的天地法网。

近代大学者吕思勉先生在《窖藏与古物》一文中尖刻指出："珠玉金银，或出深渊，或在穷谷，其取之也，不知靡人力几何？既得之而又埋之，置无用之地。既而又靡人力以掘之，而又不可必得。其所费者，或自暇以领略人生真趣之时日也，岂不哀哉？"史载清宫藏有宝珠，一曰琥珀球，一曰辟尘珠，大如鸡蛋，晶莹皎洁，据说可以辟风尘、压邪气、神灵无比，名贵天下，但却挽回不了清廷灭亡的气数，于是有人发问：珠能辟尘、辟邪，有是理乎？宝物可宝，果足宝乎？联想于此，中国二十多个朝代，造宝搜宝，乌烟瘴气，藏宝盗宝，费尽心机，然而，争夺九鼎不能挽救颓唐，争持和氏璧无法安身。而孟子清醒地告诫世人："诸侯之宝三：土地、人民、政事。宝珠玉者，殃必及身。"

"夫事莫善于公，而万恶皆起于自私。"进取与致富是世间的常理，知趣与知足是人生的真谛，而营私与贪婪却往往是祸端的渊薮。在财富面前，分清公与私、善解名与利、辨别人与物、判明国与家，无疑是走好今生、光照后人的大是大非。

戏说木版年画"小人图"之五：

白地捏骨角

关中人把耕耘待种的田地称白地，把羊角、牛角、鹿角称孤角、骨角。大凡盘若弯弓、坚若铁镢、锋若利匕的家畜野兽犄角，皆防卫护身之猛器、争雄斗殴之威仪。骨角者，美之旌旗，美之号角，柔韧而刚毅，张扬而绰约！鹿角磨树触岩、耕烟犁雾，如珊瑚、渔叉晃动在山涧密林；羚角状若干戈盘符、撼魂摇魄，如行者僧侣游动在雪域高原！自古以来，以带角的牦牛头骨羊头骨为图腾的民族不在少数，而牛角、鹿角等入药已有千年历史。

细细想来，大自然造物极有原则，尽量公平，给天上飞的、地上跑的、水中游的大小生灵包括植物，都分配了几样护身符。牛善则有角，羊弱则有犄，善良无助的牛羊若无犄无角，犹如"丁壮打工去，老幼守村庄"一样单薄。然而，畜类兽类大凡无角无犄者却是强者，虎无角而成王，马无角而疾驰，猴无角而灵动，蛇无角而幽明。看来，威猛奸诈者总是一副可怜相迷惑对方，而懦弱温良者常以一副傲骨相显摆示强。

骨角本是长出来的，是草木血肉之精灵，是山川雪雨之化身，但厚重豁达、幽默好古的关中人，却时常用白地捏骨角，揭示世间的云谲波诡，痛责笑骂乡村那些无中生有的小人。本来，白地是准备播种庄稼的，却被好事之徒凭着想象捏出了牛角羊角一类的骨角，这难道不是"乌白头，马生角"的咄咄怪事？你看，画面上的小人眉毛倒挂、眼珠露白、胡须下撇，明显包藏着杀机、闪现着狡诈、释放着歹毒，一边手忙脚乱地捏出了一堆堆骨角状的东西，一边像做贼似的生怕别人窥见，随时都准备着拔腿就跑，而他的身后退一步就是不知几许的危崖深沟！这幅版画构图简洁生动、刀法娴熟、传神逼真、寓意深长，堪称"小人图"中的扛鼎之作。

仔细咀嚼人类史，白地捏骨角的众生术一如过江之鲫，正与邪、忠与奸、善与恶、美与丑奇形怪状，花样翻新，用场之大，未有穷期。一部《孙子兵法》，深剖天地道将法之玄机，详解攻防退进成败之妙门，法术之烈、韬略之深，如勾天摄地、抽皮拨筋，令人难忘，叫人遐思。一本《三十六计》之"无中生有"，平地起峰，空中抓药，钩心斗角，不寒而栗，一语构筑出了隐伏在战争史海中的透迤大山。

军神尉缭子将无中生有解释为：化无为有，化虚为实，化假为真，出其不意，攻击敌人。无中生有，不知帮了多少人的忙，令成功者春风满面，令败绩者七窍生烟。战争讲究消灭敌人越多越好，杀伤力越大越好，作战时间越短越好，所以什么韬略都使得出来。于是呼风唤雨、撒豆成兵并不奇怪，于是挑拨离间、一石三鸟司空见惯。秦攻赵国时，中伤廉颇而抬举赵括，迫使赵国临阵易帅，结果赵括纸上谈兵，从此赵国一蹶不振；李斯念错了"老鼠经"，与赵高伪造遗诏杀扶苏而立胡亥，不但使自己被腰斩咸阳夷灭三族，更令不可一世的秦帝国土崩瓦解，至于汉武帝"中毒"巫蛊之术痛失太子，曹操设计以"交马移语时"拆散马超韩遂，诸葛亮神机妙算草船借箭巧借东风，东晋谢安沉着应战以"秦兵败矣"大败前秦苻坚百万之师，秦桧以"莫须有"残害岳飞等，五花八门，不胜枚举。而纳粹一手制造的国会纵火案，日寇制造的九一八事变、七七事变以及近年历时七年多的美国以藏有"大规模杀伤性武器"为由入侵伊拉克，皆是毒辣至极的白地捏骨角。

在社会生活中，白地捏骨角并非都是坏人坏事，比如灵感触发创造，幻想催生发明，假如没有"可上九天揽月，可下五洋捉鳖"的男儿奇志，怎能揣着梦想干出一番惊天动地的伟业来。由此可见，无中生有无疑是推动人类进步的宝中之宝。但是，如果把无中生有的本领错用在人们的日常生活中，就大错特错了。君不见，擅长唆使弄非者被骂作"日弄山"，习惯栽赃陷害者被骂作"尻子客"，惯用离间伎俩者被骂作"搅屎棍"。

世界上还没有君子国，历史是君子与小人写成的。小人本很渺小，但借助于借刀杀人、偷梁换柱、颠倒黑白等锐器，一如给猪装上鲤鱼的嘴，给鸡装上蝎子的尾，给猫装上狐狸的头，就将自己组合成能攻能守的"装甲部队"。成就小人诚然有先天的因子，但后天的土壤也很重要。尽管这幅版画上的小人，就像戏剧中的贼眉鼠眼、畏首畏尾、集邪祟刻毒于一身的奸小，但实际生活中的小人却不是容易辨识的，小人没长尾巴，也不是长着倒八字眉，皇帝难识，百姓难辨，纵有一百部《辨奸论》，也无法使之立刻还原本来面目。史载王莽好礼多仁，秦桧多才多艺，严嵩眼若朗星，和珅柔若妇人，但他们凭着掩饰、伪装的本领呼风唤雨位极人臣、倾城倾国。若非时间检验，天亦聋，地亦哑。于是，大诗人白居易在《放言》其三中如此感叹："赠君一法决狐疑，不用钻龟与祝蓍。试玉要烧三日满，辨材须待七年期。周公恐惧流言日，王莽谦恭未篡时。向使当初身便死，一生真伪复谁知？"

小人是随风摆的草，小人是咬断路的狗。从古到今，小人擅长枭（tiào）

风卖雨、架谎凿洞、举火烧天、借尸还魂。他们凭着一张像黄莺打嗖的嘴巴，借着能把一束稻草说成一根金条的舌头，腾云驾雾，左右逢源。在官场，一个好端端的人，只要被小人盯上，就会给捏出一串串经济问题、作风问题，于是"中暑者"就像被剥了皮的树，全身叶子蔫耷下来。在乡间，小伙向女子求婚被拒绝，于是就散布说她有狐臭、有野男人，于是乖女子一家被人戳脊背。邻居有隙，指桑骂槐说，光听鸡叫唤，不见鸡下蛋；钱包也长了腿脚似的学会了串门子。在城里，商家不当竞争到了白热化程度，买一送一、内部专供、出口转内销、亏本大甩卖不绝于耳，全球第一、专利产品、最新发明、权威证书煞有介事，硬说土货是洋货，专把杂草当奇药，挖空心思兜售假冒伪劣产品，给人挖坑、让人上当。更有免费讲座、非法集资的专盯着老年人的腰包，免费接送、免费门诊的专谋着农村的存折。看来，如此背后下毒手的"阴鸷人"，不仅不会绝迹，今后还会继续变着法子给人捏骨角。

综上所述，白地捏骨角者有四个特征：一是造谣中伤法。造谣中伤有道也有术，有"铁板钉钉"法，有"可靠消息"法，有"冷笑不语"法，有"嗤之以鼻"法，有"装聋作哑"法，有"含沙射影"法，有"指天发誓"法，变着法子不把他人抹黑、把夫妻拆散、把朋友搞丢、把单位搞乱绝不罢休。二是栽赃陷害法。栽赃陷害有大也有小，有"一张邮票"法，有"公开署名"法，有"联名告状"法，有"聚众闹事"法，有"专家鉴定"法，有"上面表态"法，变着法子把无说成有，把芝麻捏得比西瓜大，把小猫膨化得比老虎大，把麦秆夸张得比碾子粗。三是装神弄鬼法。装神弄鬼有奇也有偶，有"命里注定"法，有"花钱避邪"法，有"高人指点"法，有"改门换户"法，有"符咒压胜"法，有"文身祛痣"法，变着法子把灾说成碰到了鬼，把病说成得罪了神，仿佛他是鬼神的大使、阴阳的通司。四是吹胀捏塌法。令人忧愤的是，白地捏骨角的歪风也照样侵蚀着官场。有"裸山涂色"法，有"标语遮丑"法，有"彩旗装潢"法，有"意向合同"法，有"编造数字"法，有"李代桃僵"法，有"穿凿附会"法等等不一而足，形式主义泛滥，浮夸之风盛行，当为白地捏骨角一病的重灾区，确实应当严肃整饬，以儆效尤。

有道是举火焚空，终将自息，飞蛾投火，自取灭亡。历史是公正的，时间是公正的，黑的白不了，白的黑不了，任小人怎么摇唇鼓舌，怎么兴风作浪，怎么无中生有捏来捏去，只会把自己捏成牛头马面、鼠头狼尾，捏得人神共愤、形单影只！

有道是谣言止于智者。人生在世，不如意者十有八九。如果遭遇疯狗再不敢出门，受到诽谤再不敢拼搏，那么恰恰中了暗器暗箭。如果说有什么预防和医治此类顽疾的灵丹妙药，那么不妨用"近君子、远小人"作为自卫、自省的武器，不妨以"八荣八耻"检点自己的人生观、世界观。只有这样，才能使自己行得端、走得正，不怕风吹，不怕浪打。

戏说木版年画"小人图"之六：

用钱买上皂角树

皂角树，关中乡间的神树、风水树、护庄树。皂角树，一个村的村旗，一个村的铆钉，一个村的门神。关中农村，有三种树饱蘸风雨沧桑，浓缩日月精华：土槐以其碾盘粗的身子、升子大的疙瘩和半亩地的阴凉，让人心悦诚服地尊为"树老爷"。一个村子历史有多久，看看老槐树的粗细就找到了答案。没有老槐树的村子就像没有老人的家庭，让人失去了根，失去了支柱；村外的柏树以其虬龙盘龙般扭曲的身姿，成为"树婆婆"。严冬之季，万木萧条，唯有柏树身披绿装，远看犹如头裹围巾、身裹棉袄、倚门望子的老妪；而皂角树以其毒刺自卫、以其皂角洗污、以其刺与核入药、以其浓荫匝地，成为关中人的风水树、发财树、祛病树、乘凉树。

关中人尊敬的门神——秦琼敬德，因手持铜和鞭为人避邪添福，备受农人的敬重。皂角树能成为另一种门神，却是由于身上长满了吓退魔鬼、扎破邪气、防备顽童的毒刺。刺是一把刀、一柄剑、一条蝎子尾巴。大凡村口、老庙前总会有一棵皂角树在站岗放哨，于是，村上人给树上缀满了祈福消灾的红头绳，到了农历初一、十五还要焚香吊裱、叩头作揖，像敬神一样敬着树。什么地方长出一棵皂角树，人们就会嚷嚷这个地方风水好！村子走失了人，丢失了猪，迷信的老太婆总会认为得罪了神树，先是供白馍，后是供水果，若是谁要损伤皂角树，老太婆肯定会踮着小脚，从天明咒到天黑！"皂角树，满身刺，猫逮老鼠不上树。"细细观之，皂角树的叶片形如兔耳，迎风总会瑟瑟抖动，若乡间唠叨不休的老者。皂角长出嫩荚时，因有无数老刺的守卫新刺的捧场，所以每到秋天个个皂荚像吃饱奶水的婴儿，油光光地鼓着肚皮，风吹起来像一排排木琴与秋风演奏的丰收曲。皂角树的毒刺硬若钉子、坚若锥子，就像刺猬身上的刺一般密，别说野猫不敢上树，就是喜鹊也不敢垒窝，鹰雁也轻易不会歇脚，过去村上的"老碗会"，之所以大都选在皂角树下，就是因为碗里绝不会落下鸟粪，庄稼人可以放心地边乘凉边吃饭。

皂角是肥皂、洗衣粉、清洗剂的祖先。旧时没有肥皂，洗衣洗头，全凭这牛角状的宝贝。这也是人们爱栽皂角树的初衷和由来。而要从密密麻麻的毒刺间举起竹竿打下皂角，像打星星一样吃力。这时，晃荡在皂角刺间的竹竿，被硬刺划拉得浑身震颤，偶尔一个毒刺掉在谁的脖子、脚面，或被恶作剧者耍弄，谁便像一尾蝎子钻进了被窝，慌作一团吱哩哇啦。于是，敢不敢精脚爬上皂角树，就成了农村人最头疼的赌场。

有了赌场，就有行话，就有了千百年来一句俗语："有钱能买精脚上皂角树"，由此也生出了"有钱能买鬼推磨"的俚语。这幅版画上，一个穿戴整齐的阔人，一本正经地将一串货真价实的麻钱，示意在一位可怜巴巴的穷汉面前："看吧！只要精脚片子爬上树，这就归你！"而愁眉苦脸的穷汉双手紧搂着蟒蛇一样的树干，眼里充满着恐惧，他不是怀疑这串钱的真假，而是早在这棵皂角树上领教了无数次鲜血淋淋、脚肿手胀的苦楚："钱是真的，皂角刺也是真的！"

人落草下来，就被分成了穷与富、贵与贱。生在富人家，不愁吃穿不愁花；生在穷人家，盐淡油寡干巴巴。有钱人总是很风光，没钱人总是很寒酸；有钱人总是很张狂，没钱人总是很无奈；有钱人总是很滋润，没钱人总是很枯萎；有钱人要风得风要雨得雨，没钱人喝凉水打掉牙放个屁伤脚跟。富人靠钱役使穷人，穷人为挣钱什么苦力也得下。富人总像贪得无厌的饕餮，不仅恨不得将天吞了，而且时常变着法子拿穷汉找乐开心，什么让穷人从油锅里捞麻钱，从万丈悬崖上掏燕窝，从狼窝里抱狼仔，从窟窿里捉长虫，耍着花样找刺激；富人想富几辈子，想长生不老，就让穷姑娘用嘴采新茶，甚至惨无人道地用婴儿补元气……这一出出由钱演绎出的闹剧，虽然荒唐至极，但让人真正领略了"用钱买上皂角树"的荒诞与无奈。"德厚者流光，德薄者流卑。"勤劳致富是千百年来人的梦想。靠一部分人先富起来带动大家富起来，在鸟为食亡人为财死的年代，只能是美好的希冀。钱是驶向幸福港湾的舟楫，钱是通向富裕天地的快车，但钱也是双刃剑。有钱有势、钱能通神、钱能消灾，常常使钱成了穿上龙袍的催命鬼，使钱成了穿着僧衣的屠夫，成了和风丽日下的滚雷，成了冲毁人道大堤的洪水，成了王公贵族的绝症。钱在社会清明、法制健全、河清海晏的时代，是丰衣足食、勤劳致富的神驹良骥。钱在社会腐败、朝纲颓废、尔虞我诈的时代，是杀人越货、一夜暴富的饿狼猛虎。天地虽然浮浮沉沉，春秋虽则来来往往，这一法则却是万古不灭、亘古不变。我们每天都在使用钱，但钱是否被贩大烟的手糟蹋过，是否被卖官鬻爵的手蹂躏过，是否被坑蒙拐骗的人玩弄过，是否被蹲了大牢的歹徒亵渎过，是否被爱钱如命的家伙霸占过，却是值得深思的。钱，因为不会说话也只能默默无语，但钱在我们每个人使用它时，分明在用无声的语言提醒着我们，拷问着我们，敲击着我们：人类只有关闭心中那扇兽的大门，也才能关闭钱的那扇兽的大门！

于是，我听见了钱对为富不仁者撕心裂肺般的呐喊：

——你太张狂疯癫。你穿的是名牌，开的是名车，养的是名狗，抽的是名烟，喝的是名酒，戴的是名表，识的是名人，钻的是名门，你太有钱却变得一钱不值。钱如果用作比富比阔、钱如果用作大把挥霍、钱如果用作装潢门面，那钱就成了一堆废纸，也成了魔鬼的滑梯，妖孽的美酒。

——你太卑劣无耻。为了承包工程，你用我当作敲门砖，视质量为儿戏，用豆腐渣将千年大计变成了阴谋诡计。为了升官发财，你用我当作铺路石，让道德侏儒变成了人中豪杰，让不学无术者变成叱咤风云者，让巧取豪夺者变成合法纳税人。为了占有我、攫取我，你掺杂使假，用硫黄熏白馍，用避孕药喂黄鳝，用硫酸泡荔枝，用集资坑万家。你让我无地自容，我也不知道我能让世风日下，让善人变成恶徒，让忠臣变成奸贼。

我也听见了钱对穷人的一番心灵道白：

——别做一夜暴富的梦！人穷要有志气，孟老夫子说过："富贵不能淫，贫贱不能移，威武不能屈。"可是，为了一夜暴富让我拥抱你，你去贩毒、你去坐台、你去抢人、你去印假钞、你去当托儿、你去当打手，结果你失去了我也失去了自由！

——别做邪恶势力的爪牙！有钱人中不乏善人，但也不乏恶人。你是保安，但他们把你当成打手；你是医生，但他们要你开假药；你是矿工，但他们要你偷着埋掉死去的兄弟；你是良家女人，但他们要你勾引男人。你稍有不慎，就成了邪恶势力的牺牲品。

——别走一去不归的黑道！虽然路人皆知为富不仁者"宁愿拆掉一万家橡子，也要煮熟我的一块鸡肉"，但利欲熏心者亦重蹈覆辙，成为帮凶，造假酒、造假烟、造假药、造假画、造假字、造假玉，无法无天，无所顾忌。岂不知真正的艺术品，是心灵雨露浇灌出的精神花朵，是苦难历程打磨出的思想钻石。岂不知法网恢恢、疏而不漏，天理人道，自有公论！

这幅"用钱买上皂角树"的版画作者虽然名不见经传，但却给世人留下了一面铜镜和无声的警示：钱，有多有少；家，有富有穷；官，有大有小，但只要正路挣钱、量入为出，钱就是泉，越疏浚越旺盛；若是邪路捞钱、财大气粗，钱就是催命的鬼、败家的神。

戏说木版年画"小人图"之七：

吹涨又捏塌

我的童年是在岐山乡间度过的，贫穷像影子一样紧缠着我。我做梦也想有小卧车、驳壳枪、地球仪这三样玩具，于是天天攒着分分钱、角角钱，但怎么攒也买不起其中的一件，书包之外，依然是土里土气的木猴、桶圈、烂瓦片这三件宝。做木猴不复杂，拣旧桶圈靠运气，唯瓦片俯拾即是。拴起鞭子"打木猴"，绑起钩搭"滚铁环"，画上方框"踢上楼"，不论人数，不挑场地，不管季节，赌无资，赢无偿，输无债，这就是农家孩子斗智斗勇乐在其中的天堂。至于伙伴们为何把踢瓦片游戏叫作"踢房""踢上楼"或"踢高楼"，大人不解，小孩难知。

乡间远离闹市，物资匮乏，最引人眼球的是货郎担，孩子每每见到挑着两竹筐、腰如一张弓、手持拨浪鼓的老者，就像花果山贪得无厌的猴儿猴孙围拢在孙悟空身旁，满筐的针头线脑雪花膏、洋糖别针芝麻扣，不但惹得老太太小媳妇挑来拣去，更有挂满筐沿花花绿绿的气球，把孩子们惹得手脚痒痒团团转。农村人把这气球吹气口加上小竹管叫"吹涨捏塌"，尽管这个吹泡泡、听哨哨的玩具实在没有什么科技含量，但其中的天籁之音，却令成长中的孩子心驰神往、乐此不疲。而长辈们听多了、听烦了，总是嗔怪地说："长大了别做吹涨捏塌的事！"

昔日曾经风行一时的"吹涨捏塌"，这阵从儿童玩具行列中已经消失，但"吹涨捏塌"这个口头禅，却在乡间人的语言中依旧闪光。近日我在翻拣凤翔木版年画八幅小人图时，像发现了久违的一件宝物，突然眼前豁然一亮：原来，一个极不起眼的"吹涨捏塌"，早就由孩童的玩具走进社会舞台并定格在版画上，看来耿直倔强的关中人，对种种"吹涨捏塌"的货色深恶痛绝，不是没有来由的。

在这幅版画上，两个老兄闲来无事，相互较着劲吹猪尿泡、羊尿泡，一个头戴元宝帽子，半蹴在地上，吹得眼珠子白多黑少，吹得脚尖快要离地，吹得肚子胀成青蛙。旁边站着的人，手里也拿起"吹涨捏塌"准备使劲吹哩！想必两个人想比赛一下看谁吹得最凶，看谁能吹破天！这幅版画创作于清末民初，那时还没有气球飘动在中国，而猪羊尿泡肯定比气球难吹，不把自己腮帮吹得像猪羊尿泡，当然是吹不起来的。

乡间是一个大社会，各种人物都聚集了，像《封神演义》里的神神鬼鬼一样。乡间是一个大舞台，有正面角色，有反面角色，有吹胡子瞪眼的，也有甩袖抡刀的。乡间的人实实在在，虚虚幻幻。而庄稼人把搬弄是非、挑起事端、从中渔利的人骂作"吹涨捏塌"。起事者是他，息事者也是他；兴事者是他，灭事者也是他。成也萧何，败也萧何也！

小时候，听老人们讲"吹涨捏塌"时，总会扯到村西的狗剩身上。狗剩能说会道，把扁的说成圆的、黑的说成白的，人都叫他"嘴儿客""舌辩猴"。有次他去青化镇看望姓焦的老朋友，一进门焦老汉长吁短叹，他一问原来是家中的狗咬伤了人，伤者正在他家炕上装死狗哩！狗剩一听这事，大声吼道："养鸡是为了下蛋，养狗就是为看门咬人！"这时，屋中传来谴责声："狗日的狗剩，连你姑夫都不认了！"狗剩吓得出了一身冷汗，走进屋子，原来被狗咬的人正是自己的姑夫。"你家的狗是拴着还是放开哩？"狗剩瞬时变了脸吼叫说。"你明知狗爱咬人还不拴着，这就是你的不对了！"狗剩质问再三不容置辩！"老焦是朋友，姑夫是亲戚，我也不拉偏架，给人看病是第一！"狗剩自作主张断了案！结果，狗剩的姑夫在焦家炕上不仅睡了两个月，临走时还撬走了一石麦，后来狗剩也从他姑父那里得到了五斗麦的酬劳。从此，狗剩的"吹涨捏塌"闻名乡里，人见了狗剩像见了狗屎一样就"轰"地走开了。

前几年，闲暇之际总爱看陕西作家杨争光的小说。其乡土味纯正得像地里的荞麦，让人拍案称奇，忍俊不禁。他的大作《棺材铺》，塑造了一个堪称"吹涨捏塌"的典型代表。主人公杨明远在袭击了一队做丝绸生意的商人之后，回到镇上开起了棺材铺。棺材可不是什么好东西，你总不能硬往别人家里抬。但杨明远却采用了"吹涨捏塌法"，他将镇上最有势力的两个大户人家挑斗起来，让两家成了斗红眼的公鸡。先是解开了财主李兆连家牲口棚里的牲口缰绳，栽赃给财东胡为。在牲口被追回后，他偷着捏死了李兆连的儿子，又给胡为扣上屎盆子。杨明远今天去胡为家出谋定计，明天去李兆连家打气鼓劲，后天两家争着请他吃酒席。他的舌头上有毒，夸谁好谁跌跤，骂谁孬谁倒塌。最后，李兆连下决心要把"胡为的皮扒下来扔在房顶上让太阳晒干"，"一场痛快淋漓"的打斗不可避免，街上摆满了尸体，上好的柏木棺材卖得一干二净，新镇成了空镇。杨明远用"吹涨捏塌"，"吹"死了上百人，"塌"死了一个镇。可见"吹涨捏塌"为小人伎俩中最毒的箭矢，最毒的杀手。

这几年，我喜欢上历史书籍。看着看着，觉得"吹涨捏塌"像一座狰狞的奇峰笼罩在波谲云诡的史海中。张仪苏秦是纵横家，可纵横捭阖却离不了"吹涨捏塌法"。秦桧害岳飞，用的是"吹涨捏塌法"，蒙古灭金、灭宋，用的是"吹涨捏塌法"。"吹涨捏塌法"神奇就神奇在炮制者以公允以调解的面孔出现，坐等鹬蚌相争；"吹涨捏塌法"神奇就神奇在有奶就是娘，管他美与丑；"吹涨捏塌法"神奇就神奇在一石三鸟，以售其奸，把自己变成"和事佬""不倒翁"。当今的"世界警察"——美国，发动伊拉克战争时，说萨达姆有大规模杀伤性武器，鼓动着"八国联军"出兵，其实美国人一眼盯上了伊拉克的石油，一眼盯上了北约和日本的钱包，而伊拉克的油、美国的军工产品，就成了他经济的新的增长点。几年前北非的利比亚、眼下西亚的叙利亚、地跨亚非的埃及等国出现的变化，都是美国的"吹涨捏塌法"在兴风作浪。同样，美国还在中国的南海和钓鱼岛继续上演着"吹涨捏塌法"，其险恶目的就是在亚太地区离间中国与邻国关系，让中国发展的巨轮慢下来、停下来，直到倒退回去。

余秋雨先生在美国讲学时，有人问儒家理论到底用什么简单的话来概括。余先生说，有上善若水、有天道酬勤、有厚德载物、有自强不息。他还说，西方把人总是分成好人与坏人，但中国人除了把人分为好人与坏人外，还分为君子与小人，如果你被打成小人，不要说政界商界视你为狗屎，就是丐帮匪霸也不会理你！是的，某国是世界上最富最强的"小人国"，因为其擅长施用的"吹涨捏塌法"，已经在朝鲜战争、越南战争、阿富汗战争中暴露无遗，而在全球兜售的民主、人权、信用评级、反导条约、北极变暖特别是亚太战略等等货色，也越来越被世界人民所不齿，当然要越陷越深，最终落得个茕茕孑立、形影相吊的下场。

在市场经济条件下，诚信危机与道德滑坡日益侵蚀着各个角落，"精英团队"的恶意炒作甚嚣尘上，普洱茶炒成了神茶，大款富婆趋之若鹜，不料一周间市场缩水三百多亿；温州炒房团囤积居奇，进入北上广如入无人之境，不料个个炒得焦头烂额；也有某奶粉全军覆没，某火腿百口难辩，某初乳风光不再，只给人留下了耻笑和骂名。被"明星大腕"吹上天的燕窝、海参、发菜等奇珍异宝，更是假货漫天飞，谁花钱谁遭殃；被"专家教授"捧若国际潮流的保健品、补钙片、微量元素测试等，原来都是给普通人挖的坑，至于包治百病返老还童的祖传秘方，改头换面的美容术增高术丰乳术，统统都是"吹涨捏塌"式的翻版。

小人与君子，如同水火不相容、冰炭不同炉。人的一生，有许多难以突破的瓶颈、难以逾越的大山。君子宁愿不突破不逾越也要保住名声、守住底线，而小人为了达到目的总是指桑骂槐、偷梁换柱、含沙射影、不择手段，唯恐天下不乱。正如鲁迅说的"捣鬼有术也有效，然而有限"一样，"吹涨捏塌"者纵然有三十六计、七十二变，但最终无一不是"反误了卿卿性命"，把自己"吹"死"塌"死，从古到今，无一例外！

东吃羊头西吃猪

多少年前，经济困难，百样短缺，不要说吃肉，就是高粱搅团苞谷糁、萝卜缨子蔓菁根，也要省着捏着，生怕有了这顿没下顿。于是，谁家年关能扛回一个猪头，就像今天谁中了千万大奖进村子一样神气，肯定惹得四邻八家垂涎三尺、翻肠倒肚，由此一再添油加醋地班数，大概要传过几茬麦黄时。在凭粮票布票肉票购买东西的年代，猪头也是权力、关系户、走后门的代名词。每到年关，一向红火的生猪收购站更是热闹而神秘，屠夫的白刀子与管屠夫的纸包子，绝对都要弄着猪头、猪肝、猪心、猪板油、猪下水甚至猪尾巴的把戏，特别是按官职发猪头，就是一条铁规。收购站生怕混淆了"肉头""瘦头"，忙中出错，便在猪头上贴上"朱县长""杨局长""牛主任"之类的标签，于是闹出了天大的笑话："这是猪头，怎么都成了红人的头呢？"

吃猪头难，吃羊头更难。先人造字，将"鱼"与"羊"拼在一起为"鲜"，羊大为"美"，于是一个勾魂摄魄的"鲜"字，一个心花怒放的"美"字，凡人听了就手脚绵软、胃口大开！而那个年代普通人吃不起羊肉，偶尔步行几十里在县城吸溜一碗羊肉泡解馋，就觉得风光地吃了八套席，回到村上半个月还飘散着膻气，直把村上人眼红死了，若是真的吃个羊头，还不等于吃了王母宴么！

可是，这世上竟有羊头猪头都能同时吃到嘴里的大能人，其福气让人惊叹。近日翻拣凤翔木版年画小人图，其压轴之作竟是让人满口生津的"东吃羊头西吃猪"。画面上，一位眼珠泛白、穿戴阔绰、满面春风的"公子哥"，一手捧着猪头、一手捧着羊头，把头拧得像拨浪鼓，顾了左顾不了右，生怕脱毛的猪头羊头从手里挣脱。他蹴在地上翻着白眼，猪头也翻着白眼，羊头也翻着白眼，六只眼睛构成了这幅图的轴心，三个头定格了公子哥的贪婪与张狂。"东吃羊头西吃猪"，这句民谚发明于什么时候，究竟流传了多久，已无法考证。今天的汉语词典把那些八面玲珑、十面得利的人描摹成"左右逢源"，夸张成"两全其美"，但简洁之下已没有了"东吃羊头西吃猪"这么有鲜活韵味了。民谚是民心民意的出气筒，虽经岁月的风剥雨蚀，其深藏的正大意蕴，仍像金子一样闪闪发光，也像放大镜一样观照出花花世界的蛛丝马迹。我们今天所说的"一个萝卜两头切""既想当婊子又想立牌坊"，实际上都是从"东吃羊头西吃猪"这句口头禅的缝隙和迷宫中长出来的连理枝。

趋利避害、贪图享受、感受奇妙、渴求舒适是人类通有的情愫。那些生活极其清贫、胼手胝足的农耕男女，看到官宦、商贾的奢华生活时，就像刘姥姥进了大观园一样目瞪口呆。有些会越礼制而不顾，有些会把贪泉之水当作玉液一饮而尽，有些会把罂粟花当作菩提树去栽培，甚至会把虎崽当作羊羔一样去养育。一个只想升官发财的人，总能从飘忽不定的世风里像千眼神那样瞄准和捕捉大发横财的每个机会，这也就产生了许多"东吃羊头西吃猪"的货色。

法字，是由水字与独角兽组成的，意谓执法要公平端正。可是，从古到今却有多少糊涂官在"原告被告通吃，公干私干双赢，管他王法良心，何惧奸佞骂名"。封建官员除少数清官外，总是把原告当成摇钱树，把被告视作"经济增长点"，百姓打官司大都会遇上被买通了的昏官、敲竹杠的刁吏，最后被逼到家破人亡、卖儿卖女的境地，只好愤愤地骂几句老天不仁，咋生出了这么多"东吃羊头西吃猪"的畜生了事。《儒林外史》中，娄府家人晋爵的儿子宦成拐走了蘧公孙太太的丫鬟双红，差役缉拿了被告原告，但把人犯当作摇钱树放在自己家中，一气榨干了宦成的银子，忽闻蘧家曾私通反叛的宁王，又两眼放光，以此要挟蘧家，直把两家吃了个山穷水尽，才如此这般法外开恩，到头来又挣到青天大老爷的牌匾，诸如此类的精吃精、怪吃怪的九本万利的买卖，从古到今都是贪官污吏的绝好看家本领。《金瓶梅》是一部颇有争议的奇书，有人骂它诲盗诲淫，有人赞它"云霞满纸"，其主人公西门庆是泼皮无赖淫棍，也是一个结团伙、拉关系、跑官场、抱粗腿的"天才"。正因为这样，他在商海中总能如夜得灯、如帆得风、如鱼得水、如虎添翼。他在当上正千户时，把处理每桩案件都当作发财致富的良机，原告被告通吃，也堪称官商勾结生出的畸形儿、害人精。

像《儒林外史》上的差役，在市场经济下又借尸还魂了。二○○八年，甘肃省酒泉市金塔县居民王某与妻子魏某感情破裂，鸳鸯分飞，便向金塔法院递交了一纸离婚诉状，主审法官崔某便干起了吃了原告吃被告的勾当。他先是收下王三千元，又收下魏一千元，由于王某的钱多于魏某，崔将十一万元的家庭共同财产判给王某，魏某在绝望中喝下农药后自焚身亡。这桩"东吃羊头西吃猪"的惊天大案，吃得崔某像狼外婆吞下了一块大石头，好吃难消化，吃得子孙后代都抬不起头来。

无独有偶，一九九七年在宝鸡也曾演出了"吃了原告吃被告"的丑剧。"中国方便面大王"熊毅武突遇车祸住院，生命危在旦夕时，以二十万重金郑重请来律师，委托代书遗嘱，并指定其为分割上千万元财产的遗嘱执行人。按说，熊老板家大业大慷慨解囊委以重任，律师按劳取酬无可指责，但律师却见利忘义，心生了脚趾，把《律师法》中"律师不得在同一案件中为双方当事人担任代理人"的规定忘得一干二净，知法犯法向人家妻女索要了二十万元代理费。有道是纸包不住火，此事尚未三堂会审就露出马脚，到头来自然落得个狼藉声名。

官场如此，法界如此，日常生活更不乏"东吃羊头西吃猪"的人和事。此类言行孔子骂作"乡原"，即不讲原则、不辨是非的光面人，认钱认权、唯上唯书的绿红人，人云亦云、道听途说的糊涂人，吃里爬外、监守自盗的阴绺人，雁过拔毛、逮虱掰腿的长手人。光面人怕人怕事，是长是短与我无干。绿红人趋炎附势，是坑是崖跟着跳。阴绺人人面兽心，是牢是狱也往里钻。长手人好占便宜，是公是私统统归我。抱有"乡原"心理、哼着"乡原"曲调的人，往往占小便宜吃大亏。前些年，不少专家仰人鼻息，唯欧美是从，把"国际惯例"捧到了天上，未料金融危机一夜冲垮了高谈阔论，专家们再无颜以对白纸黑字。前些年，不少地方急于求成，唯GDP是功，拼命拨弄数字，未料各省之和超过了国家统计之和，想必那些捏造者得意忘形之余，却没想到已露出马脚。前些年，白酒行业炙手可热，唯销量是胜，胆子大得忘记了一个"酿"字半边是"良"，以"塑化剂"害人，以"瘦化剂"害己，只半月整个股值蒸发了千亿。同时，广大消费者也因信息不对称，成了"东吃羊头西吃猪"的最大受害者，人家说缺钙就补钙，说缺锌就补锌，说茄子绿豆能治病就跟着吃，说衣服能产生红外线就抢着买，说神泉包治百病就拎着大桶往山里赶。于是，多少保健品化妆品招摇过市，多少中介公司劳务公司在演双簧，多少"秒杀""最后一件""稀世之宝"成了奸商的最佳噱头。

关中人常说："东吃羊头西吃猪头，就是没有自己的头！"这话说得好，说出了真理揭开了根底。人生在世，凡事都要有主见，有主心骨，有自己的判断，走自己的路。筑舍道旁，三年不成是一反例；拔苗助长，反受祸殃是一反例；三人成虎，信假为真又是一反例。

吃了猪头吃羊头，吃得脑满肠肥，吃得八面风光，但吃到最后会磕掉牙，直到撑死胀死。天下没有白吃的馅饼，也没有白吃的羊头和猪头。传说中的饕餮胃口大得能吞下一切，但这个"有首无身、食人未咽"的家伙最终也是"害及其身"。今天的人们，还是要管住自己腿、管住自己嘴、管住自己手，而管住一切，归根于管住自己头！"祸莫大于不知足，咎莫大于欲得！"如果用这句话常常提醒自己，嘴就不会胡吃，手就不会胡伸，腿也不会胡跑，人也才能知足常乐，平安无虞！

神态度

序

"一从大地起风雷，便有精生白骨堆。"自天地造物，人身一阳，腐体一阴，形单影只，相反相成，鬼神之事就迷蒙人间。从黄帝"山川鬼神封禅"，颛顼"依鬼神以制义"，帝喾"明鬼神而敬事之"，帝尧"修五礼"，帝舜"典三礼"，禹帝"致孝于鬼神"，一直到周秦汉唐宋元明清，有关敬鬼扮鬼打鬼耍鬼的故事船载马驮，似乎永无完结。

明朝许仲琳依据前人多种版本编著的百回白话章回小说《封神演义》，以史实为勾描，以神话为颜彩，集无穷之想象，将一场波澜壮阔的西周革命，渲染成一幅惊天动地的人仙神魔大战图。但是，一场天地惊、鬼神泣、神乎其神的"封神"盛事，却不会因凶神恶煞心服口服、伯子男爵心满意足而一劳永逸，随着时光推移，妖孽鬼魅阳奉阴违沉渣泛起，忤逆王孙志得意满骄奢淫逸，纷纷改头换面招摇过市，踹蹬蹿红于正史，混迹流窜于《三国演义》《水浒传》《西游记》《红楼梦》和《聊斋志异》《阅微草堂笔记》以及"三言二拍"，因之，要在人寰搜集点阴错阳差、阴盛阳衰的荒唐闹剧，并不需要耗费多大气力。《列子·天瑞》言："古者谓死人为归人。夫言死人为归人，则生人为行人矣。"由此可见，归者为鬼，张牙舞爪者为厉鬼，面目狰狞者为恶鬼，愁云惨雾者为冤鬼，馋涎欲滴者为酒鬼，眼花缭乱者为色鬼，魂飞魄散者为孤鬼，宁死不屈者为鬼雄。鬼无头无足，有男有女，无轻无重，有大有小，无贵无贱，有穷有富，无寿无夭，有刚有柔，无法无天，有忠有奸，无依无靠，却喜阴风、附磷火、趁夜暗、傍乌云、潜旮旯、缠祠堂、近庙宇、蹭官衙、游村落、逛市井。鬼的世界形形色色，鬼的舞台明明灭灭，鬼的道具花花绿绿，鬼的演出阴阴森森。

阴阳一界隔，黑白两重天。鬼的世界，要描绘得真真切切、细细致致，除非阴曹地府的丹青妙手，我们是人，画人容易画鬼难呀！前几日到殡仪馆送别一长者，见其子女除烧了几背篓冥币外，还烧了纸糊的电脑电视小轿车和穿三点式的洋妞，边烧边跪着念叨："爸，你在阳间没享上啥福，在阴间可不要难为自己。"看来，如今的鬼也搭上了科技快车、时尚专机，鬼也成了时髦鬼。按迷信说法，鬼是人变的，人是鬼托生的，所以只要看看世间的人，就不难揣测阴曹的鬼。

今借姜太公吕望之神威，试为十六鬼粗描几笔。孔子云："敬鬼神而远之。"鲁迅言："捣鬼有术也有效，然而有限。"封神新榜咒语曰：老鬼不打，上房揭瓦；新鬼不封，下地撅葱！

饿死鬼

"吃了么？"不独是典型的中国式问候。试看天生万灵，东奔西走，烟雾气罩，血肉模糊，只缘一个"吃"字。据说，这鬼那鬼，屈死悔死羞死劳死冻死热死的皆有还阳之机，唯独饿死鬼不得复生，此是何等家法？阎王爷好失公允！然阴司之痒，与人何干，在下只好顺水推舟，将错就错，榜首戏封饿死鬼——饿死鬼是个可怜鬼，阳间阴间都有一个同情弱者的通病，也因它们在阴间固守阵地，度日如年，从资历上来说更是无可挑剔，当之无愧，于是就册封其为鬼榜魁首。

一个似是而非的地狱律条，硬将一个个活生生的灵魂折腾得死去活来，真是咄咄怪事！假如某君不得托生，将永远以徘徊哭号、绝望挣扎充当阎王的老杂役、癞皮狗——身躯像腐竹竿，头发像朽麻丝，眼睛像锈铜铃，嘴巴像烂簸箕，脸盘像臭鼬鼠，只配偶尔捡拾起阎王嘴角掉下的残骨，开一顿洋荤，也如获至宝。

翻检史册，一个"饿"字集结着饥肠辘辘、饥不择食、饥寒交迫、吃糠咽菜、沿街乞讨、鬻儿卖女、卖身为奴、易子而食、白骨枕藉、饿殍遍野、万户萧疏、十室九空等等阴森恐怖的字眼，深深渗透在我们民族的基因里。据说，祖先创制的"天"字，就是一个人夹着两根树枝，即以后筷子的模样。而"民以食为天"，无疑是人们畏惧饥饿追求温饱的彻头彻尾的宣言。自古以来，遭受杀头的囚犯最大的奢望就是吃一口断头食，而最恶毒的诅咒就是叫某人当个"饿死鬼"！

从后稷选育良种，西周盛行井田，秦人开凿河渠，汉朝修建粮仓，到敦煌洞窟上一种三收的壁画，几千年农耕时代朝野的最大梦想，无非就是风调雨顺、五谷丰登。但是，无情的老天偏偏与人作难，动辄以冰雹雪霜赤地千里威胁与训诫子民，所以悬在帝王头上最锋利的刀剑，不是外敌内乱而是饥荒。回看农民起义，最大的诱因无非"朱门酒肉臭，路有冻死骨"，而开仓放粮不纳粮，放开肚皮吃官仓，正是所有义旗神通广大的灵验所在。

旧中国的帝王将相钟鸣鼎食，花天酒地，达官贵人食前方丈，脑满肠肥，在口腹之欲上饕餮天物，堪称一绝。"甲第纷纷厌粱肉，广文先生饭不足"，"朱门沉沉按歌舞，厩马肥死弓断弦"，也只是一个微不足道的写照，而嗷嗷待哺的婴孩、骨瘦如柴的长者、流离失所的灾民、丐帮与人妖颠倒的烟花巷，都如光怪陆离的标签，紧贴在每个王朝的脸颊上。

尽管老辈人还依稀记着民国十八年年馑，上辈人清晰记得上世纪六十年代的三年困难时期，这辈人也时常把公粮余粮返销粮与粮票、红薯干、进馆子写在面黄肌瘦的回忆录里，但改革开放四十年，我们滋润了，我们温饱了，远离了逃荒要饭，告别了清水炒菜，忘却了节衣缩食，迎来了比开元盛世"稻米流脂粟米白，公私仓廪俱丰实"的美景光鲜一万倍的好光景！这是苍天的慷慨，联产承包责任制的恩泽，科技进步的伟力。假如无数饿殍得知人间天天过年似的如此衣食无忧，那么，眼泪、鼻涕和涎水搅和在一起，大概是要多恶心有多恶心的。

一饱忘了千年饥？一九二九年前后三四年，一场史书少见的大旱，如青天火神雷、吼地雷、绝门雷横扫三秦九十一县，八十八县成灾，井泉干涸，老树枯萎，泾、渭、汉、褒诸水断流，西府尤为灾重，史称民国十八年年馑。头年宝鸡十二个月无雨无雪，颗粒无收，树戴孝，牛哭号，人兽相食，次年炎夏，死尸横道，臭气熏天，人多外逃甘肃，秋种无雨，始父子、邻里、路人相食，第三年赤地千里，十室九空，遍地苍凉，目不忍睹。据当时华北慈善总会对扶风县的统计，全县十六万多人，死亡五万，出逃万余……

饿死鬼的问题恰恰出在了这里！

一百多年前，西方列强把营养极度不良的中国人称作"东亚病夫"，三十多年前，西方看客曾杞人忧天地发问："谁来养活中国十亿人！"三十多年后，西方友人少了疑虑，却痛惜地质问："中国人为什么要糟蹋自己的粮食？"在中国的大小幼儿园，若要排出知名度最高的一首唐诗，小朋友们虽然不一定知道作者叫李绅、标题叫《悯农》，但一定会举起稚嫩的小手争着说："锄禾日当午，汗滴禾下土。谁知盘中餐，粒粒皆辛苦。"但是，"舌尖上的中国"，让所有的见解都哭笑不得、无言以对。

随意挑出百样商品，这涨价，那涨价，唯独粮食价格像老牛上坡，一走三喘，一喘三歇。当工资以十倍百倍的幅度上涨，当指甲大的一点土地比金子还昂贵，当一瓶矿泉水清一色超过了一斤麦子稻子的价格，有意无意间，比亲娘老子还亲的白面白米，自然成了万物之中最下贱的一类货色！当人人都在争肖像权、著作权、专利权的时候，却遗忘了麦子、稻子、油菜不是风吹熟的，不是雷打熟的。

随意走到东南西北，这酒店，那酒店，像雨后春笋一样，一家比一家高大，一家比一家张扬，一家比一家排场。据说五星级酒店的一餐，其餐费足够中等人家吃一年，而如此疯狂的"最后的晚餐"，全国每天有没有上万桌？只有鬼知道！

随意采访某些成功人士，中吃山，西吃海，没吃过的就剩下天上的星星。君不见，都市高档饭店，昼夜香车宝马名流如云，各地的"北上广"办，迎来送往觥筹交错，藏污纳垢的私人会馆，鬼鬼祟祟饕餮天物，心知肚明的奸商巨贾，专门在酒店包房包楼守株待兔，应运而生的雪山宴沙漠宴草原宴海滩宴游轮宴甚至人体宴，成为各地追求时尚的一场"大革命"、新一轮"大跃进"、新一项"大比武"。

随意走进都市城镇，这喜宴，那寿宴，人们像吃人民公社大锅饭一样去酒店扎堆赶集，比阔斗富成为一种前所未有的时尚。这店北冰洋海味，那店南美洲山珍，东城欧陆风情，西宫满汉全席，从农家乐到街头烧烤，从著名学府到大小酒店，人声鼎沸，座无虚席，大有不吃尽天下珍馐绝不赴黄泉的威猛。然而，人欲无限胃口有限，于是"泔水猪"醉生梦死，"鲍鱼猫"油腔滑调，"海参狗"娇憨傲慢，"虫草鸡"引吭高歌，真是和谐到了人狗一家、猪猫不分的人间天堂了。

饿死鬼的问题恰恰出在了这里！

唯物辩证法的准则永恒。有饿死鬼就有憋死鬼，有吃人贼就有害人贼——鸭蛋鸡蛋被苏丹红渗成"坏蛋"，牛奶奶粉被三聚氰胺染成"毒奶"，面粉淀粉被增白剂掺成"白粉"，甲鱼被避孕药搞成了"王八"，牛羊被抗生素害成了"四不像"。正当科学界兴致勃勃以添加剂、催化剂、防腐剂等发明发现为能为荣，自然界终于忍无可忍，以"动物总动员"拉开了报复序幕：果子狸、穿山甲以"SARS"为奸细，鸟禽以"H7N9"为暗器，与糖精醋精香精瘦肉精地沟油以及白酒的塑化剂、水果的膨大剂、黑作坊的吊白块一起唱开了乱弹！

我们辛辛苦苦高高兴兴迎来的却是一个肉头猪脑笨手笨脚的肥胖时代，这令以肥为美的唐朝也望尘莫及。据网络的统计消息，全国十三亿人中，已患"三高"的人群达四亿多，其中高血压患者两亿，高血脂人数两亿，糖尿病确诊病例四千万，再加上全国两亿多的肥胖一族，已经或即将加入"三高"序列，那么，一个重大的民生问题、一个严重的公共健康课题甚至一个危及人口素质的问题摆在了全民族面前——成年人大腹便便，见山头昏，见水目眩，下一代气喘吁吁，上不了树，下不了沟。具有讽刺意味的是，当不少娃娃已胖如南极企鹅，不少学校却将百米短跑列为禁区，国家有关部门将游泳划为"高危体育项目"。

一个肥胖的民族，也无可奈何地陷入了大减肥、大补品与大保健的漩涡。风生水起的城市健身房，挤满了"肥牛公仆""青蛙商人""河马教授"与"海豹贵妇"。刚刚饱餐过竹鼠大雁猫头鹰的美食家，又兴高采烈地加入到健美大赛、模特大赛行列，美其名曰吃肥走瘦，刚刚糟践过熊掌野猪藏羚羊的妖孽们，又大把大把将减肥茶、减肥药当饭吃。减来减去，男人面如土色，目光呆滞，反应迟钝，萎靡不振；女人两眼下陷，青筋外露，大腿瘦成麻秆，指头瘦成了麦秆。这种把病态当健康，又把健康当病态的众生相，像阎王爷惩罚二鬼拉锯似的，没完没了。

据说，某官人患了怪病，由原先生吞活剥的"野兽族"变成了吃草吃菜的"家畜族"，骨瘦如柴，慢慢舌根生疮，两眼变瞎，双脚溃烂，遍求名医，西医找不到病因，中医摸不来脉象，直到快饿死的那一天突然醒悟：每天吃的食物不下三五十种，最多的一天吃了八十一种！或人之将死，其言也善，结结巴巴遗言曰：好日子要慢慢过！

古来笑贫不笑娼，今日笑饿死鬼不笑憋死鬼，真不知道阎王爷的律条如何与时俱进！

饥馑、瘟疫、战争是人类大减员的三把利剑，而犹以饥馑杀伤力最大。每一次大饥馑，都昭示人类要爱惜粮食、勤俭度日。饥馑和丰稔是交织着的经纬线，是岁月的一对孪生姐妹，人们在风调雨顺、稼禾丰茂、穿金戴银时，就要懂得感恩、懂得惜福、懂得节俭。要不惹恼了天公，旱灾、水灾、雹灾、蝗灾可能要轮番降临，那么，颗粒无收、奔走呼号、饿鬼掏肠的苦难就不会太远。

我在想，没有饥馑的岁月却有这么多"饿死鬼"，说明社会风气的好与坏、正与邪、清与浊比饥馑更可怕。一个病态的社会，不仅会滋生出饿死鬼，还会滋生出日弄鬼、等路鬼、奴脸鬼……阎王不嫌鬼瘦，不怕鬼满为患，这个不用我们操心，担心的是我们不会吃了、不敢吃了、不知道吃些什么，因为我们几十年来就把五千年来的东西吃了个面目全非。据说，全国一年酒类的消耗量相当于一个西湖，全国一年餐桌上的浪费相当于两亿人一年的口粮。我们在咒骂纣王酒池肉林、讥讽秦皇求神问仙、耻笑汉武承露炼丹，却不觉得自己已经距他们只有一步之遥了。

老友宋天泉打油诗曰：

太公吕望之子孙，一梦土遁到昆仑。

周纲凌迟妖纷纷，日月不老雾沉沉。

纣王愤懑天喜星，飞廉恶来厌背运。

北海走失申公豹，雷神闻仲破天禁。

凶神恶煞悔哼哈，伯子男爵尺夺寸。

天条王法八不挨，扮作平民似温顺。

善恶混淆柏鉴冷，怒斥群魔乱星辰。

手持玉符新封神，画皮画骨倍酸辛。

群居终日伤大雅，言不及义毁福荫。

向阳葵花朵朵诚，逆风骏马匹匹劲。

扫却阴霾还周天，和邦协佐赖才俊。

雄鸡一唱天下白，莫劳屈原重招魂。

当年饿殍史册困，而今憋死无人问。

驯鹿野狐猛料烹，仙鹤神龟文火炖。

五星酒店高入云，万鬼扑食朝夕昏。

新榜首封饿死鬼，酒囊饭袋辱公论。

扑神鬼

关中人深受西周诗文熏陶，说话直白简洁，伸指头、挥拳头，斩钉截铁，像判官判案声若滚雷，富有一枪戳下马的本领。南国水乡人说话如蚊蚋莺啼，细篾软绵，缠东绕西。据说外地人抱着娃在西京街道问路，热情的老陕瞬间将声调迸发到"高八度"，拍着肩膀扯着袖，生怕人家拐来拐去误了事，而娃娃却以为大人吵架，吓得哇哇大哭。所以，关中人这种"人来疯"与"直肠子"性格，时常让外地人敬畏退避。但是，关中方言的阳刚、深沉与承载的远古讯息，显然是斯文的普通话，特别是皇城根下太监的娘娘腔难以达意的，譬如"扑神鬼"这三个字，用普通话说像在赞扬，用娘娘腔说像在奉承，而老陕的话却若铁匠的锤、打狗的棍、砍竹的刀，刚本硬正，势不可当，恨不得一句话将不周正的人砸扁、打折、劈烂！

天下这鬼那鬼，只有"扑神鬼"胆子大、煞气大——敢扑神、会扑神、能扑神，也胡扑乱扑、扑有扑无、扑红扑黑。它不知天高地厚，咒太阳、骂月亮、抠北斗；它不论至尊至善，玉皇大帝、太上老君、太公吕望都不在眼里放；它不管是非曲直，降妖的元帅、除魔的金刚、佑民的福星统统要扣上三遭屎盆子；它也不问仇人恩人，凡官商士农、赵钱孙李、忠臣孝子、淑女烈女，一概扑之。关中人见了这种鬼，往往惊呼一声："扑神鬼来了！"看来，关中人最怕"扑神鬼"不是没有道理的。

"扑神鬼"心怀鬼胎，性乖命硬，贼眉鼠眼，口若枯井，声若豺狼，腿若螳螂，连唾沫星子都溅着晦气邪气，甚至它蹲过的碌碡，阴气毒气也多日不散——

东家婴孩过满月，张灯结彩，喜气洋洋，忽来了一个人，孩子先是啼哭不已，后是直翻白眼。这种"扑神鬼"，走在谁家门口，谁家娃断气。

西家刚打好一口棺材，满院柏木香、松木香，木匠正欣赏着他的绝佳手艺，忽来了个人站定院内对四爷说："还不油漆，谁知道落山太阳还出来不！"四爷正在兴头，用烟锅敲着棺盖，忽闻恶声，猛一回头，便跌倒在地。这种"扑神鬼"，说谁死谁就死，它是阎王的催命鬼。

某女先是嫁一财东家，不到两年光景，丈夫犁地被牛抵死，孩子玩耍被驴踢死，公公放羊落崖摔死。于是再嫁，身壮如牛的丈夫，不到一年又无病而亡。三嫁，家里祸事不断，牲畜暴毙，门可罗雀。这事被幸灾乐祸的"扑神鬼"逮了个正着：这女人是个扫帚星，扫到哪家哪家空。

某媒体有一名记，擅长典型人物报道，十三册剪贴本轻易不予示人。知情者笑曰："孟氏名神通，写谁谁日灯。"原来此君采访过的各种先进人物，提笔之前是红人是模范，落笔时不得急病就是进了检察院，多年来数十典型人物竟无一幸免。过春节有人送了某局长一只羊，喝令办公室主任冒雪驱车几百里退回，据此写的"王局长拒贿记"，刊稿不到半年，竟爆出局长大人贪污救灾款的惊天大案。有一年，名记发现财政局长为民理财事迹感人，遂写成万字长篇通讯，刚排在版上欣赏再三，却被电话那头"已被双规"的消息吓出一身冷汗。还有一年，为一企业家树碑立传，笔底泉涌，满纸生烟，刚哼了一句"爱你一万年"，就接到企业家心肌梗塞的噩耗。其扑力之大，令人咋舌。某日，老同学央求润色演讲稿，"孟神笔"心里略噔："可别误伤了老同学！"于是轻留印痕草草了事，尽管如此，同学演讲结束就蹲了班房。更可怕的是，其夫人想歇息两天，求"孟神笔"写个假条，假条送出当晚，夫人吃鱼时鱼刺卡在咽喉，喝了三斤醋也无济于事，黎明急忙到医院实施手术，才躲过一劫。于是，市井有段子："名记神通杀法大，乌烟瘴气满笔下。宁愿每周摆酒席，切莫顺手摸我额。"久而之，"孟神笔"门前冷落，文采不再，他又改写批评稿，这回，也是阴差阳错，扑功欠佳，被批者半年过后皆鸿运当头，升官发财。直到后来才吹糠见米、吹沙澄金，真正显灵，批某旅游景点讲迷信塑万神宫，洋洋洒洒一万余字，痛快淋漓，读者叫好，适值一场大雨过后，万神宫轰然倒塌，同事笑曰："扑天扑地又扑人，最终扑倒一万神！"

在西府大大小小的生活舞台上，你像掬一朵浪花一样随时随地会找出一串"扑神鬼"的故事，甚至让人匪夷所思，惊叹不已，而且唯恐"扑神鬼"扑了自己。家人出门远行，最忌讳谁说"当心车掉到沟里去！"亲人患病送往医院，也最忌讳"我看这病不好治！"早上邻居晒麦子，也忌讳"下午有暴雨哩！"重男轻女的关中人，更忌讳别人说大肚子媳妇"我看怀的是女娃！"指望孩子考上大学，鲤鱼跳龙门，也忌讳邻人说"孔子孟子哪上过大学！"西府人怕"扑神鬼"怕得如同丧门神来临，似乎天上地下、房上炕上都张着一张张扑人的嘴，说话最忌口无遮拦，做事最忌冒冒失失，敬神最忌大不咧咧，甚至打碎一只碗，也要念叨"岁岁（碎碎）平安"，慌忙扔到井里；掉了一颗牙，也要扔到房顶；娃从崖上掉下即使没掉一根头发，也要提着秤、拿着鸡为其"叫魂"。人吃五谷生六事，来到世上是条苦虫，不如意的事十有八九，喜啥啥不来，怕啥啥就来，越怕这越怕那，七灾八难也就来了，大小"扑神鬼"也就应验了。

人实际上跟草木一样，人生一世，草木一秋。人再鬼大，也掩饰不住本来面目。树木有柏树有杨树，柏树可以活千年，杨树只能活几十年。核桃树结硬果，柿子树结软果。柴胡可以清热，白蒿可以护肝，黄芪可以降火，草木有本性，本性不可移。我在想，鸟中有喜鹊有乌鸦，有燕子有蝙蝠，而人中是否有"旺夫相""佑主相"，也有"扑神鬼""丧门星"？我在想，"扑神鬼"实际是早知祸事、专等祸事的人，他们在这方面有特殊的天赋，他们是乌鸦托生的，是大灰狼变的。我还在想，这种人可能命硬命大，扑这个扑那个却很少扑自己。这么说来，"扑神鬼"是稀有物，因为物以稀为贵。所以，友人很是指望他们发挥特殊本领，歪打正着，去扑美国、扑日本、扑菲律宾。

关中人把魏延骂作十足的"扑神鬼"，诸葛亮患上吐血病后自感大命难保，于是祈求老天能开恩延寿。诸葛亮不愧是上通天文下识地理的神仙，祈寿延年也是仪式非凡，别具一格。点上七盏灯，摆上桃木弓，放上柳木箭，用上朱砂笔，敬上五雷碗，可是正在与苍天对语时，魏延跑进宝帐，用大袖子扇灭了七盏灯，于是就验证魏延就是"头上有反骨"的罪人，魏延也成了"日灯"的代词，成了"扑神鬼"的典型。秦腔《祭灯》久唱不衰，魏延被人骂了千年。但细细揣摩，还是诸葛的法术不大，如果成神成仙，魏延就进不了宝帐扑不了灯。

生活中的"扑神鬼"只是扑一个人，扑一个家，而政治上的"扑神鬼"却能扑死一个民族、扑死一个国家。赵高是"扑神鬼"，扑死了秦朝。李林甫是"扑神鬼"，扑死了唐朝。秦桧是"扑神鬼"，扑死了南宋。他们是魔怪、是凶神、是恶煞。他们一旦权在手，便把令来行，而最大的伎俩就是把白说成黑，把正说成邪，把错说成对，于是明君变昏君、谏臣变顺臣，整个民族跌落到"暖风熏得游人醉，直把杭州作汴州"的温水锅，国家就慢慢缺了精神，民族就少了信仰。谁都知道"历览前贤国与家，成由勤俭败由奢"，可是，我们却一度刮起奢靡消费之风，坐宝马住大房吃山珍穿名牌，而用什么钱来消费就不管来路了，于是坑蒙骗出笼，黄赌毒抬头。我们一度刮起"能人致富"之风，于是棉花中藏石头、大米中掺沙子、牛皮纸做皮鞋，假冒产品多玩起了"Made in China"。更有甚者，皮包公司与银行内贼联手骗贷，建筑行业与招标部门暗送秋波。谁都知道，自力更生才能自强自立，可是，我们却一度刮起了崇洋媚外之风，见了老外作揖叩头，于是亚历山大挤走了孔老夫子，自由女神替代了观音菩萨。亦有"帮闲文人"，日夜盯着哪个男星偷了情，哪个女星怀了孕，更有"汉奸痞子"，专门编造轶闻愚弄视听，借以攻讦伟人、诋毁祖宗。谁都知道，正神只有几尊，可邪教摇身一变，却练成某种所谓神功、修成"万能神"。谁都知道，药王是孙思邈，可张悟本却吹嘘绿豆能治病、茄子能延寿，骗得千家万户满面菜色。

有神就有"扑神鬼"，有丽日就有滚雷。但历史却是邪不压正，黑不遮白，所以毛主席老人家说"天若有情天亦老，人间正道是沧桑"。看来，不揪"扑神鬼"，天理难容，不封"扑神鬼"，正路难行。

老友宋天泉打油诗曰：

鼓眉瞪眼最难皴，煽风点火常挑衅。

扑得正神脚扭扭，扑得凡人胸闷闷。

孔子怒骂德之贼，含沙射影造迷阵。

二封一伙扑神鬼，谁愿当亲亦作邻。

等路鬼

路，有长有短，有窄有宽，有直有弯。路，交互水陆，阡陌山川，连通五洲。人间本没有路，后人跟前人，脚印踩脚印，人迹踏兽迹，此处往彼处，路就宽了、直了、平了，也就多了。

没有路的时候，开路架桥是安邦治国的头等大事，也是第一等的功德善行。炎帝"日中为市"，先民便斩除荆棘，踏出了互通有无之路；黄帝"见飞蓬转而知为车"，中华就领先进入了车轮社会；圣贤"观落叶因以为舟"，江河湖海就亮出了鱼虾之宝。人皆言大禹治水是令水归海，其实真正的目的是引水腾田、命水让路。有了路，京城就连着九州，就有了"甸服、侯服、绥服、要服、荒服"的血肉联系，也就有了"东渐于海，西被于流沙，朔南暨声教，讫于四海"的活生生的王国版图。所以，大路通天，四通八达，既是国家统一兴旺的标志，也是政令威严畅行的象征。

有了路，就有了驰传羽檄的驿站，就有了稳固边疆的烽火台，就有了触一发而动全身的"五百里加急"。走老路，开新路，路越筑越宽，路越开越长。秦始皇开凿的秦直道是强国路，是万里长城上最强劲的长箭；张骞开辟的丝绸之路是繁荣路，是挽起民族臂膀的长练；红军走过的长征路是真理路，是缚住苍龙涤荡国耻的长缨。而世界筑路史上的青藏公路、铁路无疑是通天路，与神舟飞船、天宫一号、嫦娥一号、蛟龙号等，以万里长风万里浪，装点着簇拥着中华民族伟大的复兴之路。

为了这条路，文王开创了"路不拾遗"的奇迹，孔子说干就干"堕三都"，屈原大胆质疑发"天问"，李白感叹"蜀道之难难于上青天"，杜甫惋惜"道路时通塞，江山日寂寥"……然而，自从有了路，就有了毁路的奸佞、等路的强盗、剪径的蟊贼、劫财的团伙，也有了逢山开路、遇水架桥的英雄，路见不平、拔刀相助的好汉，所以，如何铲除形形色色的"等路鬼"，就成了历朝历代仁人志士的神圣天职。

人路，人路，人与路密不可分。关中人把路上发生的凶险事，特别是血淋淋的交通事故，说成是"碰上了等路鬼！"上了年纪的人讲迷信，认为人死在什么地方变成鬼后，要想托生就要抓来替死鬼。于是，路上的鬼就眼巴巴地守在路上使出鬼把戏，让马失蹄、车折轴、桥断梁、人迷途，然后才易披上人皮来到阳间。有了"等路鬼"这样的教师爷，绿林好汉也轻松学会了"以其人之道，还治其人之身"的本领，《水浒传》中的"智取生辰纲"一章，想必妇孺皆知。无独有偶，一九二三年暮春，京沪第十二次快车抵近山东临城（今枣庄薛城）时，路轨被拆，刹车不及，旅人惊魂未定，匪首孙美瑶率千余土匪纷纷登车，二百旅客遭绑架并被搜刮一空，中有欧美旅客二十六人，顿时朝野震惊，举世关注，民国政府急派第六混成旅搜山拔寨，封山断粮，历时数月才平息事端，这伙土匪制造的劫车事件，堪称"等路鬼"史上最大的惊天大案。

"要想富，先修路。"上世纪八九十年代，开放大潮里，修路的浪潮一浪高过一浪。短短三十多年，建路架桥的里程、等级远远超越了五千年的总和，"一日千里"如在同城，"一日万里"不是做梦，"村村通"也将七八亿农民从泥泞窝里解放了出来，全民进入了汽车时代、航空时代，这一巨大成就谁也没有想到。但是，"改革开放就好比打开一扇窗户，苍蝇蚊子也是会飞进来的。"有筑路的伟业、补路的善举，就有等路、拦路、挖路甚至吃路的恶行，就有五花八门的"等路鬼"卷土重来，而"车匪路霸"这一新成语的问世，大概就是要诉说辉煌筑路史背后伤痛的。

——路修好，有人倒，路常坏，老板爱！中国高速公路史比西方晚近百年，晚也不怕，想必它也没有超过"两弹一星"的难度与科技含量，但是，不论平原丘陵戈壁大山，每公里高达亿元的建设费用，的确令人疑窦顿生：红红绿绿的百元大钞齐整整铺在一公里的高速路面上，应该是何等气象！原来，投资方与规划、设计、监理、拆迁、施工各方，慢慢摸出了二鬼偷油的窍门——层层剥皮、项项转包、处处回扣，而真正花在修路上的钱却寥寥无几。于是，"要暴富，快修路"、"要想富得快，把路先修坏"、"沙有股，土有股，股东多在路外吼"的民谣在坊间生根。君不见，每一条公路、桥梁通车剪彩的锣鼓刚停，就报来了贪官落马的窝案，"腐败专业户"的魔咒，轻松咒倒了诸多交通厅长！十六年来，河南省交通厅有四名厅长"自告奋勇"争当"等路鬼"，"前仆后继"踏上了不归路，江西的交通厅长中饱私囊，四川的血口大张、贵州的巧取豪夺，而陕西高速公路建设集团原董事长陈双全的贪污受贿案，列入2008年陕西八大反贪案之首，如西宝高速筑起后就天天修、月月修、年年修，仅修路期间发生的车辆事故，就让近千人成了新的"等路鬼""屈死鬼"。"豆腐渣工程"让高速公路裂缝塌陷，于是发明了打桩下锚法固路，一时打桩机像叩头虫一样爬满公路，美国卫星很快捕捉到让人啼笑皆非的信息："中国陕西关中地区发现了大量油田，连高速路上也掘出了无数油井！"

——收费口，拦路虎，关重重，路难行！昔有玉门关，查文牒，防漏税，昔有山海关，安商旅，防奸细，而今日无论是国家投资还是贷款集资，门楣高大的收费站如狮子大张口，把守着条条交通要道。按理说，花钱修路，收费还款，聚财再修路，顺理成章。但是，各地的收费站简直成了东海近海的"绝户网"：要想从此过，留下买路钱！要不是网民信息灵通，普通路人压根不知道我们的收费标准远高于欧美的"国际惯例"，也弄不懂越是穷困的山区为何收费标准越高，而收费标准是怎样计算出来的，只有掌握着"最终解释权"的物价部门路政部门心知肚明。而一条路每年收多少、收多少年就够本了，这只闷葫芦装着多少鲜为人知的奥秘，人们却无法知道。比如，有些收费站建在人家祖辈出入的家门口充当"绊脚石"，有的已超期服役了多少年依然"老当益壮"，有的专门设置"U"形路口等着司机迷路从最远点收费，也有"请君入瓮"式的"钓鱼执法"，而这些只是"依法办事"的一部分，像泉州市为治理超载超限车成立了稽查队，可以开出最高三万元的罚单，于是一些司机开始给"等路鬼"打点，"送钱就道"成了当地路政行业的"潜规则"。几年下来，发生腐败案件十起，小组长吃大头，组员们吃小头，吃得面目狰狞，成了活生生的"等路鬼"，最后几乎被"一锅端"。厦门市成立监测站治理超限超载货车，雇了三十个"车托"暗中充当中介人，"制造事端"分工明确，"轻重倒置"密切配合，两年间"日鬼"事故二十四起，致十二死二十五伤，最终二十一名工作人员集体锒铛入狱。像这样的"吃路族"，直吃得司机吐血、吃得自己撑死！

——制服鬼，连疮腿，便衣鬼，吸油水！当道桥收费成了一夜暴富的捷径，一些不法分子也"眉头一皱，计上心来"，买来制服、戴上袖标、拉起绳索，一明一暗干起了车匪路霸的营生，而多少次"史上最大"的"专项治理"却打而不绝、治而复生，由之大江南北的车匪路霸气焰嚣张至极。

一九九六年初春，宝鸡日报记者宁丽君、刘斌坐班车采访，车行至西宝南线钓渭镇地段，突然上来九名年轻人，手持钢棍、匕首，公然抢钱，当记者掏出相机拍下这丑陋一幕，穷凶极恶的车匪路霸便挥起钢棍朝刘斌、宁丽君头上猛打，他俩殊死搏斗，遍体鳞伤，终于保住了"铁证"，新华社刊发消息后，时任中宣部部长的丁关银发来慰问信，时任陕西省委书记的安启元亲临医院慰问，俩记者被授予"见义勇为英雄"称号，也促使全国开展了声势浩大的打击车匪路霸活动，广大百姓出行有了安全感，记者的血总算没有白流。当时民间就流传着"不敢打记者，打了就砸锅"的顺口溜。还有报社批评了一工商所长为传销充当保护伞，所长恼羞成怒，准备殴打两名记者，可一看此报道就泄了气："万一打不死他们，反让他们成了英雄咋办？那时自己就大难临头了！"两名记者为此也躲过了一劫。

　　然而，虽然"等路鬼"自古被人称为最凶最残的厉鬼，但"等路鬼"却不独在车水马龙的道路上，纵观社会生活，只要有一条人事路、行政路、服务路，就会滋生出一帮"等路鬼"：用干部的"等价交换"，上项目的"等米下锅"，办证照的"等客上门"，不给好处不办事，给了好处乱办事，于是吃喝风盛起，人情风劲吹，把一个和谐社会抹得雾气腾腾。"等路鬼"也不独出现在行政机构，一些服务行业也擅长于"守株待兔"。医院的天职本是救死扶伤，但黑心医生却成了"等路鬼"，进门先做 B 超再做 CT，而后是高价药，要动手术也得送红包。一些民办院校，专等考不上名牌大学的学生与家长钻套。网络兴起后，网管坐等官员名人的隐私，捕风捉影，推波助澜，尤是"后台删帖"，一本万利，删一条帖收几百元甚至几十万元……"等路鬼"长着螳螂腿，挡不住车轮滚滚，长着露水臂，经不住太阳见不得风。因为我们有领路人，走的是社会主义共同富裕的金光大道，我们有开路人，筑的是幸福路、和谐路、慈善路、小康路，我们有护路人，护的是平安大道、文明大道、通天大道，像我们宝鸡的经二路和蟠龙上塬路，则是彩虹大道、"北上"大道。宝鸡因陇海铁路而起，因川陕公路而兴，因宝成铁路而名，因宝中铁路而旺，也会因西宝、宝天、宝汉等等动脉的畅通而在关天经济大潮中独树一帜。

　　有路就有指路牌，有路就有里程碑。"中国梦"是一条曲折的路，更是一条光明的路。俗话说，开弓没有回头箭。当我们昂首前进之时，千万要警惕爱走回头路的"等路鬼"，以种种伎俩干扰和迟滞我们的前程。

老友宋天泉打油诗曰：

等路小鬼守关门，车匪路霸常扰民。

无处道桥不收费，只欠红印盖白云。

雁过拔毛嫌利小，憎恶财神乘麒麟。

三封一撮等路鬼，能绕官道攀山林？

短见鬼

一个民族能走多远，既要看她的脚步有多么坚实，更要看她的眼光有多么高远。脚步坚实，就能披荆斩棘勇于探索，眼光远大，就能够不畏艰险从长计议。早在黄帝时代，我们祖先就一边辨识百谷草木，琢磨水波土石金玉，一边仰望星空，详细观察并掌握了日月星辰的运行规律，率先把文明的目光伸展到了遥远的太空，并以无穷的想象力和仰慕之心，命名了二十八星宿，从此，九州大地天人一体、吉星高照。"道可道，非常道"，"天不变，道亦不变"。源于天文学的巨大成就，中华民族以北斗星为参照物，宇宙观愈加宏大愈加清醒，立国处世的哲学定位愈加坚定。而围绕一部集天文学之大成的"夏历"，指引着四千多年的农耕文明，校正着二十多个朝代"立权度量，考文章，改正朔，易服色，殊徽号，异器械，别衣服"的传承接续。

有"北极"指南，有"夏历"导航，有"天官"监测，一代代圣贤接过三皇五帝的薪火，以天下为己任，顺天时、察未变、修德行，坚信"天行健，君子以自强不息；地势坤，君子以厚德载物"的生存准则，坚持"天视自我民视，天听自我民听"的道德追求，形成了"上下与天地同流""仰不愧于天，俯不怍于人"的文化共识。所以，中华民族真情传唱着尧舜之德、大禹之功、文王之仁以及成康之治、文景之治、贞观之治与康乾盛世，也无不怀念着上世纪五六十年代良好的社会风尚。相形之下，人民也世代声讨着劳民伤财、苛捐杂税、贪得无厌、出尔反尔的独夫民贼。

圣贤的目光远抵亿万里的银河，独夫民贼的目光却如老鼠短浅。早在上古，天下就有灭绝仁义、阴毒残忍的"混沌"，憎恶忠诚、爱讲邪恶的

"穷奇"，不可教训、不识善言的"梼杌"以及沉溺酒食、贪图财物的"饕餮"，这四凶是短见鬼的祖师爷，接下来的暴桀、纣王、幽王和汉桓帝、灵帝以及宋徽宗、钦宗等，都是四凶臭名昭著的徒子徒孙，永远被绑缚在短见鬼的招魂牌上。

纵观历史，不独四凶与昏君是鼠目寸光，大凡一个"贪"字，都极易将人带向声名狼藉的泥潭。太公之妻马氏，贪图荣华富贵，落了个扫帚星。纣王贪酒淫乱，鹿台赴火而死。庞涓贪功，残害孙膑，命丧马陵道。秦始皇贪生，遍求不老之药，死后鲍鱼加身。邓通贪财，富可敌国，终了还是饿死鬼。唐玄宗贪色，纵有"临邛道士鸿都客，能以精诚致魂魄"，也摆脱不了《长恨歌》的惩罚。秦桧贪图安逸，硬给岳飞安上了"莫须有"的罪名，结果遗臭万年。还有那个当过乞丐、遁过空门的朱元璋，坐了龙椅还贪婪名声，生怕人们以"僧""贼""光""秃"等字眼作践他的人生疮疤，在他统治的十三年中，因文字狱下罪的不下几十万人！史载晋国大旱，请秦国接济粮食救急，秦"以船漕车转，自雍相望至绛"，后秦国灾荒求援，但晋国君臣却生了短见，恩将仇报，前送煮过的五谷，后跟攻打的军队，由是秦晋之好变为秦晋之战。由此可知，智者，心长眼光长，长着千里眼，谋着万世名；而愚者，心短眼光短，长着老鼠眼，留下万年脏。

历史是最好的教科书。苍蝇找腐臭，恶鬼附弱小，短见鬼不是短命鬼。当数千年浑浑噩噩的种种短见盯上了妄自尊大、闭关锁国、软弱无能的清朝，一场前所未有的灾难就从天而降——一坨黑糊糊的鸦片，轻松俘虏了天朝的道德文章；几万人的八国联军，打得四亿多人"万马齐喑"；一千多项不平等条约，如吸血鬼榨干了五千年积攒的金银财宝。然而，赔礼道歉、俯首称臣、赔款割地，并不能满足强盗的欲壑，他们要的是殖民地！日寇虽然没能实现"三个月灭亡中国"的狼子野心，但差不多在一年之内，却着实蹂躏了中国最富庶的国土……一个短见的王朝，付出的代价远不止几千万人的生命，而短见就要覆灭、落后就要挨打，或是历史说给后世的谆谆叮嘱。

生命是一棵大树，总有老死的一天。朝代也是一棵大树，也有长有短。周朝不因蓍草而长，秦朝不因龟板而短。"十月革命一声炮响，给我们送来了马克思列宁主义。"在历史唯物主义、唯物辩证法的两面旗帜指引下，我们党历经艰难困苦和惨痛教训，终于找到了一条人民江山万年青的正确道路，这条路就是人民当家作主，就是把权力交给真正的代表人民者手中，除此之外，只要我们越过这条原则，就会重新走上封建的老路、误入西方的歧路。因此，一个国家要强盛，不仅要有长远之计，更要有确保长远之计的机制体制，否则，再伟大的纲领、再正确的路线，都会因来自各方面的短见干扰半途而废。

众所周知，在实现中国梦的伟大征程中，我们队伍还浮现或隐藏着一些形形色色的短见鬼：有的以"裸官"身份，脚踏两只船，随时打算溜之大吉；有的掌握着行政大权，贩官盐养着私骆驼，干着买官卖官、官商勾结的勾当；有的执法犯法，挂羊头卖狗肉，暗地经营着"捞人"、减刑、假释、保外就医的生意；有的公职人员充当色情行业的后台老板，拿着股份、经营着地下钱庄；有的高级官员生活糜烂作恶多端，却醉心于烧香拜佛；有的国企掌门人丧尽天良，眼睁睁把含有剧毒的洋垃圾打通关节引进国内，眼睁睁把污水排进吃水井。还有不少大学，背离了教书育人的宗旨，教授大肆兜售极端个人主义、自由主义、虚无主义、性开放主义等颓废思潮。这些埋在我们身边的定时炸弹，有的已经自我爆炸，有的还在蒙混过关，变着法子改头换面，转移资产，洗黑买白，掩饰丑恶面目。这场由种种短见鬼演出的闹剧，绝非一县一市，上有陈希同、陈良宇、薄熙来，下有"表哥""房哥""车哥"……所以，为了华夏风清气正，河清海晏，就必须按照中央的八项规定，下力整治党员干部特别是高中级干部中的变色龙，既打老虎也打苍蝇，有几个打几个，绝不心慈手软，更不会因铲除腐败"亡党亡国"，而无原则地宽容、包容，就是与之同流合污，只会助长短见鬼的邪气，灭了自己的威风。

短见鬼患有一事当前、先替自己打算的传染病，患有见利忘义、见死不救的冷热病，患有阳奉阴违、口是心非的健忘症，从古传到今，从上传到下，在上则害国害民，弄得山河破碎，在下则伤亲伤邻，搞得鸡犬不宁。这不，在乡间，也有怪模怪样的短见鬼，已经走州过县，为害人间。今剥其皮毛，以醒世人，描其形状，以儆效尤。

乡间人老死了，粗人说老百年了，文人说寿终正寝，但对因病夭折、水火灾中亡的，却称之为短命鬼。如小孩子死掉不仅不能装棺木，而且不能入祖坟。死在外地，乡下人视为"凶鬼"，也不能进村入殓。死了少妇，被视为"厉鬼"，棺材在窑洞中要放置三年，而悬梁自缢的、跳井自杀的、喝老鼠药自戕的，会被乡邻们说成"寻了短见"。因为人最珍贵的是生命，连命都不要了，可见短见短到了何等程度。人的一生会遇到九九八十一难，但只要毅力大、底气足、不气馁、不灰心，就没有过不去的"火焰山"。死钻牛角，把荣誉看得比命重；死挽疙瘩，把钱财看得比天大；死要面子，把闲言听得如雷轰，就容易寻短见。据统计，全球一年自杀人数超过了百万，中国一年自杀人数超过了二十万，仅南京大桥上每年跳江的就有两千人，一方面说明人的生存压力愈来愈大，另一方面也说明人和人之间愈来愈冷漠。经济危机、金融危机、诚信危机，可谓危机四伏，但最大的危机当属心理危机。人没有选择生的权利但有死的权利，要死谁也挡不住，死诚然是一种解脱、一种回归，可对于亲人、对于社会是绝情与折磨。在寻短见的队伍中，有老有少，有智有愚，有富有穷，有民有官，其中不乏文学大师三毛、徐迟，也不乏影视明星阮玲玉、张国荣，更不乏身价过亿元的九芝堂掌门人魏东，河南首富、黄河集团领军人物乔金岭。他们过着人上人的日子，每天吃王八、喝茅台也不愁，为什么要去寻短见？又不是讨不来工钱、吃了上顿没下顿，也不是贫穷缠身、供不起孩子上学，实际上就是一念之差，眼光太短。一个人不明白为什么而活着就会选择糊里糊涂去寻死。一个人不知道人生不如意事十之八九，过分追求完美，也会选择莫名其妙地去寻死。一个人看破了红尘，悲观厌世也会朝朝暮暮去寻死。不管是什么原因而导致了自杀，实际上是信念动摇、思想僵化所导致。我们在谴责他们脆弱、自私的同时，也要检点活着的人无情无义、无心无肝，才使他们走上了不归路！他们也是一群"屈死鬼"，也值得悲悯同情、怀念祭奠！

但是，日常生活中的短见鬼不是寻短见而去阎王殿的，而是在汗牛充栋的史书中作孽、在青天白日下挖墙脚的宵小之徒。扶风某村有一村主任，人称短见鬼。一妇女跳到机井中，他领人去急救，井深二十米，他却让救人者绑十五米绳子下井，结果救人者未救上人却被摔死。某市事业单位有一科长，第一次竞争副县级岗位，关键时刻给竞争对手使出撒手锏，写出十几封匿名信，让对手中箭落马，但自己测评又没票数。二次竞争时，又使出"针砭法""念咒法"，用大头针在竞争对手相片上扎成马蜂窝，诅咒其快快死掉，但对手还是上去了。三次竞争时，干脆给对手茶杯中放上毒药，结果东窗事发，锒铛入狱。"周公恐惧流言日"，"大贤虎变愚不测"。细观短见鬼的法术，无非挖墙脚、使短把镢，该雪中送炭时一毛不拔，该雨中送伞时袖手旁观。老虎叼了娃，他明明背着剑，却说不是自己的娃，吃了又何妨！常见一些妇人喊叫嫁错了人，后悔当初没嫁某局长、某县长，可忘了原先嫌人家穷拿不出彩礼。常见一些人说某企业家最穷时，到自家借碗面都舍不得，人家现在富得流油，现在咋有面子去哭穷！常见一些人永远见不得谁过得比自己好，拆人房补自屋、挖人路肥自田，甚至瞅红灭黑、落井下石，在叫花子面前是疯狗，在权势人脚下是哈巴狗，却成天嘟囔着门可罗雀。

短见鬼是尿不满的牛笼嘴，它有七十二种短见术，有九十九种短见法，但最后都逃不了过街老鼠、人人喊打的下场。

老友宋天泉打油诗曰：

猫鼠走穴忙结亲，大鬼小鬼喜联姻。

蜘蛛不嫌蚂蚁瘦，蚊蝇每欺老牛身。

子牙分封早已矣，昏君奸佞一床寝。

五封一班短见鬼，穷追猛打莫怜悯。

屈死鬼

人固有一死，唯屈死者抱恨终天、死不瞑目。

人皆怕当屈死鬼，所以描写冤狱冤仇申冤的故事和文章，极易博得读者的激愤与同情。前段时间央视播放的历史剧《赵氏孤儿案》，就是根据司马迁《史记·赵世家》改编而来的。屈原的《离骚》《天问》《九歌》等，都是因"信而见疑，忠而被谤"的自白与抗争，故而不畏冒犯天颜、冲撞鬼神，排空驭电、升天入地，要问一个公道。可天门难登，无路可走，疑虑到了极点，只有自沉江水。屈原者，屈冤也。如果可以望文生义，就他的名字而言，是否早就预示着此生注定必先曲曲折折，然后才享有一万年的平平安安呢？

强加的冤屈离间骨肉，自找的冤屈却往往伤害自身。下得了笨苦，受不了憋屈，人累不死但可以气死，大概是人的德行与通病。孙悟空火眼金睛，高举金箍棒，三打白骨精，却被师父误以为滥杀无辜，紧箍咒念得五内俱裂，一气之下回到花果山当他那个逍遥自在的齐天大圣去了。周瑜是个英姿勃发、春风得意的青年将领，大敌当前，毫不畏缩，可在功名上斤斤计较，想不通"既生瑜，何生亮"，怨气伤肝燥气伤肺，口吐鲜血一命呜呼。还有那个"颇晓通诸子百家之书，文帝召以为博士"的年少贾生，因谗言被贬为长沙王太傅，后为梁怀王太傅，怀王堕马死，"自伤为傅无状，哭泣岁余"，三十三岁早逝。对此，毛泽东曾作诗怜惜地批评："贾生才调世无伦，哭泣情怀吊屈文。梁王堕马寻常事，何用哀伤付一生。"

然而，更多的冤屈并不能一时分清是非。卫国人商鞅，以"霸道"深受秦孝公赏识，因"变法"令秦国富强，亦以"法之不行，自上犯之"即"王子犯法，与庶民同罪"而名满天下，但"商君相秦十年，宗室贵戚多怨望者"，秦孝公死后，秦惠王偏听商鞅谋反，于是将其车裂，五马分尸，株连九族。司马迁说"商君，其天资刻薄人也"，本质上还达不到圣贤以德治国的高度，是不是忠臣自当别论，但其对秦国的贡献，绝对够得上功臣，功臣成了冤屈鬼，令人在思忖"恃德者昌，恃力者亡"的同时，也让人不得不咀嚼"时来天地皆同力，运去英雄不自由"的滋味。屈死鬼秦有商鞅，汉有韩信。没有萧何月下追韩信，就没有刘邦设坛拜将，也没有明修栈道、暗度陈仓，没有"战必胜、攻必克"的韩信，也就没有三十万主力决胜垓下之战。而领兵"多多益善"的韩信，却没有逃脱"狡兔死，走狗烹；飞鸟尽，良弓藏；敌国破，谋臣亡"的惯例，被处以斩首，夷灭三族，遂留下了一桩千古疑团。

文人笔下的冤案，不但影射着昏庸无道，也诅咒着世态炎凉，而女子往往是冤海中的怒涛，是玉石俱焚的烈火。且看，秦香莲告状、宋巧娇告状、杨三姐告状，她们是烈女，其勇气、远见超过了许多公侯伯子男，刑具之下，皮开肉绽不屈服，鱼死网破不回头。这使我想起了焚书坑儒，被坑杀的博士术士，平时引经据典头头是道，但一遇变故、稍经乱棒，就相互揭发以求自保，竟没有一个好汉做事好汉当的，所以说，"焚书坑儒儒自坑"也不为过。又如明朝清朝文字狱的受害者，其中亦有卖主求荣、卖友求生的，也多少应当担负助纣为虐的罪责。而关汉卿的《窦娥冤》中的窦娥，面对严刑逼供，不忍婆婆连同受罪，便含冤招认药死公公，被判斩刑，临刑前，窦娥为表明自己冤屈，指天立誓："血溅白练而血不沾地，六月飞雪三尺，楚州大旱三年"，结果全部应验。冯梦龙的《杜十娘怒沉百宝箱》中的杜十娘，得知被心上人卖弄，万念俱灰，当众打开百宝箱，怒斥奸人和负心汉，抱箱投江而死。还有鲁迅小说《祝福》中的祥林嫂，受尽公婆与鲁镇人的鄙视虐待，改嫁有罪，丧子有罪，捐门槛也难赎罪，最后沿街乞讨，在除夕的鞭炮声中惨死街头。如今，千家万户都从《祝福》里知晓祥林嫂，这既是对封建礼教的血泪控诉，也算是对祥林嫂冤魂的最大安抚。

世有软蛋，也有鬼雄。在所有鬼魂之中，唯有钟馗阳间人爱、阴间鬼怕，这也切合了"生为人杰，死为鬼雄"的说道。史载唐初长安终南山的钟馗，虽是刚直不阿待人正直的汉子，才华横溢满腹经纶的书生，却长得豹头环眼铁面虬鬓，相貌奇异接近丑陋，高宗永徽年间入长安科考，高中探花，却因貌相不为武后所喜，抗辩无果，报国无门，誓为啖鬼之雄，护福祛邪，遂怒撞殿柱而死，后托梦为唐明皇驱鬼，被封"赐福镇宅圣君"，诏告天下，从此朝野遍悬"钟馗赐福镇宅图"。一千多年来，随着画家墨彩，心地善良、面貌丑恶的钟馗，走进千家万户，他未拿到状元文凭，却成了鼎鼎大名、独一无二的捉鬼、打鬼、啖鬼英雄，想必谁人再不会因他面貌丑恶而拒之门外的。而民间请钟馗、跳钟馗、闹钟馗的习俗，也随着经济大潮，把钟馗故里推向全球——"钟馗故里"的商标已经注册，户县石井镇终南山阿姑泉的"西安钟馗故里欢乐谷"成为国家级 AA 景区，确定为世界级非物质文化遗产。"有朋自远方来，不亦乐乎！"孔子的话没有错，即使屈死了，只要不屈不挠、有所作为，百姓就会把你捧到天上！

虽说鬼的世界莫衷一是，但也跟人间一样有走红运的也有走背运的，有抬轿子的也有坐轿子的，有可怜的也有可憎的，在这些弱势群体中，饿死鬼是贫穷户，屈死鬼是缠访户，他们是唉声不断、惺惺相惜的邻居。阎王也对他们打抱不平，特别优待，让他们投胎转世时，总是给富翁做子女、给官人做小狗，以赔偿他们的损失。屈死鬼是怎么屈死的？正如俄罗斯文学巨匠托翁所言："幸福的家庭都是相似的，不幸的家庭各有各的不幸"，屈死鬼都有一本血泪账、一部辛酸史。他们是好人却背着坏人的名，是忠臣却成了奸贼，怎么也弄不明白其中的奥秘和玄机。

仔细想来，维系我们人类生存的条条框框密如织网，大到君臣秩序，小到婚丧嫁娶，中国人是很讲礼数的，礼就是规矩，就是指南，就是准则。假若社会上没有了礼，老虎就变成了老鼠，麻雀就变成了雄鹰，大象就变成了毛驴，乱成了一锅粥。所以自从周公制礼作乐以来，国人就尊崇着三纲五常。礼，实际上是人的衣服、孔雀的羽毛。狼不信礼，虎不守礼，强食弱肉，是动物界的游戏规则。礼的准则应当是公理，礼的价值应当是公平，而人类社会之所以由小到大、由弱到强、由愚昧变成文明、由胼手胝足到科技昌明，靠的是公平正义的运行法则。公平如日月照耀寰宇，于是朝廷学会先贤任能，好人贤人层出不穷。公平是一杆秤，公平是一条河，公平是一盏灯，公平是良心、是光明、是力量。人类需要公平就像万物渴望阳光、草木渴望甘霖。公平构筑社会大厦、公平校正民族脊梁、公平梳理经济秩序。没有什么比公平值钱，没有什么比公平重要，也没有什么比失去公平更可怕、更危险。一个朝代要长寿，一个民族要强盛，一个社会要清明，就要靠公平运转，就要靠公平推动。屈死鬼的问题就出在公平失衡、黑白颠倒、人妖不辨上。

当公平像凤凰扇动翅膀飞到箭括岭上翩跹起舞时，西岐大地就耕者让畔，幼者让老。当公平的太阳照耀初唐盛世时，李世民就成为"龙凤之姿、千日之表"，引得万方来仪。当赵高将一只梅花鹿当作"马"牵进秦朝宫殿之时，这匹"马"就用双腿立时蹬翻了强大的秦朝。当隋炀帝用手摘下公平这块执政牌匾时，后宫佳丽便像吐信子的蛇，钻进了隋炀帝的七窍。公道是人心，公道是福祉。离了公道，社会就滋生乱象，就涌动黑暗，就催生出一大批屈死鬼。

腐败是屈死鬼的助产婆，是屈死鬼的发酵池。南宋腐败，岳飞就做了"莫须有"的屈死鬼。明朝腐败，一代名相张居正险被掘墓鞭尸，一代名将袁崇焕被割了三千五百四十三刀！我们民族在驱走公道之后，不知屈死了多少英雄豪杰、多少忠臣孝子、多少俊彦贞女！

腐败与公平正在较量，人治与法治也在拉锯，从上世纪八十年代至今，全国人大颁布的法律条例达数以千计部，可是在几千年的封建积习面前，在我们平反昭雪了一大批冤假错案后，我们用民主和法制的救生艇从阎王嘴中救回了不少人，但还是有零星的屈死鬼产生，这不能不让人椎心泣血。

——信访路上的屈死鬼。自古"民不告，官不纠"，本无可指责，却由此催生了上访这一怪胎。古者击鼓鸣冤、拦路喊冤，今者由信访、缠访、闹访发展到上访专业户、上访专家村，而制止上访的文书，充斥着"防、堵、截、抓"等纠结的字眼。是刁民好讼呢还是行政渎职，公说公有理，婆说婆有理。但是莫忘了，电影《秋菊打官司》的农妇，死活要"讨个说法"，小说《带灯》的主人公，在信访梦破灭后走向不归。想必，上访者怨声载道甚至倒毙路途，绝对不是一件好事。好在新的信访政策完善后，信访路笔直了、畅通了，信访者有了尊严、有了盼头。

——法槌下的屈死鬼。自古喊法官为铁面无私的"青天大老爷"。可有了法律就有了徇私枉法的、执法犯法的，法律不是准绳而是金钱，根据不是事实而是人情，"疑罪从无"成了"疑罪从有"，"执行难"也将威严的裁决变成一纸空文，是法不责众呢还是司法难断，民听了民苦，官听了官怕。法网之下谁最冤屈、谁最汗颜，只有执法者心里最明白。

——庸医刀下的屈死鬼。"不为良相，即为良医"，是许多仁人志士的向往与追求。医生本是救死扶伤的天使，可当医疗事业成为产业，一条黑色链条就拢聚来昧了良心的白眼狼，联手干起了草菅人命的勾当，收红包禁而不绝，黑诊所铲而复生，现在，一些医院又趁全民医保之机，死盯着救命钱拼命"刷卡"。是华佗无奈呢还是医疗腐败？谁在叫苦不迭、谁又暗自窃笑？

——高考路上的屈死鬼。孔子开明，"有教无类"。然而，从科举开始，考试路上就多生屈死鬼。科举害死人，高考害死人，中考害死人，甚至连小学考试也害死人，害死了学生也害死了家长。当文凭成为门槛儿成为通行证成为将人分为三六九等的大眼筛子，光明的教育业就由蜡烛变成了鞭子和刀子。

本文收笔时，突然想起了一句令人毛骨悚然的话："宁可错杀三千，不可漏网一人。"这分明是在说："有啥冤枉，砍了再说。"

老友宋天泉打油诗曰：

草民贞女难护身，冤大仇深血淋淋。

若问为何哭苍天，嗳哙人心比海深。

若问公道何处有，律条从不差毫分。

六封一群屈死鬼，法锤没眼难穿针。

毛鬼神

有一种神，撕下夜幕的碎片做脸面，掐断鼬鼠的头颅做脑瓜，揪光魔鬼的胸毛做披风；有一种神，不是因为人崇敬它而供奉它，而是因为人害怕它而巴结它。这种神，非人、非魔、非鬼、非妖，这神就叫毛鬼神。"毛"者，小也；"鬼"者，厉也；"神"者，能也。

这种神，不仅关中人、天水人害怕它，而且青海人、西藏人、内蒙古人也害怕它。在岐山乡村，如果哪个人容貌猥琐，行踪诡秘，心胸狭窄，做事反常，人会说"这人是毛鬼神！"在兰州市远郊，如果一个女人出现裸奔，而且见小伙就紧追不舍，人会说"毛鬼神缠身了！"在中国西部，毛鬼神浪荡于沙漠，游逛于草原，隐匿于废墟，出没于场院，因诡计多端、不露声色、防不胜防，其大名也鼎鼎；因专横跋扈、睚眦必报、借刀杀人，其恶名也昭昭。唉！西部天旱地薄、路遥人稀，灶神门神往往消极怠工，牛神马神总是漫不经心，土神家神又懒得显灵，而财神又被中东部富人缠绕得脱不开身，关公忙着连他家乡的非礼都断不完，钟馗更是被冤仇官司扰得大门难出。所以，看官们也莫怨乡民脑瓜愚眼光浅，假若让比毛鬼神更凶恶的恶煞占领这个舞台，孤立无援的乡人大概真的是要哭天天不应、喊地地不灵的。

在天水地区，常见一些远离人迹的土庙矮得像土堆，陋得像石堆，庙里什么神也没供奉，只吊着一头粗一头细的红布卷儿，而且香火不断，村民叩头如捣蒜，这就是毛鬼神庙。在秦安一些人家，至今家里还暗暗供奉着毛鬼神，而女性往往是毛鬼神的主人与奴仆。乡间盛传：毛鬼神喜静喜独厌噪厌众，供奉时也不需过多破费，置供桌、点长明灯即可，唯外人不能入内。据说供养毛鬼神好处多多：油缸里没油了，毛鬼神会从别人家盗来油；没衣服穿了，毛鬼神会偷来远村的皮大衣为主人披上；丢了啥贵重东西，毛鬼神会为你自动找回。如果客人无意间发现了这个秘密，笑话主人敬错了神，那么，毛鬼神就会显形，吃饭时碗底就会发现羊屎蛋，喝茶后就腹泻不止抱肚打滚，有时会小便失控或朝自己脸上不断扇耳光。毛鬼神虽不生不养不织不纺，但对主人却是忠心耿耿、佑福衔财的"盗神"，所以千家万户供奉着这尊神界的小偷，囤里的粮就吃不完，左右邻居就不敢惹！于是，每年的农历七月二十二，在天水民间有祭祀毛鬼神的活动。

关于毛鬼神的来历，有多种版本：一是以姜子牙舅舅为原型演绎而来。姜子牙封神时，他舅舅十分眼红，想封个一官半职，就在门口打转转、兜圈圈，姜子牙说："要进来就进来，干吗鬼鬼祟祟，真是个毛鬼神！"于是他舅舅顺势就领了"毛鬼神"得意而去。二是以元代"鞑靼"移花接木而来。"鞑靼"就相当于如今的治安小队长，蒙古人统治汉人后，每十户由一鞑靼管理。元末农民起义，流传着"八月十五送月饼，三十晚上杀鞑子"的暗语。这些鞑靼就被汉人像除草一样锄掉了。而元朝统治者威风不再，难以追究，只好顺水推舟，让老百姓土葬为安，奉为神灵，设坛祭祀。这些鞑靼生前脸上布满胡须，衣服长年不洗，面若凶神恶煞，于是就自然而然成了汉人眼中的"毛鬼神"。还有一种说法，就是在一些少数民族家中，猫死后将猫头割下，用彩绸裹起来置于屋顶，诵经百天，生成"猫鬼神"，所以"毛鬼神"也叫"猫鬼神"。《资治通鉴》《隋书》中曾记载：延州刺史独孤陀好左道，以奉猫鬼事，除名为民，乃诏畜猫鬼蛊毒厌媚野道之家，并投诸四裔。可见，从隋代就有用毛鬼神吓人的荒诞举动。

不论怎么考证毛鬼神的来历，显然，毛鬼神是一种不光彩的神，是一种民间信仰多元化的体现，是一种原始图腾的崇拜，是一种封闭僵化的灵力。据说，供养毛鬼神的神婆都十分忌讳去寺庙，因为毛鬼神怕真神。由于毛鬼神十分小气，供养者稍有怠慢，就会迁怒主人，家人非死即病，灾祸不断。可见，毛鬼神是一把双刃剑，是一只害人精。它对乡间带来的精神控制，带来的人性湮灭，带来的无形忌讳，绝不亚于封建纲常的危害。

千百年来，毛鬼神被幻化了、魔化了、妖化了，似一团黑影、一尊怪兽，在乡间响动了多少年，人们谈之色变，如临大敌。从白胡子爷爷、小脚老太口中，我们也可窥见它的怪癖：无意间下手、说翻脸就翻脸。毛鬼神不论男女老幼，不分贵贱尊卑，不论交情薄厚，随时会变成白眼狼、变扇脸，去咬人害人坑人。近日，我在翻阅王效文先生的《岐邑野史》时就发现了"牛秀才"这个毛鬼神。他本名牛汝深，由于文墨精深，仕途不畅，命运多蹇，成了乡间的一只癞皮狗。他是岐山故郡乡牛家拐人。村里一个叫牛德的长辈，养的羊啃了他人麦田，牛秀才前去训斥牛德，被呛了一鼻子灰，于是唆使麦田主人去告状，并为他代写了状子："村人牛德，养羊图利，害及他人，悍然牧羊于我麦田，羊嘴如镊，连拔带搣，所过之处，地赤苗缺，麦田乃我全家生命所倚，国朝皇粮国税所系，任其蔓延，民将因之而饥，国将因之而困……"牛德接到传票，如五雷轰顶，六神无主，只好给牛秀才送上好处，让他代作辩状。于是他又写道："邻人牛智生，为人安分，素以良民见称，何意今将土堆当泰山，檐水代江河，视王法为儿戏，当知正值隆冬，地冻如铁，只是吃了浮叶……""羊嘴如镊，连拔带搣"是一种罪解，"地冻如铁，吃了浮叶"是一种无罪解，有罪无罪，都由牛秀才这张毛鬼神的疯牛嘴胡咧咧！

自古以来，中华民族就有许多礼敬天地、尊崇自然的文化传统，祭五畤祭五岳，也有视死如生、慎终追远的人文情怀，祭圣贤祭忠烈，同时也以美好愿望给自己塑造了不少偶像，但这些肃穆庄严的敬祷之外，也尾随着异端邪说，掺杂着狐妖兽怪，久而久之演化成了毒化、束缚人们灵魂的封建迷信，这就是孔子抨击"非其鬼而祭之，谄也"的缘由。孔子深知盲目崇拜鬼神，极易丧失自尊、丢失魂魄，陷入万事求鬼神的困境，因之谆谆教导人们要"敬鬼神而远之"。谄媚者，巴结也。巴结权势、讨好鬼神，是急功近利者的通病，也是信念动摇者的怪病。普通百姓巴结毛鬼神，无非是乞求平安获取些蝇头小利，而官人巴结不是应该祭祀的鬼怪，而是贪图着升官发财。史载明朝那个臭名昭著的司礼监秉笔太监魏忠贤，通过结交明熹宗乳母客氏等，封为"九千岁"，排除异己，专断国政，一时东厂之毒流满天下，一大批耿直官员士子惨死狱中，一大批无耻之徒先后充当义子义孙，数年间"繁衍"四五十代，其速度比老鼠生儿了还快，更有阿谀之臣如给活人立碑一样，为之修建"生祠"数千，以致人们"只知有忠贤，而不知有皇上"。明崇祯继位后，打击阉党，治魏忠贤十大罪，命逮捕法办，自缢而亡，并查出有头有脸的朝廷大员三百多人。所以，人们说明朝不是亡在李自成之手，而是死于魏忠贤之类的毛鬼神的祸害。

杜甫不是唯物主义者，但在《石犀行》一诗中，却大胆质疑所谓的"厌胜法"："君不见秦时蜀太守，刻石立作三犀牛。自古虽有厌胜法，天生江水向东流。蜀人矜夸一千载，泛溢不近张仪楼。今年灌口损户口，此事或恐为神羞……先王作法皆正道，鬼怪何得参人谋。"是的，辟邪辟不开通天道，跳神跳不出太平年，在科技昌明、思想解放的今天，毛鬼神这只病猫，显然只能受到冷落受到鄙视，蹲伏在墙角哭泣。"一贯道"一贯害人，"善人堂"善恶不辨。虽然旧制度下的封建毒瘤已被铲除，但藏身于山峁峁、沟岔岔、洋窝窝的毛鬼神并没有消遁，正可谓毛泽东说的"恶煞腐心兴鼓吹，凶神张口吐烟霞"——各路货色，亦在兴风作浪，妖言惑众，为害人间，它们诬蔑祖宗、诋毁圣贤、中伤英豪，杀人放火，妄称比老子的德行高、比佛祖的本领大、比孔子的学问深，自诩为救世主、真玉皇，自夸无所不能，能长生不老，能升天成仙，它们施与的精神鸦片，正在麻痹我们队伍的意志薄弱者。而诸如此类的邪门歪道已经原形毕露，只能卧在洋大人脚下争宠献媚，可怕的是我们中间还有一些糊涂虫，还对毛鬼神顶礼膜拜。而我们崇敬的鬼神是天是地，是圣是贤，其禀赋是"一"，不会以物而喜、以人而悲，如果哪路神见谁叩头多烧香多送钱多就对谁好，那么，这路神一定就是凶神恶煞！因为神不佑恶，神不护奸。

如今，文坛有毛鬼神，今天树你为英雄，明天灭你为坏人，兜中装着两份稿子，一份表扬，一份批评，掏钱送礼就发表扬稿。难怪一些人惊呼："某名记是毛鬼神！"

如今，官场有毛鬼神，一边念马列，一边拜鬼神，两边讨好，他们焉知太上清静无为、佛祖四大皆空，绝对不是用钱能够腐蚀拉拢的！商洛女贪官张改萍，在家中除供奉神坛外，还大把大把把钱捐给寺庙，一面让神保佑她发财，一面让神保佑她平安。而被判处死缓的刘志军，也在家中供着佛祖。

如今，市场也有毛鬼神，一些色情场合重金雇用打手欺男霸女，一些公司网织地痞组成"打狗队"，民工上门要钱就拳打脚踢，一些煤老板身边养着一群埋死难矿工的"了事人"，一些房地产老板开工奠基、封顶开盘，无不请法师看日子、做法事，尤其是非法传销组织，重点从欺骗亲友下手，六亲不认。

如今，社会上毛鬼神一度死灰复燃，黑恶势力有卷土重来之势，街霸、村霸、肉霸、菜霸、沙霸、河霸、路霸气焰嚣张霸气冲天，光天化日坐收"保护费""份子钱"。值得注意的是，这霸那霸，大多都供奉关公菩萨佩戴十字架，而供养毛鬼神的，不仅是草民百姓，背后也往往有后台老板。恶霸供神，蟊贼进香。某蟊贼行窃前，先以上香、许愿贿赂菩萨：保佑此行成功，定以金粉塑身回报大恩！谁知菩萨显灵，行窃时人赃俱获，遂留下笑料一桩。

如今，在乡间、在闹市，常见一些人把自家的东西当成宝贝，把公共设施当草芥，徜徉金渭湖畔，常见雕花精美的大理石栏杆被劈成两段；穿梭大街小巷，常见摆在街上的鲜花盆子不翼而飞；漫步健身场所，亦见器材缺胳膊少腿；走进北坡公园，更见路灯被打瞎眼者不少。这些损害公益事业的毛鬼神，想必不敢把如此本事传授给子女吧！"借问瘟君欲何往，纸船明烛照天烧。"上个世纪，一穷二白的中华民族同仇敌忾前仆后继，赶走了牛鬼蛇神送走了瘟神，今天，富裕起来的中华民族，也一定会立场坚定狠追穷寇。一个不怕毛鬼神的民族，是顶天立地的民族、大有希望的民族。

老友宋天泉打油诗曰：

道观佛庙本无尘，清静无为逍遥津。

贪官布施结长老，老妪烧香求子孙。

关公财神不堪扰，文曲菩萨阵阵晕。

七封一帮毛鬼神，钟磬木鱼藏噪音。

日弄神

有雅言就有俗语，有阳春白雪就有下里巴人。就汉语语言的广度和深度而言，最丰富最鲜活的分子，往往不在规规矩矩的字典与辞海，而是方言与俗语。比如"日弄"一词，虽然典籍未录、辞海未收，却是川陕方言中熟人互相戏弄的口头语。如甲明明看到乙在埋头做事，却故意挑逗："你在日弄啥？小心日弄完了！"明明知道人家在干正事，却照头泼凉水："你我儿是个日弄神，淘井井塌，补房房漏，抽麻麻乱，日弄啥啥瞎！"显然，日弄神多含穷折腾、瞎捣鼓、胡日鬼的意思，也泛指教唆、欺骗、挑拨、玩人的人和事。而笑骂日弄神者，大多则是正向思维、奉公守法或缺乏闯劲、顺其自然的老实人。假如没有"日弄"一词，熟人间就少了亲近感幽默感，对怪里怪气的事就难以描眉画脸似的"一言以蔽之"。

日弄者能被称为神，就是在说是弄非、捕风捉影、穿凿附会、栽赃陷害、偷梁换柱方面具有大计谋、大技巧，而老实人远不得、近不得，得罪不起，遂敬为神。于是，日弄神把人们的宽容当成"饭桶""肉头""棒槌"，天天炫耀着哄人、蒙人、耍人的聪明之作。

仔细想来，天地造物，总是阴阳搭配、曲直交错、黑白对称，对立统一规则镶嵌在天地之间，充盈于万物之中。自从有了人类，有真善美就有假恶丑，有了正人君子也就有了奸佞弄臣，有殷纣王就有周文王，有老实疙瘩就有了日鬼捣蒜的，有原汁原味的就有掺杂使假的。正义与邪恶，和平与战争，君子与小人，山川与河流，老虎与麋鹿，长虫与老鼠等等"有无相生，长短相形，高下相盈，前后相随"的冤家对头，均被老子收编在了《道德经》。善恶陪衬，才彰显出美德；曲直陪衬，才参照出正道；黑白陪衬，才烘托出光明。因此，日弄神投机取巧日弄天、明目张胆日弄地、变化莫测日弄人，并非绝对坏事，它告诉善良的人要随时擦亮眼睛，提高警惕，要懂得只有拥有足够的正气，具备足够的本领，才能压倒邪气，才能降龙伏虎，否则只有叫苦不迭、怨天尤人。

日弄神是"长舌妇"，是"是非精"，是"搅屎棍"，是"阴阳脸"。在乡间，人们把日弄神看作最阴毒、最奸猾的人。岐山一带就有"两人捏嘁嘁，三人打通通，四人抬得没脚撑"的俚语。哪个村子有了日弄神，这村子就乌烟瘴气，白眼相向，拳脚相加，就多了婆媳吵架，父子翻脸，老幼失和；哪个单位有了日弄神，这个单位就无风三尺浪，大事小事乱告状。昔日岐山有两个村子，一曰宁家村（硬家之意），一曰刀子村，本来和睦相处，多少年未发生脸红脖子粗的事。可是自出了几个日弄神后，今天说猪被邻村人偷了、麦被邻村人割了，明天说柿子被邻村人打了、西瓜被邻村人摘了，两个村子成了乌眼鸡，时有狗咬狗两嘴毛的烂事。后经多次说和，两村合为一村，改为解刀村，彼此才放下硬棍与砍刀。同处周原大地的扶风法门镇，在民国年间曾出了个小气又嫉妒、懒惰又毒辣的女日弄神。她对刘家大嫂说，你没二嫂白皙贤惠，对二嫂说，你没大嫂苗条端庄，遂使妯娌两个炉火中烧反目成仇，一个给婆婆揭发大嫂偷往娘家送粮，一个给公公告密二嫂外面养汉，直捣腾得大嫂上吊、二嫂吞金。按说佛门下的人，应沾上善的福气，可经声阵阵，也拦不住日弄神的飞长流短。相传眉坞在隋代曾出了个铸剑的高手，所铸之剑"肉试则断牛马，金试则截盘匜"，锋利得削铁如泥。可一卖斧头的老叟十分嫉妒，遂向县令建言"持此剑者，必弑县令、必刺富家……"县令于是寻找罪名将铸剑者打入牢笼。

民间的日弄神，是小日弄神，大不了像狼叼走一个娃，像狐狸逮走一只鸡，只能搞乱一个家、搞乱一个村。而朝廷里的日弄神，则是大日弄神，大阴谋家，会让帝国大厦像建在沙滩上一样，顷刻瓦解。"黄钟毁弃，瓦釜雷鸣"就是奸佞当道、弄臣掌柄、小人得势的写照。有了大日弄神，猫头鹰的叫声就变成了喜鹊叫喳喳，贪官就成了清官，贤人就成了闲人，蟒虫就成了飞龙，狐狸就成了麒麟，穷人就成了刁民。于是，比干被剖心，蒙恬被杀戮，商鞅被车裂，晁错被腰斩。一个日弄神可以坐令鼻息吹虹霓，明堂飞沙石，足以抽掉一个国家的筋、剥去一个王朝的皮。盛唐的衰亡与其说是毁在安史之乱，不如说是毁在"口蜜腹剑"的李林甫之手。史载李林甫为人阴险，无才学、会机变、善钻营。他深知无锦绣文章，缺治国韬略，于是专门在迎合皇上、坑害忠良上打磨利器。玄宗想废太子，宰相张九龄切谏反对，可李林甫让太监传话："天子家事，与外人何与邪？"玄宗在东都洛阳想回长安，大臣裴耀卿建议说："农人场圃未毕，须冬可还。"李林甫当面赞成，背后却对玄宗说："二都本帝王东西宫，车驾往幸，何所待时？"玄宗颁诏欲当面招揽人才，李林甫生怕自己站不住脚，即以"士皆草茅，未知禁忌，徒以狂言乱圣听，请悉委尚书省长官试问"，一句话堵塞了人才之路，而多数正直官员都被他舌尖上的功夫拉下马。他居相位十九年，"固宠市权，蔽欺天子耳目，谏官皆持禄养资，无敢正言者。"从此，唐朝文武百官多是唯唯诺诺的"谦谦君子"，文官怕谏，武官怕战，等到"渔阳鼙鼓动地来"，玄宗也只能眼睁睁灰溜溜"千骑万乘西南行"了。同样，一个大宋王朝，与其说是毁在金兵手中，不如说是毁在"浪子宰相"李邦彦手中。史载李邦彦有出神入化的蹴鞠绝技、有描龙绘凤的文学天赋、有见人说人话见鬼说鬼话的语言天赋，他步步生莲、眼波流转、百媚横生，常为宋徽宗填写后宫歌词，成了皇帝的"开心果"。他对金国奴颜婢膝，一让再让，割地求和，对抗金派李纲等忠臣要尽花招，屡进谗言，被罢相后喃喃自语："赏尽了天下花，踢尽了天下球，做尽了天下官，玩儿了一辈子，我玩丢了大宋江山。"可见，大日弄神是朝廷之大祸、国家之大敌、民族之大患！"街东街西讲佛经，撞钟吹螺闹宫廷。"日弄神有百种面孔，最容易迷惑人的就是以鬼神的"新闻发言人"装神弄鬼——给泰山加冕、给太白山封侯、给大河赐爵。魏文侯时，西门豹初为邺（今河北临漳县）令，举目望去，四野萧条，通过调查得知邺地穷苦的主要原因，是有头有脸的三老、廷掾、巫师相互勾结，年年借给河伯娶妻，敛财百万，中饱私囊，而巫师遍搜美貌民女，强征为河伯妇，斋戒粉饰后投之河中，是故民人多携女远逃。为了根治此害，西门豹没有发布"史上最牛的公告"予以禁止，而是以其人之道，还治其人之身，等到祭河之日，声言民女貌丑，命老巫婆先报河伯，待寻得好女日后送之，之后将老巫婆与弟子三人投入河中，自然不见音讯，所以说"巫妪弟子是女子也，不能白事，烦三老为入白之"，复投三老，立待良久，三老不还，再欲投廷掾与豪长两人探视。廷掾、豪长见此，深知性命难保，"皆叩头，叩头且破，额血流地，色如死灰"。从此，邺地根除了河伯娶妻的毒害，改之以兴修水利，魏国也因此而繁荣昌盛。唐诗人汪遵为此写诗说："花貌年年溺水滨，俗传河伯娶生人。自从明宰投巫后，直至如今鬼不神。"看来，西门豹最能制服日弄神，他的绝招令人叹服，勇气令人钦佩。

当今社会，生活之中的日弄神如拱出地皮的草，弄得人视蛙当鼓、视石若虎。近日，新华网披露的河南中粮系统"国家粮仓"养肥一窝硕鼠、垂直管理变成监守自盗的惊天大案，也再次揭开了"空转粮"套取财政补贴、进而装进私人腰包的日弄内幕。人们又诧异了：早已走出粮票时代的粮食系统，似乎没有什么特权可以兴风作浪了，谁知这种表面的边缘化，正中了日弄神的下怀：每年将三百七十亿至四百亿斤粮食堆成的"天下粮仓"，当成了自家的油老瓮！"官仓老鼠大如斗，见人开仓亦不走。健儿无粮百姓饥，谁遣朝朝入君口？"唐诗人曹邺诗中的一句反问，的确发人深省。

孔子曰："政者，正也，己不正，焉能正人。治者无德，又何以德治。"

最近媒体梳理国家五年审计报告，总结的中央部委十大顽疾，更是令人触目惊心——三公经费超标、私设小金库、挪用资金、套取资金、超标建办公大楼、违规滞留资金、资金闲置、资产流失、违规收费、违规招投标和假发票入账，笔笔都是百万千万不该花、不该收、不该留、不该闲、不该假的血汗钱！这也从一个反面告诉人们，中央给政治局制定的八项规定与目前开展的自上而下的群众路线教育，是多么顺应民心。打铁先要本身硬！只有要求别人做到的自己先做到，才能政令畅通，只有要求别人不做的自己坚决不做，才能令行禁止。

中国堪称论文大国，堪称文凭大国，但不是科技大国、创新大国。我们有多少院士、专家、学者，但手机却让美国人韩国人赚饱了钱，微机卧车也让老外挣钱挣得眉开眼笑。自主创新在中国格外沉重，难怪百姓说："白养了这么多技术专家！"是的，一些院士的论文也是抄的，发明的东西能是真的吗？一教授的获奖论文就是打核桃十法：棍棒击落法，上树采摘法，抱树摇摆法……倒是一遇倒春寒，遍地核桃树就没一个挂果的。据外电报道，中国大学生毕业论文，百分之八十是抄袭的而且毫无用处，而雇佣"枪手"的市场消费，每年高达二十亿至三十亿元。人们不禁要问，每年近千万的大学毕业生，从大学就开始造假，难保他们走向岗位后把诚实守信奉为信仰！同时，"一人搞科研，全家随便吃"的现象在科研界相当严重，至少有百分之六十的科研经费流失在日弄神手中。真不知道，除袁隆平等少数院士外，那么多的科技专家到底在捣鼓什么？或许是"悠悠闲处作奇峰""不问苍生问鬼神"吧！

史传孔子的弟子公冶长，因贫苦经常上山砍柴，因聪明好学，时常模仿鸟声，后来竟能听懂鸟语，某日乌鸦唱歌："公冶长，公冶长，城南墙根有猪羊，你食肉来我吃肠。"他跑去一看，果然如此，背回猪羊开膛煮肉，吃得喷喷香却忘了乌鸦的话。乌鸦生气了，隔日又唱："公冶长，公冶长，城北野地有猪羊，你吃肉来我食肠。"这回该公冶长倒霉了，野地是一个死人，他恰好与官差碰了个正着，因此被下狱治罪。但大圣人孔子却明辨是非地说："公冶长虽在缧绁之中，非其罪也。"后来干脆把女儿嫁给了他，公冶长由此也跻身七十二贤之列。这事若放到糊涂人看，公冶长一生也会毁坏在乌鸦嘴里。而乌鸦也有反哺的德行，若是遇到人间的日弄神，纵一万个公冶长，跳进东海也不能洗清！

老友宋天泉打油诗曰：

论文大国惹烟尘，百无一用破瓦盆。

寻章摘句尚足惜，枪手代劳犹可愤。

荒唐无耻辱元圣，功用何如藏薆粪。

八封一堆日弄神，获奖巨著多空坟。

夜游神

夜是十万根乌鸦毛编织的一张网。

夜是千万口墨鱼汁喷染的一幅画。

无声无息，万籁俱寂；无边无际，黑影幢幢。夜是让人恐惧的另一个世界。不知从什么时候开始，人们把夜晚划给了鬼界，鬼在黑夜播弄着磷火、纠集着阴风、煽动着枯叶、雇佣着老鼠、怂恿着蝙蝠，于是檐口咯咯吱吱，村口刺刺啦啦，令人不知所措、毛骨悚然，于是千家万户紧闭门窗，以屏声敛气蒙头大睡为守，以打呼噜磨牙齿说梦话为攻。事实上，不独人喜明畏暗，就是肯号叫的猪、专司晨的鸡，夜间也一律老老实实蜷伏在棚窝。在伸手不见五指的夜晚，胆大与胆小，胆正与胆怯，一试可见分晓。

黑色是幽深的，黑色也往往是梦的酵面，是谈情说爱的纱帐，也是海淫海盗的媒人。深夜，一个人光不溜秋四仰八叉梦见周公，呼朋唤友吆五喝六，狐朋狗友聚众赌博，穿穴逾墙偷鸡摸狗，关中人就斥骂道：

"那货做梦娶媳妇，净说胡话！"

"这败家子尻子钻了虫，又赌了一夜。"

"这婆娘长了夜眼，白天游游逛四方，晚上点灯补裤裆！"

"那我儿不周正，得上了夜游病，不是当绺娃子，就是上别人炕了！"

在乡间，谁被骂作夜游神，谁就是游手好闲的懒汉，偷盗成性的蟊贼，嗜赌如命的赌棍，眠花卧柳的色鬼……看来，夜游神是乡间的不安定分子，是遭人唾骂的异类。当然，乡间人也把爱赶夜路的走卒贩夫、性急等不得鸡叫唤的勤快人、误了时辰冒雨摔成泥蛋蛋往回赶的冷娃，以及秉烛夜读、挑灯夜战的人，戏谑为夜游神。

夜游神在华夏大地上出没了几千年，游荡了几千年，最早的夜游神是《山海经》中记载的"司夜之神"，即守夜护驾保平安的神。原想，夜游神应是长着一双探照灯的眼睛，神行太保的长腿，可《山海经》中的它，有神人十六，胳膊相连，小颊赤肩，"连臂大呼夜行"。十六个连体人咋呼着走过来，犹如受天帝检阅的第一方队，步履铿锵，声震四方，好一副天兵天将的阵势！大概在元明清之际，夜游神由南方少数民族的崇山峻岭中走了出来，落脚于中原大地。明代小说家冯梦龙在《古今小说》第三十一卷《闹阴司司马貌断狱》中就描写了夜游神夜间巡查的一幕：东汉灵帝年间，有一穷秀才叫司马貌，家徒四壁，生不逢时，空负一腔才学，五十岁时仍襁抱未开，不能出人头地，眼看卖官鬻爵成了天价数字，"时三公者价千万、欲为卿者价五百万"，于是一日酒醉遂成《怨词》一篇："富者乘云兮，贫者堕泥；贤愚颠倒兮，题雄为雌。世运沦夷兮，俾我嵚崎。天道何知兮，将无有私？欲叩末曲兮，悲涕淋漓。"写罢，怒从胸起，将诗焚了，大叫一声："老天，你若还有知，将何言抵对，就是提我到阎罗殿前，我也理直气壮！"说罢身子困倦，倒头就睡。这时，夜游神察觉了一切，奏知玉帝。玉帝大怒，欲速治罪。太白金星启奏道："不如押司马貌到阴司，权替阎罗王半日之位。"司马貌戴上平天冠，穿蟒衣、束玉带，三下五除二判了刘邦、项羽等四宗案，大案蹊径另辟，片言折狱，要案匠心独具，铁证如山，一时上界窃喜。可见，夜游神在古人心目中是明察秋毫、公正无私之神，与关中民间的夜游神大相径庭，也与《封神演义》中的夜游神乔坤未沾亲带故。看来，请神也要请高手，千万莫让糊涂神、糨子神误了正事！

　　大自然是最神奇的魔术师。自有了太阳照地球转，白昼黑夜正好对半，公平得不差毫分，人们日出而作，日入而息，有劳有逸，养精蓄锐，这可能是人类长寿的最大秘方，也是勤快人挤时间的海绵垫、自留地。勤政者事不过夜，善战者出其不意，种田人披星戴月。周公宵衣旰食枕戈待旦，孔子孜孜不倦夜以继日，毛泽东延安窑洞的灯光映红了天。夜是真实的，夜是虚幻的，夜是朦胧的，夜也是清纯的。夜是幽怨的抒情诗，夜是诗人的放牧地，夜是大自然的水墨画。月夜的景色令人陶醉，雨夜的景色令人惆怅。春夜，麦苗打着哈欠；夏夜，西瓜扯开长蔓；秋夜，玉米吐着红缨；

冬夜，大地酣睡梦乡。当然，月黑风高，盗贼作案；夜雨纷纷，敌我偷袭；半夜三更，豺狼出没，而夜幕下宫廷的三千佳丽与一夜歌舞，则往往是罪恶的渊薮，更是改朝换代的序曲。

正如白昼与黑夜对称，每个朝代也都是以赳赳武夫打头，以恹恹病夫收尾。有巨人就有侏儒，有英才就有懦夫，夏禹英明，后面跟着虐政淫荒的夏桀；武王刚毅，后面跟着嬖爱褒姒的幽王；秦始皇霸气，之后有昏庸的秦二世；刘邦猛烈，之后有孱弱的汉桓帝、汉灵帝。正如酷暑与严寒对称，大多开国君主深知打江山难创业难，因此把命运紧紧绑缚在自律与节俭上，而继承人不是坐享其成，便是荒淫无度。纣王"好酒淫乐，嬖于妇人"，"大聚乐戏于沙丘，以酒为池，县肉为林，使男女倮相逐其间，为长夜之饮"。隋炀帝荒淫奢靡、纵情声色，大修宫殿苑囿、离宫别馆，布置奇巧，穷极华丽，常在月夜带宫女数千人骑马游西苑，令宫女在马上演奏《清夜游》曲，弦歌达旦。

江山易改，禀性难移。每个朝代的灭亡，都与黑夜息息相关，与美酒女色密不可分。婚配与生育，本是人之常欲，无可厚非；音乐与舞蹈，本是教化民众，顺其自然。可是，每当太阳落山，卫戍森严的深宫，就充斥着妖魔般的歌舞、禽兽般的淫乱，每当太阳升起，光明正大的牌匾下方，龙椅上的皇帝不是昏头昏脑，便是颠三倒四。每当一个帝王像一棵大树被美女美酒掏空了身躯，一个朝代从此就叶黄枝枯、七零八落，一个国度就灾害频仍、乱象丛生。帝王们不但要娶天下最漂亮的美女作为王后，同时要设三宫六院三千佳丽，宫女玩腻了，就逛窑子嫖娼，中原女人玩够了，就以重金搜罗异族女子。帝王们及时行乐之余，还做着一个美梦：女人越多子孙就越多，一世二世连万世！谁知天道惩恶，生下的一群龙子大多非蠢即傻，不是父子反目就是兄弟相残。女子本是弱者是受害者，可是江山倒了，无良之辈混淆黑白，硬把"女祸"之脏水泼向女子。唐僖宗逃难时，也经过唐玄宗曾经逃难的马嵬坡，于是有人在驿馆题诗讽曰："马嵬烟柳正依依，重见銮舆幸蜀归。泉下阿蛮应有语，这回休更怨杨妃。"曾为五代后蜀贵妃的花蕊夫人被宋太祖俘虏后，也作诗讥笑说："君王城头竖降旗，妾在深宫那得知。十四万人齐解甲，更无一个是男儿。"由此可见，所谓的"伐性之斧"并非"靡曼皓齿"，亦非"郑卫之音"，而是人性灭绝、昏君无道！

夜市是人类用文明进步浇灌出的璀璨明珠。原始人用火把驱猛兽，周代人用油灯驱黑暗，唐代人用蜡烛照斗室，直至近代有了马灯、汽灯、电灯、探照灯。一个城市的夜景，可以折射出一个城市的繁华与贫困、文明与愚昧。战争与骚乱，就伴随着灯光管制，和平与建设，就伴随着灯火辉煌。纽约、伦敦、莫斯科、北京、上海的夜晚如银河落地。改革开放之初，国人倾慕香港的夜景，后来又倾慕深圳、上海、北京的夜景，五光十色，一如人间天堂。到后来，每座城市的夜景都如诗如画，歌舞厅流光溢彩，夜市里万头攒动，大桥系上珍珠链，公园用上水榭灯。城市越发达，夜市越热闹，夜生活越丰富。

国人睡醒了，国人精神了，夜路不再难行。有了路灯有了车灯，城市变成了不夜城，但同时也冒出了一大批夜游神。他们在黑暗的舞台上，像乌鸦一样啼叫着，像蝙蝠一样盘旋着，像豹子一样跃动着。

——跑官要官的夜游神。这种夜游神自古有之。东汉时代的杨震，就拒绝了王密这个夜游神的十斤黄金，留下了"天知、神知、我知、子知"的千古名言。改革开放以来，礼仪礼节礼貌礼物味道大变，送礼之风炽烈，礼品店星罗棋布，一时间名烟涨价了，名酒涨价了，字画涨价了，玉石涨价了，虫草涨价了。一时间，礼尚往来的蒸馍水果土特产，统统让位于某些人跑官要官的天价月饼、万元茶叶、金条钻石。送礼之术也在"率先"也在"跨越"也在"双赢"。"投我以木桃，报之以琼瑶。"收礼者贪得无厌，送礼者青云直上，而双方都心知肚明，谁也没有做亏本买卖！而这些无本万利、一本万利的肮脏交易背后，真正的冤大头无非就是广大纳税人。

——涉赌涉黄的夜游神。若要问什么项目是我们民族继承得最好的"非物质遗产"，人们大概要推麻将！若要问什么地方是"男女授受不亲"的场合，人们肯定说是舞厅！由昔日"书坊戏坊，害娃的地方"到今天的赌场舞厅，我们民族正经受着道德与伦理的扭曲。有人说："晚上八九点钟回家的，是喝得醉醺醺的酒鬼；凌晨一两点钟回家的，是洗得虚飘飘的色鬼；麻眼明回家的，是熬得灰蒙蒙的赌鬼。"难怪人们喟叹："白天是人，晚上是鬼！"夜晚最能考验人、拷问人，尽管现代人用丰富的夜生活填充寂寞，但夜生活的健康与否则折射出一个人的精神健康与否。大凡"夜来欢"的人，都是些没有敬业精神、以混日子打发工作的人。契诃夫有句名言："放荡的生活提供的欢乐，及不上安静的家庭生活向你们提供的百分之一。"长期"夜来欢"，夫妻感情会渐渐疏远，家人没了天伦之乐，自己会更空虚无比，会误了事业、毁了家庭！

——偷情偷汉的夜游神。纵观当代贪官，大多数都逃不过一个"色"字。陈希同、成克杰、陈良宇都由"一夜情"上跌落，而国家统计局前局长邱晓华的罪名之一是重婚罪，有名有姓的情妇有二十九人，国家食品药品监督管理局前局长郑筱萸竟拥有"情妇团"，前铁道部部长刘志军玩弄的则是数十位当红影星。报载，中国最牛广电局长、重庆市广电局前局长张小川情人多达七十余人。而某官员包养情妇的数字更是惊人，多达一百四十九人。佛山市一街道居委会书记在成都花二百万包养情妇。包养情妇的官员，大都血口大张，贪污成性，把人民的血汗钱拱手送给情妇，到头来身败名裂，遗臭万年。

老友宋天泉打油诗曰：

鬼影幢幢扯带裙，哪管夜阑月色润。

灯红酒绿宴歌舞，气煞穆王悔西巡。

买官卖官贼抓贼，人皮易背理难顺。

九封一溜夜游神，三尺神明识秦晋。

醋坛神

三千多年前的某年某月，太公吕尚已是百岁老人了，但眼睛像浸在水中的葡萄一样晶莹，下巴的白胡子像一朵白莲花纤尘不染。他有着道骨仙风的飘逸、有着玉树临风的潇洒、有着童颜鹤发的清朗、有着扭转乾坤的从容。他是三军统帅，兵家鼻祖。他轻轻地一声咳嗽，会让大地颤抖，天空变脸，日月失色。周朝的八百年江山，就是他"掐"出来、"唱"出来、"钓"出来、"封"出来的，也是志存高远礼贤下士的文王不辞劳苦拉车拉出来的。

据现在的专家学者考证，姜子牙在朝歌杀猪时，就是周朝的间谍，卧底本领很高——移花接木、神机妙算、运筹帷幄，商纣的一言一行一举一动，都被他那灵巧的十根手指以"天干地支"记载得清清楚楚、掐算得滴水不漏，真到了神仙不抵、鬼神脸红的地步。这也就是他做啥生意都赔本的缘故，他哪有心思专注于贩猪贩羊贩面那些蝇头小利呢！为了兴周大业，他被急功近利一心想当富婆的妻子马氏炒了鱿鱼；为了兴周大业，他审时度势穴居沟壑甘与渔夫樵夫为伍；为了兴周大业，他绞尽脑汁幻化自身以飞熊面目托梦给文王；为了兴周大业，他诚心诚意向文王奉献出大半生思想精华，"阴谋修德以倾商政，其事多兵权与奇计……伐崇、密须、犬夷，大作丰邑。天下三分，其二归周者，太公之谋计居多。"

武王伐纣，四海归一，天下太平，按惯例是要论功行赏表彰功臣的。于是，太公吕望在灵台一口气封了三百六十五个神，连罪大恶极恶贯满盈的纣王也被封为天喜神。封到最后，也只剩下了一项最辉煌的桂冠——"玉皇大帝"，但他已累得气喘吁吁，头晕目眩，而要封"玉皇大帝"，既是一项最隆重的坛场，也是一件最难办的差事。夜深人静，众神散去，他苦苦思索着明天的封神盛典，但思来想去，却想不出这个桂冠戴在谁的头上才能服众，便自言自语感叹道："天下万事封神难！"话音刚落，桌子下却钻出了他外甥，惊得太公大叫一声："我的醋坛神！"外甥见舅舅正为封神忧愁，便拍着手不知天高地厚地说道："舅舅劳苦功高，我看你就是醋坛神！""我是醋坛神？"话刚出口，又被正在值日的清福神柏鉴听得一清二楚："传令：军师自封为醋坛神！"太公哪能想得到，这一惊一疑，硬是活活挤占了"玉皇大帝"的神位，庄重典雅、热闹非凡的封神盛事，其结局却是这般差强人意！从此，"我的醋坛神"就成了关中人互相戏谑的口头语——如果碰到了一个饭桶草包，一个把事能办砸的窝囊废，一个名落孙山的考生，关中人就喊叫："我的醋坛神！"是埋怨又是悲悯，是哀其不幸又怒其不争，是爱死个你呀又恨死个你！

醋坛神不是人中龙、鸟中凤、海中怪，大概是永远散发着酸溜溜味道的酿醋神，与众神相比，最多只是"门前冷落车马稀"的"编外定编"之神。因为只有农人做醋时，在醋缸上贴下"姜太公在此大吉大利"的红纸，醋坛神才能显灵才能发威。想来，姜子牙掐来算去，怎么也不会把"玉皇大帝"的高帽戴给自己，他要是贪天之功，他自己这尊神就断了地气，就不会永远被百姓挂念着，就不可能千家万户酿醋吃醋时，总是念叨他尊崇他！而真神不露面，露面不真神。真神从来没架子，也不用花里胡哨的野鸡翎来装扮，犹如周朝始祖后稷被人封为"麦王爷"、三仙岛三霄被人封为"送子娘娘"、孙思邈被人封为"药王爷"、毛泽东坚决不要"大元帅"一样，只有泰而不骄，才能被百姓捧到天上，才能成为一尊永远掀不倒的神。

"我的醋坛神！"能敬得起此神的，必然是五谷丰登，天下太平的岁月。假使遇到饥荒年，谁家不把玉米芯芯、萝卜缨缨吃光吃净才怪呢，哪还有余粮制醋！假若遇到战乱年代，东躲西藏，蓬头垢面，只有一心逃命，谁还有闲情逸致埋怨少盐缺醋！一部制醋史，就是人类的丰收图、和谐曲与繁衍谱。没有醋，就没有"酸儿辣女"。如果说盐是百味之首，那么，醋则是"食不厌精，脍不厌细"的"和事佬"。从夏朝始，我们的祖先就制出了醋。相传酒圣杜康的儿子杜西，接过祖传秘方酿酒，不料粗心大意歪打正着，把一缸酒做成了一缸醋，从此美酒与陈醋这种佳酿，结下了不解之缘。不过，当时把醋称为"醯"，这个古老称谓，至今还深深扎根在爱吃醋的汾河两岸。醋是山西人的命根子，山西吃醋的人比吃酒的人多，打仗时"宁愿缴枪也不缴醋葫芦"，是对山西人喜好醋的贴切描写，而好这一口的阎锡山，外号"阎老醯"，无疑则是把醋与地方保护主义结合得严丝合缝的老醋坛子。从古到今，盐与醋是生儿育女的引子，虽然食盐一直官营，人不吃盐就成了棉花包，就成了稻草人，但却从没有哪条王法禁止酿醋！这也说明我们的祖先早就认识到醋的价值。在世界上，唯有我们的祖先发明了醋并钟情于醋，以至于谁家男人寻花问柳，女人妒火中烧时，也被喻为吃醋，或被喻为醋意大发。在世界上，各个民族都不约而同地制出了酒，但酒是火，是乱性之物，是昏头之品；而醋是镇静剂，是解酒化腻、止咳化痰之液。据《本草纲目》载：醋能消肿、散水气、杀邪毒，理诸病。主治"霍乱吐泻、痈疽不溃、牙齿疼痛、乳痈坚硬"等。所以，直到今天，做醋做得最好的西岐人，往往给最受欢迎的客人送上一桶醋，这个礼，礼轻情意重，送的是健康、是寿险，甚至是送神童、送淑女。实际上，送醋是送礼，送酒是行贿，岐山人是周人后代，把这个度把握得很好，雅而不俗，宥而不诈。岐山的醋好，得益于这里的水好、人好、粮食好、气候好——水从乔山的腋窝溢出，格外清甜，人从周礼大舞台上熏陶，实诚谦逊。地上出产的麦子筋丝大、谷子黏劲足、玉米糖分高、高粱硬度强；气候不干不湿，空气中醋酸菌弥漫，而别的地方就没有这么浓郁的醋离子了，所以，醋场搬到别处就制不出这么好的醋了！岐山庄户人做醋，专挑热死老牛的三伏天采曲晒曲，恭恭敬敬祭过醋坛神，门楣插上枣刺，谢绝邻人敲门串门，再把制醋的大小用具用新井水洗刷得一尘不染。接下来的蒸曲与淋醋，既是火与水交融的神曲，更是农妇心与梦编织的旗帜！你看，发酵的筐篮上盖红布，瓮盖子上放着犁铧！制醋若有闪失，浪费余粮叫人笑话不说，这搅团、面皮、臊子面，哪样能缺了醋！如果醋缸上飞来一只花花绿绿嗡嗡叫唤的飞蛾，人们一定会喜出望外地喊叫着："醋坛神来了！醋成了！"在岐山，一个能干的女人不仅要会做臊子面、会飞针走线，而且要成为制醋的高手。醋在发酵期间，比婴儿难管，要捂严也要搅拌通风，要酸若石榴也要清亮如油。没了醋，就燷不出臊子；没了醋，也就没了身材苗条的西岐美女；没了醋，也就没了浮想联翩的文人墨客。如果说军事家是辣子，政治家是盐巴，文学家就是醋。曹雪芹就有"满纸荒唐言，一把辛酸泪"的千古名句。悲怆的经历，敏捷的思维，如火的激情，让岐山文人把生活感受发酵成精神之醋。西岐又是开创岐黄之术的岐伯诞生地，这也是岐伯送给华夏人的健康大礼、灵丹妙药。所以岐山男人最健壮也最诚实，女人最勤劳也最温柔，扶风、凤翔女子为能嫁给岐山男人而自豪。由此说来，西岐醋是德政的使者，是治家的酵面。同时，西岐人深知多盐的危害，乡间人说，老鼠吃多了盐会变成蝙蝠，人吃多了盐，生下娃娃就多了笨蛋，现代科学也证明多盐就易患高血压、肾衰竭、脑出血。由此看来，聪明的祖先排列的"酸甜苦辣咸"，醋是打头的战将，盐是收容的后勤。

"我的醋坛神！"如今的岐山醋已变了味，家庭制醋的老手艺，被正在追求时尚、玩弄手机的新型女子丢失得干干净净。这醋那醋，老陈醋色衰了、小米醋味寡了、玉米醋性烈了，而用食用醋精甚至工业醋精勾兑的醋，几乎达到了"从不变质"的程度，更以尖酸苦酸涩酸腐蚀着人们的口舌与肠胃。一个发明了醋而失传了醋，一个大大吃醋而吃不到真醋的民族，由此导致的糖尿病、高血压、胆结石、胃溃疡以及不孕不育症泛滥成灾。当水污染、粮污染、空气污染迎头袭来，当"面坛神""肉坛神""油坛神""菜坛神""姜坛神""酱坛神""奶坛神"胡作非为，信奉纯真洁净的醋坛神就不显灵。一个国家假货充斥，黑心棉大不了让你浑身发痒，烟假了大不了呛一下嗓子，可食品出了问题就出了天大的问题，一个毒害人的食物链条，会断送掉这个民族，这是真正的饮鸩止渴，是群体性自杀。真不知道，过了多少年，我们吃了这么多有害食品，面目会不会像饿死鬼一样狰狞；也不知道，我们吃了这么多的有害食品，到什么地方才能找到相克相容的"解药"。我们唾液有毒、眼泪有毒甚至放屁毒气都很大。我们与敌人作战，不用动刀子咬对方一口，杀伤力恐怕比子弹更致命；我们与蛇搏斗，可以不用竹棍，咬上蛇一口，蛇马上会死掉。因为我们身上的毒比毒蛇蜘蛛蜈蚣蝎子蟾蜍的毒大得多！"我的醋坛神，我的华夏民族！"

我的"油坛神"！全民吃地沟油，少说已经几十年了！当成千上万吨地沟油送到餐馆时，真不知道婚宴是不是一场服毒大赛，这宴那宴是不是鸿门宴与最后的晚餐！而我们的这部门、那部门，都振振有词地回答："这不是我管辖的范围！"当每个家庭吃完一桶地沟油时，一个个魔鬼使者——癌症，恐怕早已在黑名单上决定了人的生死！

我的"面坛神"！面粉里添加增白剂、强筋剂、防腐剂已几十年了，科学家苦心打造的科技成果，在造福人类的同时，将面袋子装扮成要啥颜色有啥颜色、要啥味道有啥味道的魔术筒，我们的点心、饼干、月饼、面包、油条、麻花、萨其马、方便面，统统添加着有害物质。过去，农人几乎不买市场上的面粉，但在现在，广大农村却成了"面坛神"最大的受害者，他们没有化验手段、没有辨识能力，真到了"任是深山更深处"，"谁也无计避毒面"的地步。由是人们说，科学也是把双面刀，伤人的那一面，比原子弹更可怕！

我的"菜坛神"！蔬菜用农药保高产、保鲜艳，于是黄瓜因避孕药而顶花带刺，葡萄因膨大剂而晶莹剔透，土豆因浸泡焦亚硫酸钠而青春永驻，莲菜因硫磺而白嫩可人，豆芽菜过去要长七天才能上桌，现在一个晚上就长成小胖墩，至于人造木耳、人造海参、人造猪耳朵，更是不胜枚举，人们莫名其妙病了、瘫了、死了，难怪城里人开始返乡，乡里人拼了老命也要保住一片菜地。

我的"奶坛神"！奶场收购的鲜奶，加化肥加色素加三聚氰胺，浓度色度香度赛过真牛奶，假洋鬼子把国产奶包装成洋品牌，胡乱加铜加铁加锌加钙，把婴儿头加得成了西瓜笋瓜，怪不得养殖户把奶牛牵到都市现场挤奶。民国时岐人戏谑丑女"笋瓜头、吊吊脸、豇豆毛盖朝上卷"的俚语，如今却应验在了我们下一代身上。

我的"肉坛神"！注水肉情有可原，但病猪肉却上了大都市的肉摊，就不能不令人发指！鼠肉变牛肉，蛙肉变羊肉，鸭肉变鹿肉，这肉那肉，肉眼凡胎的消费者，谁能辨来真假！

醋坛神是真神，别把土地神不当神，也别把醋坛神不当神！吃醋的味道真美、真香！在艰苦年代我们能吃到粮食醋，在粮食堆积如山的丰年我们却吃的是假醋！这真开了国人一个玩笑！我们丢失了美德就丢失了醋，也就丢失了手艺，丢失了口福，丢失了一切！

老友宋天泉打油诗曰：

环保标志愚且蠢，绿色食品阴森森。

万物渗透添加剂，无名毒菌漫千村。

酱醋油茶翻恶浪，衣食住行倍蹂躏。

十封一路醋坛神，四处标榜爱乾坤。

土地神

在华夏大地上，要问级别最低、待遇最差的是啥神，人们会不约而同地回答：土地神！

土地神又称土地主、土地爷、土地公公，是掌管一方土地大权的"九品芝麻官"。"多少有点神气，大小是个官儿。"正是这个相当于村主任、小得不能再小的"行政官"，负责着给城隍跑腿，来了强盗送走客，生下娃娃死了人，都在"村情簿"上记得一清二楚。就连火眼金睛的齐天大圣孙悟空，有时也要屈尊讨教一二，只不过他讨教的方式有些蔑视与戏弄，用金箍棒戳得土地直冒烟："土地老儿，快快出来回话，这是何方妖孽？"官大一级压死人么，他老人家哪敢磨蹭，只能赔着笑脸如实禀报。"土产无多，生一物栽培一物；地方不大，住几家保佑几家。"这是说有土地神守护，土能生金，插根棒槌也能结出果子。他老人家虽管辖着几户人家，但鸡鸣狗吠祥光普照，娃闹婆叫人丁兴旺，哪个都是"敬人一尺，人敬一丈"的底线，所以说土地神就是最接地气的平安神。如今大江南北，到处都可见为土地神修筑的小庙，虽然庙堂简陋寒酸，但由此足见人们对土地神的敬重。土地神没有白辛苦，他活在民心，活在诗行，更红火在春天的祭祀里。唐张籍《吴楚歌词》："庭前春鸟啄林声，红夹罗襦缝未成。今朝社日停针线，起向朱樱树下行。"唐王驾《社日》："桑柘影斜春社散，家家扶得醉人归。"宋陆游《游山西村》："箫鼓追随春社近，衣冠简朴古风存。"元方太古《社日出游》："村村社鼓隔溪闻，赛祀归来客半醺。"由此可见，生儿养女、五谷丰登的功劳簿上，土地神功不可没。

　　土地神在西府也大受欢迎。西府人盖房，不管房盖得怎么样，总要把门面修得富丽堂皇，飞檐斗拱，雕花琢字，就像越邋遢的人越要顶个花里胡哨的帽子似的。门楼修漂亮了，给祖宗脸上就贴了金，给自家脸上就涂了粉，西府人爱面子完全可以从门楼上看出个道道来。进得大门，家家都有一两米高的照壁，照壁中央有个神龛，白发飘飘、慈祥安逸、手挂拐杖的土地神就落脚在这里，他不讨厌鸡乱飞、狗乱卧、柴乱堆，因为他是庄稼户的看门神、五谷神、辟邪神，是不要待遇、不讲排场、不耍脾气也能被供奉得起的真神。庄稼人不会作秀，敬神敬得最虔诚，土地神不摆架子，靠得住、拜得起、说得来。百姓的日子很清苦也很简单，一日三餐、传宗接代，图的是平安，盼的是丰收，于是就瞅上了土地神。于是土地神家族庞大，落脚在千家万户。千百年来，皇帝老儿也是轮流坐庄后悄没声息，唯独土地神在农家院里像磐石像泰山待了几千年，难怪庄户人说："别把土地爷不当神！"

　　俗话说，人皮难披，神冠难戴。成正神者，必是功抵尧舜、德抵孔孟、善抵菩萨，福泽亿民，但土地神的原型张德福，却没干下惊天动地之事，也没修下恒河沙数的善果。此君活了一百零二岁，史载这个周代的税官只是勤政爱民，两袖清风。其死后一穷人家盖石屋敬奉，不久由穷转富，于是家家当神一样敬了起来。看来，希冀富裕是人性的共同期盼，保佑平安是万物的共有底线。要做平民的神，要让千家万户请得起，就要比大神身份低、功劳小，就要让人人一请就灵，一请就富。这也是土地神迟早要诞生的理由，土地神不借张福德托生，也会借王福德、刘福德托生！因为万家祈盼他，万家欢迎他。皇帝的苛政如猛虎，州官的呵斥如恶狼，大神的保佑很失灵，财神的给力很匮乏，关公的执法常缺位，就只有倚仗小小的土地神显灵了，于是土地神壮大了、荣光了、扎堆了、普及了！没有哪尊神有这么庞大的家族，也没有哪尊神能让每个家族供奉他！中国乡间的丰收图、平安夜、致富梦，个个都有他。"仁慈的地母啊！"我们总爱用这句话称赞土地的施舍与无私、宽广与仁厚。土地赐给我们粮食、棉花、蔬菜、水果，乃至金子、煤炭、石油……土地看起来很质朴、很沉寂、很绵顺，以至于我们把自己看得很高大，把土地看得很渺小，好像我们不是生活在地上而是生活在天上。试想，离开了土地，我们吃的、穿的、住的、用的都是无源之水无本之木，我们想做只昆虫做只青蛙也不可能。"人猿相揖别，只几个石头磨过。"自从上帝造了亚当和夏娃，把这一对活冤家放到伊甸园之后受不了蛇的诱惑偷吃了禁果，人就像孙大圣拔一根毛吹一口气一样呈裂变式诞生。走出伊甸园之后，就只能向土地索取衣食。从茹毛饮血到播种五谷，从裸体相奔到衣服遮羞，人们吸吮着土地的乳汁，土地是人类的奶妈。有了国家之后，土地就有了疆界，就有了属地，国王是最大的庄主，"普天之下，莫非王土；率土之滨，莫非王臣。"王像蜘蛛一样将土地划分成网格状，又像大象一样将臣民踩在脚底下。于是百姓将土地上出产的特产当作贡品献给了朝廷和官吏。土地是榨油机、土地是摇钱树，土地生白玉、土地出黄金，人类的战争因争夺土地而爆发，土地是战争的导火索。就连处于北国以游牧为主的匈奴，在遭遇大旱寸草不生时，也想到了将吃牛羊肉的嘴伸向汉民的麦囤子。有了土地就有了财富，就有了人力，就有了一切。丧失了土地就成了亡国之君，就成了浪子流民，就敲掉了饭碗。只要有了土地，人们就找到了生、找到了乐、找到了窝。于是，华夏民族把土地当作命根子，当作钱串子，当作米袋子。于丹说："中国人的神都是地上的，外国人的神都是天上的。"中国人知道土地的价值也很感恩土地，就是给政治人物做祭奠，也要将地上的美味佳肴显摆一下，端午节要吃粽子，中秋节要吃月饼，冬至要吃饺子，元宵节要吃汤圆……虽有些猫吃糨糊为了嘴上的事，但也可窥出人与土地、人与食物的鱼水之情。

农耕时代，一寸土地一寸金，国王以领土无边无尽为荣，富豪以土地跨州并县为荣，将军以寸土必争寸土不让为荣，而一般人家为能有几亩"上上田"为荣。土地的多少孕育着财富的多少，孕育着人丁的多少，孕育着牲畜的多少。所以两国为了一寸国界，就反目成仇，炮火连天；两家为了一寸地畔，就六亲不认，结成冤家。纵观中国历史上的战争与狼烟，就是无地者与有地者的拉锯战，就是有粮者与无粮者的饭碗仗。秦皇汉武的头功是开疆，清朝民国的首恶是失地。土地兼并到了一定程度，富翁乐得一塌糊涂时，穷得叮当响的农民就斩木为兵、揭竿为旗，土地就得易主，江山就得易帜，朝廷就得换代。黄巢也罢，朱元璋也罢，闯王也罢，毛泽东也罢，无不是抓住了这根脐带翻天覆地。"耕者有其田"，是天下最大也是最灵验的符咒。直至近代，土地仍是中国最敏感的神经部位。毛泽东靠打土豪分田地完成了土地革命，靠人民公社实现了土地国有，邓小平靠包产到户启动了改革引擎，目前正在开展的土地流转则意味着有史以来土地的深度转型。土地是神，一个新时代都是从拜土地神开始的。谁冷落了土地神，谁就冷落了百姓、谁就成了孤家寡人。但是，翻检中国历史，土地从来没有像今天被鲸吞被蚕食被糟蹋到这种可怜地步，来不及换脑子的农民，正在被动走出土地，土地神也因此从来没有像今天受到难堪和冷遇。且看，扩张的城市、崛起的楼房、宽阔的广场、扎堆的工业园，都变着戏法向良田进军。人们在走向工业文明、现代文明征途中，正在忽略土地，漠视乡村，似乎离开了土地就告别了贫穷，就告别了愚昧。

一方面，土地成了包袱、成了累赘，成了老人妇女留守的阵地，成了低能者坚守的营盘。似乎一切辛劳，一切投入大、低产出的负债都是土地的罪过。似乎土地连着土气，城市散发洋气；土地滋生保守，城市伴随开放；土地搅拌劳累，城市流放时尚。于是，人们成群结队地走出村子、走出堡子、走出镇子去当保姆、去开饭店、去当打工仔……于是城里成了蜜蜂箱、饺子锅、火柴盒。于是土地开始减少，昔日的粮囤子、菜篮子一夜之间消失了。三十年来，国人丧失了一亿亩耕地，污染了百分之四十五以上的土地。仅去年一年，西安市违法用地达二万八千六百五十八亩，有十二万亩地未批而用，而该市一年的用地指标仅为四万至五万亩。在一些开发区，大片良田在围墙内睡得荒草萋萋，成了狐狸赛跑、老鼠育儿、兔子撒欢的地方。而不少开发商筑起的高楼大厦成了空壳成了鬼城，更有一些污染企业，使地下水成了黄、红、绿、黑的大染缸，使土地成了千年也改良不了的毒害源。城里人兴起了广场热种草热游园热，而忘掉了地里能长粮食、能产蔬菜的自然法则，似乎喝西北风能填饱肚子。

一方面，土地成了金元宝，成了印钞机。卖地成了经济无可比拟的增长点，从来没见过一平方米的土地能产这么大的效益，也从没见过不种粮食的地被炒得这么个高价。高层楼房成了开发商的金窖，盖一栋楼就栽下了几代人的摇钱树。说白了，哪一桩土地非法流失，一概不是法律不齐全，一概不是干部素质低，如果说背后没有长官意志、权钱交易，鬼都不信！人们不禁要问："非法"的帽子给谁戴上才名我固当呢？土地在流失，农民在流血。浏览网络，一个"拆"字，上演着多少流离失所、背井离乡的悲剧，一个"拆"字，曾惹得多少公检法与城管大打出手，一个"拆"字，拆得怨声载道，拆开了党与群众的血肉联系，怪不得写"拆"字的人，敷衍了事把"拆"字写成了"×"！地价在飞涨，楼价水涨船高。有人欢喜有人忧，据某大学客座教授说："评价一个城市主要看房价，房价越高城市越好越吸引人"，而可怜的购房者，怎么也想不通房价会越来越高。

加快城镇化步子，让农民离开土窝窝、穷窝窝诚然没错，但丢了土地就类似于流浪者丢了根失了魂。土地不仅是生存大计，更是一种难割难舍的情结。社会矛盾多发，多在土地，上访多发，多在土地。谁都清楚种田没利，种田赔本，种田吃亏，但故土难离啊！

中国人口多、耕地少。中国的一切问题都是农民问题，农民的一切问题都是土地问题。如此大规模的流失土地，吃饭就成了大问题。十年后，谁给中国人种地，中国人又到什么地方去种地，已成为不争的急迫问题。"种一升，收一鞋。你不种，哪里来？"凤县一位老大娘编唱的民谣，或是对土地最真实的倾诉。

土地是我们的命根子。农业不稳，地动山摇。土地神是一尊不倒的神，是一尊需要我们世世代代供奉的神！

老友宋天泉打油诗曰：

太公封天封地神，似亏土地欠公允。

万里沃野喊冤屈，百丈高楼刺龙鳞。

卫星不识红蓝线，学者多与权钱亲。

十一惨封土地神，自相矛盾谁最真？

阴溜神

天下有龙脉乎？长安作了十三朝古都，金陵玩了六朝金粉，北京闹了金元明清数百年社火，但没有一个不从龙背上跌落下来。如果有龙，龙也有疲劳，也会愤怒；如果有龙脉，脉气也有盛有衰，迟早会风水不再。

王侯将相宁有种乎？陈胜吴广那一帮穷光蛋才不信这个邪！大舜是黄帝后裔，却出身低微，耕地、捕鱼、做陶、贩卖；周祖后稷名弃，曾被母亲姜嫄圣母抛弃街巷、徙置山林、迁之冰雪，栽麻、种豆、相地、育种；刘邦是个浑球，曹操年少狂荡，朱元璋当叫花、和尚；孙中山也非贵族后裔……

惜乎！惜乎！虽然国人自古所重"民、食、丧、祭"，但大多朝代却轻"民"重"祭"，轻活人重死人，轻万家重一家，这不，闹鬼亡了殷朝，封禅伤了秦朝，寻仙误了汉朝，佞佛荒了唐朝，设醮毁了明朝。当然，他们都不是真心崇佛信道，都做不到"敬神如神在"，他们不想也不敢恭恭敬敬祭祀文王周公太公召公，因为他们与之格格不入，生怕真神显形。他们总是把所有的不可告人的东西，都寄托在包裹在冥冥幽灵。他们心中有鬼！

鬼是人的影子。秦始皇身子歪了，齐人徐福就成了他的影子，徐福说东海有蓬莱、方丈、瀛洲三神山，仙人居其间，于是秦始皇派遣徐大师率领数千童男童女，舟船踏浪进军大海。秦始皇颈椎偏了，能结交羡门、高誓这两个仙人的卢生，就成了他的影子。秦始皇腰椎扭了，能得不死之药的韩终、侯公、石生就成了他的影子。他讨厌"始皇帝死而地分"的刻石，愤恨"今年祖龙死"的谣传，但求来算去，却逃不过与一石鲍鱼为伍的命运，更预料不到最恶的豺狼就是次子胡亥、宦官赵高，有了"祸害"和"糟糕"这两个玩货，"子婴孤立无亲，危弱无辅"并不奇怪。

鬼是人的脚印。一篇《史记·孝武本纪》，从头到尾都是汉武帝"尤敬鬼神之祀"的实录。他第一次到今天的西府，不拜炎黄不敬文武，却给"五時"叩响头。他的脚崴了，擅长不吃五谷而能长生、又能串弄化沙为金的灶神的李少君，就成了他的脚印。他的脑瓜涨了，神通太一天神，能使唤恶兽枭鸟，熟知用神羊、红牛、牡马、干鱼祭祀天神的亳人薄诱忌，就成了他的脚印。他的睡梦多了，会倒腾死人露脸、牛肚子生书的齐人少翁成了他的脚印。他的欲望杂了，一个长得英俊、敢说大话的胶东栾大，就被他拜为治理黄河决口的五利将军。他在蓝田县病了，河南信阳一个叫游水发根的乘虚而入，是故"又置寿宫、北宫，张羽旗，设供具，以礼神君"。他也在不停地玩吉祥玩数字，打猎时获得一只独角兽，他兴奋得又是郊祭又是焚烧活牛祭天；他马不停蹄地改元应命，什么建元、元光、元狩、元鼎、元封等，都是他装神弄鬼的年号。他信神信傻了，一个叫公孙卿的方士好像听说神仙"想见到天子"，他就驾临河南缑氏城，并封公孙卿为中大夫；攻陷南越时，听说东瓯王敬鬼寿至一百六十岁，他一点也不怀疑，并下令鸡骨头也可作占卜之物。他求神求疯了，在未央宫修建凤阙高二十余丈，在太液池修建的神明台、井干楼高五十余丈。他拜神拜惨了，在他晚年的征和二年，用木头人害人的"巫蛊之祸"，终于传染到了皇宫内室，武帝命宠臣江充为使者治巫蛊，七月，太子刘据因"巫蛊案"被陷害不能自明，杀江充，被迫起兵，卫子夫在汉武帝派人收皇后绶印时自杀；八月，太子自杀，其妻妾子女皆被害，唯襁褓之中的孙子刘病已幸免。汉武帝开创的史无前例的造神运动，以为己开始，以害己结束，否则，他怎么会在白发苍苍的暮年修建"思子宫""归来望思之台"以寄托哀思呢！好在他迷途知返，于征和四年三月下了自我反省的"罪己诏"，痛言"朕即位以来，所为狂悖，使天下愁苦，不可追悔。自今事有伤害百姓、糜费天下者，悉罢之"。是后上每对群臣自叹："向时愚惑，为方士所欺。天下岂有仙人，尽妖妄耳！节食服药，差可少病而已。"

说到神仙事，宝鸡人不会遗忘了开辟金台观、造福一方的一代大帅张三丰。他有什么点石成金、呼风唤雨之术暂且不说，只说这位神人，成了明朝几百年的魂灵，明朝十七任皇帝，父传子、子传孙，踏破铁鞋、上天入地寻寻觅觅，朱元璋曾两度诏请入京，朱棣又命侍读学士胡广十余年诏访，明英宗赐他为"通微显化真人"，明世宗赠封他为"清虚元妙真君"。如今的金台观，有一方所谓的御碑还在日夜诉说着当年的求仙热。正是这位当了四十五年皇帝的昏君明世宗，从嘉靖二年起，便在乾清宫、坤宁宫先后建立道场，请来龙虎山道士邵元节，封他为"靖微妙济守静修真凝元衍范志默秉诚致一真人"，让他统辖朝天、显灵、灵济三宫，每年宫中用去黄蜡二十多万斤、白蜡十多万斤、香料几十万斤，整个紫禁城内天天红烛高烧，夜夜香烟缭绕，老道士手执法器，念念有词，小道士击鼓敲钟，装模作样，皇家禁地成了跳神弄鬼的大道观。后来又请来道士陶仲文，连续赐封为少保、少傅、少师。他唆使皇帝用童女初至的经血制"元性纯红丹"，言称服后"青春永驻、金枪不倒"，于是三年之内数千民女被拉进宫内，充当采血炼丹的"母羊羔"。明代诗人王世贞为此写诗道："两角鸦青双结红，灵犀一点未曾通。只缘身作延年药，憔悴春风雨露中。"到了嘉靖十八年，他专心修道去了，竟让四岁的太子来监国，且给自己起了道号叫"灵霄上清统雷元阳妙一飞玄真君"，后来又嫌道号太短，加号为"九天弘教普济生灵掌阴阳功过大道思仁紫极仙翁一阳真人元虚玄应开化伏魔忠孝帝君"，再加号为"太上大罗天仙紫极长生圣智昭灵统元证应玉虚总掌五雷大真人玄都境万寿帝君"！嚯！这四十多年不大上朝的天子，却充当着举国仰望的太阳！

看官们莫嫌在下啰唆，之所以列举如此冗杂的史实，只为了一个莫名其妙的神、没眉没眼的神、没心没肺的神——阴溜神！阴者阴阳怪气，溜者溜神尻子，溜来溜去溜失了江山！

皇帝老儿绝种了，方士仙女化为泥土，但阴溜神没有走远！乡间人把装神弄鬼的神汉巫婆称阴溜神，把表面答应得欢天喜地、背后却按兵不动的阴阳人亦称阴溜神，也把爱耍嘴皮子的"油嘴疯"、爱耍小聪明的"空空颡"称阴溜神。在乡间，谁如果成了阴溜神，谁就阴气缠身、路断人稀。乡间骂人像錾子錾石、镢头挖地，而骂人最多的词语要数阴溜神。"口外是个阴溜神，说过的话像放屁！""那人是个阴溜神，念咒念得房倒屋塌，表面光得像驴粪蛋，心里像蝎子像毒蛇！""口念阿弥陀佛，怀揣水牛犄角！"可见，阴溜神是关中人最爱犯的贱、最易得的病。所以，在推广普通话为荣、说土语为耻的今下，"阴溜神"一词可能活不下几天了，但它所蕴含的文化色彩，却红火得如陇县血社火中的冒失鬼，质朴得如凤翔泥塑中的泥虎头。而土语的消失，就像乡村的消失一样，我们很难再找到属于自己的"原创"。

上世纪七十年代，关中乡间大多未通上电，一到夜晚，杨树拍巴掌，桐树哗啦啦，加上荒坟磷火、猫头鹰啼叫，娃娃们就赶紧蒙上被子蜷缩一团。有天麻眼黑，忽然来锁他娘敲开了我家的门，急切切地对我祖母说："黑狗他娘'伐神'哩，快去看看！"我早就听说乡间这一装神弄鬼的表演很热闹，便跟着祖母进了黑狗家院门。

油灯下，昔日慈眉善目的黑狗娘，眼下口吐白沫，眼皮上翻，手舞足蹈，浑身抖噜，俨然一副凶神恶煞状，时而说三霄娘娘"睬"上了她，非让她管村上的事；时而把邻家的家长里短、谁是谁非竹筒倒豆子一样倒了出来。我的村子正北方就是西观山，供奉着三霄娘娘，过庙会时煞是热闹，烧香叩头的络绎不绝。黑狗娘一会儿哭一会儿笑，指着祖母的鼻子说："你家猪让狼叼走了，是因为西观山庙会时，你把蒸好的一笼白馍留下了三个，得罪了神！"祖母吓得跪在地上连连回话："有这事，我错了！"原来，祖母拜三霄娘娘时，一锅馍刚蒸出来，几个娃娃围着案板打转转，她也不愿让孙子数落她，就随手抓出了三个，没想这事传到了黑狗娘耳朵！祖母要赎罪，慌忙回家挖了一斗麦，将一家人一月口粮倒进了黑狗家麦囤。黑狗娘一连数落了几家人，人们提着米面消灾。当然，"伐神"的结果是黑狗家多赚了四五斗粮。黑狗娘死得很惨，死在晒死驴热死狗的三伏天，一声晴天雷劈烂了棺材，尸臭惹得红头苍蝇赶会似的。乡亲们更加糊涂了：一辈子给旋风烧香、给蝴蝶叩头、给蚂蚁挂红的黑狗娘，到底得罪了哪路神仙？

黑狗娘走了，但乡间的"伐马脚""箩筐写字"等手艺从未消停，或许是为一夜脱贫，卖煤球的大妈一场大病就变成了神婆，刘二嫂挖出青铜器后四十天不说话，之后就自称是仙姑，劁猪骗羊的大叔跌了个跟头就变成了半仙，而一夜涌出的气功大师、风水先生、测字神人，摇身变成了官员身边的"诸葛军师"、巨商的"智囊红人"、学者的"指路明灯"甚至明星的"政治顾问"。君不见，每遇中考高考、乔迁新居、婚典丧葬、升官上任的背后，都活跃着一批"仙"字号"神"字头的阴溜神，尤其是阴溜神正以前所未有的能耐甚嚣尘上。某地一领导在风水大师指点下，将石膏山改为"仕高山"；某地一政要欲在官场上要风得风、要雨得雨，将"落马湖"

改为"上马湖"。结果不几天，东窗事发，银铛入狱，"上马湖"有湖无马，"仕高山"有山无仕。

当今中国，一夜暴富、一举成名的江湖骗子何其多矣！

中国共产党是世界第一大党，是一个不信神仙皇帝、顶天立地的英雄，是照亮乾坤、驱走黑暗的太阳，是造福百姓、铲除私念的公仆！她的历史是干净的、刚正的，经得起时间检验的。党曾接受了李鼎铭的精兵简政、黄炎培的民主制度，却从未向神汉巫婆讨教过治国安邦。因为我们坚信，人民群众就是神！"天上没有玉皇，地上没有龙王，我就是玉皇，我就是龙王，喝令三山五岳开道，我来了！"是的，自身强大，百病难侵，信念坚定，战无不胜。这部历史，没有巫术咒语，没有鬼符仙乐！

老友宋天泉打油诗曰：

大仙方士皆肉身，朱砂符咒血淋淋。

可怜秦皇遗笑柄，应说汉武悔悟深。

神仙若知人间事，何劳尔曹定乾坤。

十二怒封阴溜神，九两良心缺半斤。

狐狸精

国人心目之中的狐狸，很美丽、很贪嘴、很可爱、很狡猾，一副瓜子脸，一双勾魂眼，天生的美人坏子妖精样；皮毛很华贵，尾巴更招摇，从头到脚美到极致，美到无以言表。它也有三个老毛病，急了喷狐臭，饿了偷鸡鸭，逮住装死相。而许多狐狸的故事与狐狸的成语，足以证明它是人类的对手也是人类的朋友。

狐狸是美的化身。白狐像一团雪球在滚动，像一面玉旗在传信。特别是银装素裹的雪天，它奔跑的姿势很是优雅，身子迅捷得像一朵飘移的白云，尾巴像仙翁道士的拂尘；红狐像一团火球在跳跃，像一面红旗在摇摆。如果在红叶满地的秋天，红狐嘴里叼着一只苹果，沙沙沙地穿梭树下，你一定认为它是在点燃这堆叶子。麝因香重而亡，狐因美丽而毙。人们把拥有一件狐皮大衣当作稀世之宝，白狐和红狐之皮在古代是要献给国王的，也就是说一般人是享用不起的。而用白、红狐狸尾巴做成的围巾，也是要献给皇后享用的。在我们人类与动物和谐相处中，狡黠而多情的狐狸，在古老的《诗经》中，曾引燃了一位卫国多情女子的缠绵情意，她看到一只皮毛姣美的狐在淇水岸边漫步，想起了自己心爱的人是一个身薄衣单的单身汉，就想飞也似的嫁给他。这是从《诗经·关雎》的热恋篇发展到定情篇的必然。《诗经·有狐》曰："有狐绥绥，在彼淇梁。心之忧矣，之子无裳。有狐绥绥，在彼淇厉。心之忧矣，之子无带。有狐绥绥，在彼淇侧。心之忧矣，之子无服。"狐本兽类，却穿戴得这么雍容华贵，人是万物之灵，却缺衣少带甚至无裳、无服、无带，如果不是爱得如胶似漆，爱得无私无畏，哪能有这么缠绵悱恻？狐狸是灵兽，当然也出没在群经之首、民俗之根的《易经》中。当年周文王看到一群缺乏经验的小狐狸打算涉水渡河，害怕弄湿了尾巴牺牲了小命，盘算再三终于做出了放弃渡河的正确选择，于是，悲天悯人的文王把这一自然景象记载在第六十四卦："未济。亨。小狐汔济，濡其尾，无攸利。"意在提醒人们，当条件不成熟时不能盲目蛮干，应当慎重地权衡利弊，才可能得到好的结果。

狐狸本是人类的益友，仅捕鼠一项，就是功大于过。但人们尊猫贬狐已成千年习惯。人类推崇聪明绝顶，但面对狐狸的小聪明却气量狭小，动辄就骂作"狡猾的狐狸"。试想，如果狐狸再笨些，那顶好的皮毛早就让猎人剥光了，狐狸也早就绝种了。人们把谙于世故、圆滑透顶的人，称为老狐狸，也习惯用狐狸讥讽人，如豺狐之心、狐朋狗友、狐群狗党、狐假虎威、狐疑不决、九尾之狐、满腹狐疑……显然，狡猾的狐狸比狗熊和猪这些笨蛋要高明得多。狡兔有三窟，狡狐恐怕有六窟，没有六窟就要饿肚子。越美的东西越招惹危险，为了生存，狐狸不狡猾能活下来吗？

美让狐狸背上了骂名。美让狐狸世世代代抬不起头。最早的狐狸精，当属褒姒。年仅十四岁的她，亭亭玉立，含苞欲绽，周幽王被她迷住了。而申后更是醋意大发，暗中派出杀手，杀掉了褒姒的养父养母。褒姒像在油锅里煎熬，想笑也笑不出来，周幽王只好在骊山烽火戏诸侯，褒姒终于笑了。《诗经》写道："赫赫宗周，褒姒灭之。"李商隐在《北齐》一诗中写道："一笑相倾国便亡，何劳荆棘始堪伤。"褒姒之所以成为冷美人，是因为她长得秀丽，生得苦，入宫苦，下场苦，不喜欢笑也是情理之中的事，偶尔破颜一笑，却背上了数千年的黑锅，也太失公允了。至于《封神演义》中苏护的女儿妲己，是文人笔下典型的狐狸精，她本是大家闺秀，却被女娲派出的千年狐狸精吸走了魂魄，借体成形，专意勾引纣王夜夜歌舞，天天酒醉，荒淫无度，不理朝政。与妲己联袂而来、惑乱纣王的还有九头雉鸡精、玉面琵琶精，三精各显其能，否则也断送不了殷朝的锦绣江山。妲己杏脸桃腮，浅浅春山，娇柔柳腰，似海棠醉日、梨花带雨，不亚九天仙女下瑶池，月里嫦娥降龙宫，舌尖上吐的是香酥酥的迷魂粉气，嘴角里送的是娇滴滴的万种风情。纣王被迷得骨软筋酥、耳热眼跳、魂游天外、魄散九霄，于是酒池肉林、比干剖心、梅伯炮烙等一幕幕荒诞丑剧，成了商朝的商标。

狐媚从古到今媚倒了多少英雄豪杰、帝王将相、书生商人。美本是不许贬低的，可人们将羞花闭月、沉鱼落雁、工于心计、抛眉飞眼、以色事人的女子称作狐狸精或小妖精。女性很美也很妩媚，不知从什么时候开始，人们把美女与狐狸拉扯在一起，大概是在说："美女如狐，女色误国！红颜祸水，不可耽恋！"

在这个世界上，爱美之心不仅人有之，而且动物也有之。天鹅的脖颈是一种美，仙鹤的细腿是一种美，它们的美没有招来什么怨言和诅咒，而唯独狐狸之美却成了飞短流长的靶心。吃不到葡萄就说葡萄酸，对美女无缘相识、相亲、相爱就骂人家是狐狸精，人的嫉妒之心多么可怕，穿不上狐皮大衣就骂狐狸狡猾，甚至把娇艳的女子比作狐狸！当然，狐狸饿了偶尔也冒险偷鸡，这是狐狸的本能也是不大光彩的一面。狐狸是兽，我们应该容忍它不劳而获、理解它生计维艰，因为"再狡猾的狐狸，也逃不过猎人的眼睛"！

历史上有名的狐狸精，已经香消玉殒，黄鹤远去。夏姬是狐狸精、赵飞燕是狐狸精、萧皇后是狐狸精、杨玉环是狐狸精。赵飞燕能在侍者手掌上的水晶盘内翩翩起舞，她却与乐师幽会、与宫奴私通，后被废为庶人，自缢而亡。隋炀帝的皇后萧氏，婷婷袅袅、美艳绝伦，杨广被宇文化及缢死之后，她又做了宇文的淑妃。随后，又给几人做妃子和昭仪，成为险恶风涛里一个罕见的侥幸者。杨广是个"爱河饮尽犹饥渴"的帝王，他在营建东都洛阳时又建西苑，拥有十六个宫室，三千美女轮流入阁值夜。他曾对着镜子对萧皇后惶恐地说："贵贱苦乐，更迭为之……好头颈，谁当斫之?"后来此话果然应验。

在佳丽风景线上盘桓、在三千岁月河流上徜徉，我们还会发现一个个巾帼豪杰：王昭君是女流、马秀英是女流、小凤仙是女流、秋瑾是女流，她们在史册上留下了挥之不去的香魂。在蒲松龄《聊斋志异》中，狐狸多是尽善尽美的天使，难怪一个个穷秀才夜深人静时闭门关窗与其幽会。这些狐狸精扮作美女，或播洒真情，或锄奸除害，或送衣送币。狐狸精们不羡富贵、不图回报，只图过几天凡人的美好生活，狐狸精们有生活情趣，懂琴棋书画，有恻隐之心，知人间冷暖，它们在许多方面比人好、比人美，它们不攀龙不附凤、不趋炎不附势、不欺善不怕恶。民国年间，匪患滋生。蒲城有一村遭土匪围攻，面对蝗虫般的强盗，村里人奋起抵抗，眼看城堡失守，这时几只狐狸上城助战，长呼短啸，扔砖掷石，土匪从没见过这等奇异之事，吓得慌忙逃窜。全村人的性命保住了，村人由是感激，年年给"狐仙爷"过会，感谢救命之恩。而贪官、恶霸、色鬼的周围，总在闹着飞沙走石、投石揭瓦的狐魅踪影。

在封建社会，美女是羔羊、是尤物、是玩物、是性奴。靠食少女经血希冀长生不老的嘉靖皇帝，在其执政的二十一年初冬的一个深夜，就差点死在这群"羔羊"手中。由于不堪凌辱，被召进宫来的十几个民间淑女，乘皇帝酣睡之际，先用黄绫蒙其脸，又用长绳勒其颈，因结绳时误拴为死扣，未勒死这个淫棍，而参与宫变的宫女被全部处死。造物主造就了妙龄韶华、风姿绰约的美女，似乎只能从一而终，但男人却可以三妻四妾、家花野花，这是男权主义的恶浊与无耻，难怪鲁迅先生说："我一向不相信妲己亡殷、西施沼吴、杨妃乱唐的那些古老话。我以为在男权社会里，女人是绝不会有这么大力量的，兴亡的责任，都应该男的负。"

旧中国把妓女们称为"皮肉生意"。这些女子沦为泥屑，身心受到严重摧残，陷入人间地狱，甚为凄惨。近翻民国《风俗志》，北京卖淫场所就集中在几大胡同。"北京妓女之香巢，大都在外城八大胡同、陕西巷、石头胡同、小李纱帽胡同、百顺胡同、皮条营"。于是有诗曰："陕西巷里觅温柔，店过穿心回石头；纱帽至今犹姓李，胭脂终古不知愁。皮条营有东西别，百顺名曾大小留；逛罢斜街王广福，韩家潭畔听歌喉。南北两帮大不同，姑娘亦自别青红；高呼见客集前院，客人挑捡坐敞厅。腾出房间打帘子，扣完衣服点灯笼；临行齐说明天见，转来西来又往东。"这首诗讲南北待客不同。"沉迷酒地与花天，大鼓书终又管弦；要好客人先补缺，同来朋友惯镶边。碰和只搅一餐饭，住夜须花八块钱；若作财神烧蜡烛，交情从此倍缠绵。"这讲的规矩。"逢场摆酒现开销，浪掷金钱媚阿娇；欲壑难填跳槽口，情天易补割靴腰。茶围欲为梳妆打，竹杠多为借补敲；伙计持来红纸片，是谁催出过班条。"无独有偶，文学巨匠茅盾在《"战时景气"的宠儿——宝鸡》一文中，披露抗战时期宝鸡工业兴盛之后，满街都是拉客的妓女。可见，这一毒瘤盘根错节，已成为令人发指的社会公害。新中国成立前后，毛泽东发现北京娼妓泛滥成灾，怒不可遏："新中国绝不允许娼妓遍地，黑道横行，我们要把房子打扫干净！"[1] 从此，一场真正称得上前无古人的铲除妓院的扫黄行动拉开战幕，上万妇女同胞得到解放，到一九四九年十一月二十二日，公安部部长罗瑞卿向周总理报告："今晨五时止，北京市公安局采取了行动，已将全市二百二十四家妓院全部封闭，新中国的首都，党中央、国务院所在地北京市从此再也不会有蹂躏妇女、摧残妇女的野蛮妓院了！"此后，全国上下"打扫房子"，明娼暗妓泥牛入海，流氓地痞销声匿迹，连仇视新中国的西方也惊呼：全世界只有中国没有妓院和妓女！

新中国成立后，男女平等，妇女能顶半边天。匪患、大烟、妓女等乌烟瘴气的东西，被一扫而光。妇女的地位也发生了变化，女性成为引人注目的共和国建设大军。改革开放后，沉渣泛起，色情行业有死灰复燃之势，逼良为娼的"皮肉生意"成了时尚，一些下岗女工、农家女子甚至大学生被迫吃起了这碗饭，当起了"小三""二奶"。文化艺术界拜干爹的、傍大款的更是绯闻四起，与西方腐朽的生活方式全面接轨，更惨无人道的是，一些社会渣滓把黑手伸向了幼女。而"扫黄打非"这一新词语的诞生，又从一个侧面说明色情行业对当前社会造成的影响，仅垮台的几位大员，几乎没有一个不败在"石榴裙"下。成克杰被李平这个狐狸精掀下了宝座，济南市人大常委会原主任段义和演出了当街炸死情妇的丑剧。有一位官员养了三百多"狐狸精"，堪称吉尼斯世界第一。悲哉、惜哉、痛哉！现今，国家重视惩治，权钱交易、色情行业之蔓延已得遏制。

---

[1] 《爷爷毛泽东》，毛新宇著，军事科学出版社，2006年，北京：第一版，427-429。

据说，前些年生态损毁，人进狐退，这几年生态恢复，狐狸正向城镇逼近。狐狸多了，老鼠少了，的确是个好事。又据说，目前不少小姐二奶正成为"反腐生力军"，或许是物极必反的缘故吧。狐狸尾巴迟早要露出来，易辨易识，但没有尾巴的人，却比狐狸要难认一万倍！

老友宋天泉打油诗曰：

易经诗经留印痕，此兽虽媚无妖氛。

千禽万怪看过来，凄迷极致貌绝伦。

乱臣贼子贪尤物，礼崩乐坏伤草民。

十三笑封狐狸精，不识廉耻倍荒淫。

倒包客

人有千面，鬼有万变。鬼也有三六九等高低贵贱，大鬼踏小鬼，小鬼绊大鬼，掀来挤去，机关算尽，大不了也只是胡捣鬼、胡日鬼的勾当。

关中天府之国，寒暑匀称，旱涝掺和，算是人居佳境。关中地灵人杰，起来炎黄，走来文武，足下多为奇物。关中帝王之都，十三王朝，一河两岸，瑰宝每藏其间。关中人识宝、玩宝、攒宝，一个家一个村再穷也有传家宝——皇上的蛐蛐笼子，太师的玛瑙坠子，大臣的石头眼镜，状元的玉器笔筒，富翁的牛槽马桩，穷汉的扁担筛子，放到哪个博物馆都神气十足，甚至叫花子的打狗棍、豁豁碗都是写长篇小说的老酵面。假若谁把这东西变卖了或贱卖了，就被人骂作倒包客。"狗窝里剩不下食"，"崽卖爷田心不疼"，"儿女卖完卖婆娘"，这些，都是长辈们痛斥倒包客的数落话。

在关中乡间，常见一些人走村串户，专收古董，低价买来，高价卖出，不几年，家中就富得流油，盖起了楼房，开起了小车，村上人把这类文物贩子也称作倒包客。实际上，关中人眼中真正的倒包客就是盗墓贼。夜深人静，鸡不鸣狗不吠，几声猫头鹰的叫声让人不寒而栗。几个人像鼬鼠一样掘出一个深洞，撬棺扒尸，盗得青铜器、金银首饰、彩偶瓷坛。干这种缺德事赚钱，必是心如蛇蝎、恶如魔鬼，因此历代法典都将盗墓贼处以重罪。也有人说，老蒋丢了江山，其中一个原因就是挖了毛泽东的祖坟，这类天理不容的下三滥角色，显然不配做大国之主。

宝，有金有玉，有革有竹，有鸟有兽，有龟有虫。宝，物以稀为宝，物以爱为宝，宝是文化血脉田园里的琪花瑶草，是精神家园里的瑰宝重器，是财富大厦中的麒麟神驹。一个民族没有宝，至少说明祖先是很低能的也是很寒碜的，这个民族的历史可能是很短暂的也是很苍白的。在某种程度上说，数不胜数的古国宝器，就是历史的界桩、文化的彩虹、文明的火炬。没有这些宝物，我们就像走进了一片沙漠一片废墟。然而，有国宝就有乱臣贼子惦念，有珍宝就有倒包客张望。

关中黄土埋皇上，关中黄土出古董。在宝鸡这个中外闻名的青铜器之乡，乡下人走路时一不小心摔倒，绊脚的可能就是一件价值连城的青铜器；种地时一镢头挖下去，一串火星溅上来，可能挖出一座无价宝窟。靠山吃山、靠水吃水、靠宝吃宝，从汉宣帝时代这里挖出了尸臣鼎后，毛公鼎、大盂鼎、大克鼎、虢季子白盘、何尊等三万多件文物。有了这些大宝重器，就有了大大小小的倒包客、贩弄神！听老人们讲述大盂鼎的故事，给人展现的尽是宝物颠沛流离与人性的凶险邪恶。这尊鼎造型精美，高达一米，铭文有二百九十一字，诉说了周康王告诫盂少喝酒、多敬业，并赐给盂命服、车马、仪仗和一千七百二十六个奴隶这段往事。清道光年间从岐山京当挖出这件宝物后，被当地大户宋家所收藏，宋家同时还收藏了重达五百斤的小盂鼎。一对盂兄盂弟来到宋家，让宋家乐呵呵、喜滋滋，可是当时的县令周赓盛却以观赏为名，连哄带诈将宝倒到北京琉璃厂。这时，宋家的掌门人宋金玺高中进士，联捷翰林，他在琉璃厂转悠时发现了大盂鼎，一气之下花了三千两银子将其买回。按说，大盂鼎物归原主幸莫大焉，可宋家又出了个抽大烟的纨绔子弟宋允寿，他又将大盂鼎以七百两银子卖给了袁世凯叔父袁保恒。宋家还有一个想当官想得魂不守舍的宋世男，在山东东阿候补知县任上守望了多少年，守得山穷水尽，忽想到那只小盂鼎能救命，便送给了巡抚，换了个东阿知县，后来小盂鼎从世间蒸发了。而大盂鼎被袁保恒送给左宗棠，左又送给了他的救命恩人军机大臣潘祖荫。抗战期间，潘家媳妇潘达于在苏州与日本人斗智斗勇，才保住了宝物，新中国成立后大盂鼎放在了上海博物馆。宋家的两个倒包客，一个为抽大烟卖鼎，一个为升官送鼎。所以，宝对富家人来说是滋生败家子的渊薮。再贵重的宝物，遇到败家子也像鸡毛一样轻。富人藏宝，往往忽略了教子成才；

朝廷重宝，往往遗忘了真正的宝是人不是物。怪不得孟子早在两千多年前就告诫人们："诸侯之宝三：土地、人民、政事。宝珠玉者，殃必及身。"

说到倒包客，我们不能不提及军阀头目党玉琨。他出生富平县，生性顽劣，似泼皮牛二，稍长就四处游荡，不务正业。在西安、北京的几家古董店他曾当过学徒，也很快成为道中高人。后来，他弃商从戎，在靖国军首领郭坚部下混个小官，一九二六年他自封为师长、自诩为司令占据凤翔。那时的西府家家室罄空悬、罗掘俱穷，正为军饷犯愁的党玉琨就将目光盯向了如今的宝鸡市行政中心北面的代家湾断崖上。那儿经常被雨水冲刷下几件古董，听人说秦文公、秦宪公就葬在斗鸡台，想钱想得眼红的党玉琨无异于发现了一座宝库。他从宝鸡、凤翔、岐山抓来上千青壮年，在七八里长的后沟里开始挖宝。"党拐子，土皇上，派出土匪活阎王；指挥穷人把宝挖，抬脚动手把人杀；斗鸡挖宝八个月，实把百姓害了个扎。"这首民谣道出了他的凶狠贪婪。为了掩人耳目，党玉琨还请来戏班子在盗宝现场唱了九十天大戏。他盗得了铜镜、铜钫，更有三件铜禁及一件装有小羊羔的大鼎等稀世珍宝……时为陕西省政府主席的宋哲元闻讯，乘匪兵举杯欢宴之际，抽调三千精兵强将直捣党玉琨的老巢凤翔，把四千公斤烈性炸药填进东城墙下，炸开了一条口子，仅用一小时匪兵就土崩瓦解。在党玉琨的司令部，发现了一个挂着铁将军的铁门，砸开一看，是一百多个装着青铜器和玉器的箱子。这个盗墓贼也受到了应有的惩罚。这出倒包客演出的闹剧，使文明古国痛失重器，足让后人声讨万代。

秦公一号大墓曾想作为陕西的第二兵马俑让世人观赏，可是挖掘了十年，却是一座空墓。据当时的陕西考古界权威韩伟介绍，其中盗洞有二百四十多个。不要说墓深有二十多米，不要说尺把厚的棺椁用锡灌缝，里外几层柏木构筑的"黄肠题凑"（最高等级墓葬）坚如堡垒，但盗墓贼却能直捣墓穴，足见其盗术多么高超。其中有一个盗洞，里面有一手端油灯、头部被巨石砸烂的人骨标本，据考证是宝物用绳子吊上去后，被上面人用石块扔下砸死的，这显然是黑吃黑吃独食者作的孽。

让考古界曾沸腾不已的周大墓，由于有四个墓道，加之位于周公庙旁，专家们曾断言是周文王、周武王墓葬。可挖开后，连一块木板也没有，几乎是一座空墓，不知倒包客在何年何月将墓盗得一干二净。这也是我们考古工作者应该考证的课题了：他们用什么手段盗得这样完全彻底呢，又用什么仪器不差分毫直指墓藏宝物的？

倒包客盗得宝物不稀奇，可有人竟盗来了媳妇。刘成武是河南尉氏人，他家贫如洗，当起了抬不起头、让人骂翻祖宗三代的盗墓贼。他的邻居是富户白东财，生有两个美若牡丹的女儿。二女玉梅招了个上门女婿，新婚之夜打情骂俏，让大女儿玉芬受刺激后竟胸闷气短，不省人事。在门板上放了五天五夜，眼珠还是骨碌不了几下。白家人只好安葬了她，在棺中放了一罐银元和几件瓷器。刘成武看到后被那罐银元攫取了心，凭着黄鼠掘土的本领，他钻下去刚揭开棺盖，穿戴齐整的玉芬却腾地坐了起来！原来玉芬还活着，他背着玉芬私奔，逃难到了岐山。上个世纪六七十年代政审严格，刘成武才道出了那段隐情。这个盗墓贼盗活了一条人命，算是功过相抵，歪打正着。

西府人骂得最响的倒包客是党阁老的后人。相传党崇雅在清初做了大官后，一下子财源滚滚，依"富贵不还乡，如衣锦夜行"的老规矩，在老家大兴土木，又担心子孙沦为庶民，因之盖房时给每个檩子上藏上银元，屋基埋下元宝，可不争气的后人日子过烂散后，竟把房一栋一栋卖，压根不知银元和元宝远比房子值钱得多。倒包客的故事几天几夜讲不完，而且老人们越骂，倒包客越多。前几年，岐山有家后人迷恋歌舞厅，用于右任墨宝换了二百元钱潇洒了两晚；眉县有家后人成了瘾君子，用一件青铜器换了几克海洛因。倒包客是家门的不幸，他们没有什么仁义礼智信，也没什么底线和戒律，只要能倒腾出几个钱就没什么不能干的。他们紧跟市场，什么东西升值了、什么东西看涨了，他们总能搜腾出来而且发一笔横财。

十几年前，青铜器在古玩市场成了抢手货，于是倒包客扎堆出世，一到夜间，盗墓贼拿着探雷器、金属探测仪穿梭在田间，一有声音就掘地三尺。这几年，石雕又成了收藏热门，于是昔日站立在农人土厕旁的拴马桩一根上万元，昔日为农人寒门护驾的石狮子一只也值几万元。至于门墩石价格也一日三涨，狮子大张口，今天说这贵了，明天说那贵了，乱哄哄你方唱罢他登台，全是几个人在兴风作浪。

乡间的倒包客，大不了倒腾些古玩宝物，是窃钩之术，可官场上的倒包客，倒腾的是权钱交易，是窃国之术。自从有了烟草、食盐、铁路的专营，就有了行业垄断、行业福利的鬼门道；自从有了承包责任制，就有零承包、零转让、零风险、零利润的鬼把戏；自从石油、煤炭、电力、有色金属成了短缺货，就有了姓油的姓炭的姓电的姓铜的大大小小的老虎。在建设领域，招投标二鬼偷油，红中介兴风作浪；在服务部门，温馨提示明枪暗箭，减负减免自圆其说。而铁路、石油、中粮等国企不断爆发出来的惊天"窝案"，则明确告诉人们，危害最大的倒包客就在权力部门！还值得警惕的是，英国制药巨头葛兰素史克在中国的贿赂"窝案"，牵涉到卫生主管部门和数百家著名医院、数千名著名医生，人们怒骂这些人是崇洋媚外的洋奴才、是吃里爬外的狗汉奸，但事情并不仅于此，人们要问，其他涉外行业还有多少黑幕尚待揭开？

春秋战国时期，心怀鬼胎的楚庄王曾问鼎中原，王孙满知其有灭周之心，遂从容对道："欲一统天下，在德不在鼎。昔大禹有德，各方朝贡，献金九牧，以铸九鼎。桀有昏德，鼎迁于商。商纣暴虐，鼎迁于周。成王定鼎于郏鄏（洛邑），卜世三十，卜年七百，受命于天。周德虽衰，天命未改，鼎之轻重，未可问也！"无独有偶，力大无比的秦武王跑到洛阳朝觐周赧王，周王带他去看了九州之鼎，秦武王跑到雍州鼎前高兴地说："此雍州之鼎也！"说完，举臂欲抱，赧王阻挡不及，武王已经抱起雍州鼎走了好几步，不过鼎实在太重了，鼎掉下来砸了他的脚趾头，回秦国不久一命呜呼。宝鼎再贵再神，也救不了夏商周，金玉再多再美，也保不了秦汉唐。一个朝代崛起，伴随着抢宝夺宝，一个朝代兴旺之时，紧跟着造宝找宝，而一个朝代衰落，则必然充斥着搜宝挖宝、倒宝贩宝的魅影。人们或许只记得圆明园的十二生肖铜兽首至今未能团圆，但却淡忘了帝国主义从中国掠夺数不尽的赔款——中英《南京条约》赔款二千一百万银元，《天津条约》赔偿英法两国军费各二百万两白银，赔偿英商损失二百万两白银，《北京条约》对英法两国赔款各增至八百万两白银，中日《马关条约》赔偿日本军费白银二亿两，《辛丑条约》四亿五千万两，分三十九年还清，本息折合九亿八千多万两，且不说割让的香港、澳门、台湾……

一个民族最宝贵的财富是精神是气节是品格而不是物质，一个国家最值钱的是民主是公平是正义而不是九鼎、神龟、白狼、夜明珠！

大多有铭文的青铜器都在文尾镌刻着："万年子子孙孙永宝用享"之类的祈福，但哪件都乏力主宰安康吉祥、长治久安！

老友宋天泉打油诗曰：

蛤蟆呱呱笑家禽，不识璞玉与黄金。

历数多少王朝败，未见瑞兽献殷勤。

天不佑奸徒空劳，地无良知贵自信。

十四乱封倒包客，混账透顶遭年馑。

嘴儿客

嘴巴的功能，一吃二说三哭四笑。吃是吃给自个的，说是说给别人的。人不吃饭肯定就要咽气，关中人说吃不下几天饭了，这是说马上要见阎王爷。看来，嘴巴的本事最大。假使人不会说话，用手比比画画，吹胡子瞪眼，发出的声音像蚊子嗡嗡鸥鹑叫，人与人的交流难到什么程度就可想而知了。哑巴不会说话，即使生得聪明伶俐、容貌漂亮，也活得十分艰难。

嘴巴都是一样的，上下两片肉，可说出的话却有好听难听的，顺耳逆耳的，尖细沉闷的，南腔北调的甚至兴国亡国的……有人嘴巴灵巧，会敲金戛玉，能响遏行云，就当了播音员、歌唱家；有的人嘴巴笨拙，沉默寡言，三脚踢不出个响屁，这类人至少不能干公关和外交。有些年轻人怕晒太阳、怕熬夜，啥苦都不想吃，很羡慕歌星们能靠嘴挣钱，怨天怨地怨父母不会造人，恨不得一夜暴富飞到韩国换张百灵鸟的嘴巴。对普通人而言，让嘴巴蹦出金豆般的声音，靠嘴巴名扬四海，是妄想也是徒劳，但却有靠耍嘴皮子安身立命、混得很风光很红火的人，混得要风得风、要雨得雨的人。关中人将这类人叫作嘴儿客。

人爱奉承鬼爱夸。嘴儿客的嘴，甜蜜蜜、光溜溜、虚晃晃、软酥酥，啥话顺耳说啥话，反正哄死人不偿命！人天生就有把自己看大看高的毛病，而顺情话正是一种抬高人的龙杠。是皇帝，就想让人说万寿无疆、英明伟大；是女人，就想让人说美若西施、妍若貂蝉；是谋臣，就想让人说姜尚复活、诸葛重生；是武将，就想让人说勇冠三军、战无不胜；是文人，就想让人说学富五车、才高八斗；是医生，就想让人说华佗再世、妙手回春；是单眼，就想让人说一目了然；是秃子，就想让人说聪明绝顶；是口吃，就想让人说欲言又止；是背锅，就想让人说捡金子方便；是六指，就想让人说指点江山。话有三说，巧说为上，但这还算不上巴结奉承，溜须拍马。而嘴儿客能把乌鸦说成白头翁，能把乌龟说成长毛兔，能把乌贼说成龙砚台。若是嘴儿客再有一两门讨人欢喜的绝招，那就热闹非凡了。唐玄宗酷爱斗鸡，在宫中建立鸡坊，选六军小儿五百人饲养训练，十三岁的贾昌当了五百小儿的首领，受到唐玄宗的宠爱，绰号"神鸡童"，而贾昌父亲随玄宗封禅病死泰山后，一切丧葬之事都由官府办理，于是民谣曰："生儿不用识文字，斗鸡走马胜读书。贾家小儿年十三，富贵荣华代不如。能令金距期胜负，白罗绣衫随软舆。父死长安千里外，差夫持道挽丧车。"无独有偶，唐昭宗时耍猴人猴戏耍弄得好，讨得皇帝欢心，便赏赐他红色的高级官服，于是屡试进士不中的诗人罗隐讥讽道："十二三年就试期，五湖烟月奈相违。何如学得孙供奉，一笑君王便着绯。"

在关中乡间，以嘴为生的人大抵有五种：一是媒婆，也称媒人红娘提亲的。媒人即媒妁。媒，谋也，谋合二姓；妁，酌也，斟酌二姓也。岐山一带至今流传着《骂媒歌》："媒人好当事难长，想吃媒饭泪汪汪。吃了媒饭害嗓黄，使了媒钱手害疮。穿了媒鞋脚倒长，说了虚话烂心肠。一阵唢呐门前响，逼着女儿把轿上。至今没见男人面，不知他是啥模样。若是哑巴不说话，若是瞎子眼无光；若是瘸子难行走，若是老汉不相当。不是女儿不嫁人，要嫁嫁个如意郎。"民俗又语："媒人媒人黑心肝，这头哄来那头瞒；一说婆家有田地，二说娘家是大家；又说男子多聪明，又说女子貌如花。一张嘴巴叽里咕，好似田牛青蛤蟆。"媒人爱财，以致戏剧中的媒婆大都自我表白："我做媒婆古怪，人人说我嘴快。穷男我说他有钱，丑女我说她娇态。讲彩礼两下欺瞒，落花红我则凭白赖。"明清至民国年间，媒人勒索钱财已成为当时一大社会公害。清代末年，关中富豪刘某，不仅被人骗去谢媒钱七十两纹银，而且也骗走了不菲的聘金聘礼，最终却娶了个木头观音。有的媒婆还成了人口贩子。二是"说事的"，乡间人称作"牙客"。谁家为界墙、犁沟、家财、鸡毛蒜皮咬得两嘴是血，为养老、离婚、绿豆芝麻啄得伤痕累累，就要请乡间的和事佬"说事"。这些人伶牙俐齿，貌似公允，连骂带劝，连哄带骗，最终能息事宁人，讨好双方。"牙客"中不乏乡绅，不乏族长，能熄火退烧，一半是身份、一半是口才。三是算卦的。掐生日、看面相、观风水、论出行、克仇人，神兮兮、阴沉沉。孔子很少说命，因为命是一个最大的未知数，凡人当然更窥视不来蛛丝马迹，而算卦者竟能从神那儿透出些口风，洞悉玄秘，指点未来，所以当事人如雪中得炭、饿极得食一样，谢天谢地把兜中暖热又放凉的钱塞到人家怀里。四是江湖卖艺的。耍猴的、说唱的，凭着过硬的"绝活"，在乡间、都市"走穴儿"。杂耍艺人在铛铛的锣声中，吞宝剑、舔火球、凿冰献鱼、海底捞月，让人眼花缭乱，拍案叫绝。五是死不认账的，农人尚古，借钱借物慷慨解囊，少有凭据，但偏偏有人死乞白赖，一口咬定某月某日钱物两清，整得厚道人有口难辩。农人把这类人称为"口说人"的货。

嘴儿客是奉承人的语言大师，是戴高帽的千手观音，是从鳄鱼嘴中叼肉的牙签鸟，从乌鸦嘴中夺肉的老狐狸。嘴儿客往往无技立身，饭桶草包，做不了刚正的勇士，上不了拼刺刀的硬战场，就只好牺牲自信与自尊软赚巧取。而不管是什么人，都需要一种虚幻的鼓舞、荒唐的壮胆，这就让嘴儿客有了卖嘴的舞台。嘴上功夫强的人往往是行动的矮子，说得好的人又是干得最差的人。因此古人说"听其言观其行"，又说"观其行不必听其言"。而清谈高手又往往陷入自不量力、狂妄自大的虚境中，注定要玩弄些上天摘星、下海捞针、精尻子撵狼、做梦娶媳妇的花招。

底层的嘴儿客好认，高层的嘴儿客却具有更大的欺骗性，可谓"满嘴的仁义道德，满肚子的男盗女娼"。清谈之弊，早已有之。纸上谈兵的赵括，是战国典型的嘴儿客，打起仗来一败涂地、全军覆没。汉文帝的宠臣邓通，既"无技能"也"无他能"，文帝害了毒疮，邓通就为之吮吸，因此被赐予四川的铜山，特准邓通个人铸钱，由此"邓通钱"布天下，邓通因嘴富可敌国，也因嘴得罪太子，文帝崩，景帝立，所有家产随没入官，竟不得一钱，寄死人家。而清谈酿成世风，则起于魏晋，当时的名士，不议国事、不言民生、不涉俗事，专吹"三玄"（《老子》《庄子》《周易》）泡泡，常常醉心于本和末、有和无、动和静、一和多、言和意的空谈中，时人斥之为"春蛙秋蝉，聒耳而已"。嘴儿客都是吹牛家，其吹功可吹破天、掀翻地。清代才子王尔烈曾吹嘘说：

    天下文章数三江，

    三江文章数辽阳，

    辽阳文章属我弟，

我给我弟改文章。

但他既没有留下让人吟诵的一首诗，也没留下半部《红楼梦》《儒林外史》来。真正的文人至少应明白"文无第一、武无第二"，可见他压根就不是什么文人墨客。文贪名，武贪功，官贪财，只要沾上一个"贪"字，就会有人心不足蛇吞象。有一君生活得很顺畅也很滋润，死后阎王判他再披人皮，问他愿投胎做怎样的人？此君希望"千亩良田丘丘水，十房妻妾个个美；父为宰相子封侯，我在堂前翘起腿。"阎王怒气冲冲地站起来说："老兄，世间若有这等好事，你做阎王我做你！"清谈者都有一定的巴结神力。李林甫、和珅都会让主子如沐春风、如饮美酒。冯唐能陪九君，嘴巴肯定很甜，今天的三陪小姐大概是望尘莫及的。

我党也深受嘴儿客的毒害。陈独秀建党有功，但当把斗争换成了忍让，白色恐怖就让几十万革命党人人头落地。王明自称能倒背《资本论》，与洋教头大掀本本主义、宗派主义、冒险主义等极左风浪，使红军丧失了95%以上的根据地。张国焘玩的那一套另立中央的伎俩也不寻常，但他却叛变投降了国民党。清谈者都有一定的阴谋法力。林彪吹捧毛泽东，把那"最最最"的副词喊得震天响，却暗藏着篡党夺权、阴谋发动反革命政变的野心。近年来党政高层发生的腐败案，哪个不是阳奉阴违、口是心非，哪个不是"台上调子唱得红，台下黑手伸得欢"的嘴儿客呢！

嘴儿客在当今仍然有在。尽管从邓小平到习近平都强调"空谈误国，实干兴邦"，但嘴儿客却招摇过市，盘根错节，流毒不浅。君不见，嘴儿客讲话胡吹乱侃，作文引经据典，执法怕硬欺软，下乡坐车打伞，吃饭生猛海鲜，玩乐通宵达旦，尤其是会议过滥与八股盛行已成公害。一个文件大红印章十几个。本来文件标题就要言简意明，却搞成"转发某某通知的通知的通知"。

官场上有滥竽充数的嘴儿客，社会上就有欺世盗名的"帮闲者"。如今，一些患了"狂犬病"的文学家，吃饱喝足之余，硬是闲得嘴疼，大放厥词说"中国应该改变历史宣传的角度，不要再搞屈辱史宣传"，"中国拍摄影视片太血腥太恐怖，影响儿童成长"。一些患了"疯牛病"的经济学家，从来不进行社会调查也不顾中国国情，唯欧美模式照搬，作出的伪结论让国人吃尽了哑巴亏。一些患了"妄想症"的理论家，实在搞不出理论创新的东西，便手戴佛珠、身贴道符、口念包容，把玩着"禅""道""忍"，似乎满腹经纶，实际上却是与历史垃圾同流合污罢了。

一个民族要复兴，要的是精卫、愚公，要的是王铁人、焦裕禄。牛皮不是吹的，火车不是推的。空谈误国，实干兴邦！中国梦要变为现实，要靠汗水去浇灌，要用双手去编织！

老友宋天泉打油诗曰：

如今满天飞公文，八股秀才处处闻。

东拉被子西撤毡，驴头不对马之唇。

空话套话干瘪瘪，裹脚裹腿汗涔涔。

十五恶封嘴儿客，掌嘴三百不解恨！

尻子客

近读《散文选刊》，随手翻看"二十世纪中国最后一位散文家"刘亮程的《徒弟》一文，这位能明澈呈现事物微妙肌理、悟透人生深邃与悲凉的"乡村哲学家"，竟然满纸是写女人屁股的怪诞文字。那个习惯看牲畜牙口的托乎提师傅，领着他的一群徒弟专门在大街上欣赏女人风景，奇妙的是托乎提不看脸蛋不看身段，专看女人的背影和屁股。托乎提对女人的研究到了举世无双的地步。他说："女人的秘密全在屁股上。女人屁股一扭动，啥都扭出来了，年龄、结婚没结婚、生没生过孩子、懒还是勤快、脾气好不好、性情爽不爽，都扭出来了……"托乎提还有一种功能，就是闭着眼睛闻女人的味儿，胖的瘦的、丑的美的、老的少的，他都能闻出来。读罢这篇文章，有人会骂托乎提低俗，有人会称赞他有独特的审美方式，我却想到了西府方言中的"尻子客"一词。托乎提从屁股关注人性，也跟关中人用屁股识人有异曲同工之妙！

关中人把动物屁股叫沟子也叫尻子。尻，臀部。清末大学问家章炳麟在《新方言·释形体》一书中曰："今山西平阳、薄绛之间谓臀曰尻子，四川亦谓臀曰尻子，音俏佻如钩，九声之转也。"但这位生长在南方活跃在政坛的国学泰斗，也有孤陋寡闻之处，看他的年表，大概没有到过关中，至少对关中风情没有专门研究，不了解关中人及至西北广大地区都把臀部叫尻蛋子、把肛门叫尻门子、把两坨肉墩墩夹缝叫尻渠子。而一代国学泰斗对尻子的研究如此草率粗浅，看来尻子底下还欠功夫，这也提醒后来者，做学问不仅"板凳要坐十年冷"，更要"文章不写一句空"！尻子的尻，尸肉九陈，颇具重量，意为人身上的肉多半在臀部。关中人是《诗经》"风雅颂"的学童，是天生的比喻大师讽刺高手，骂人"猴尻子坐不稳""烧尻子坐不住""轻尻子骚情得没样样""热尻子坐了个冷板凳""热脸碰了个冷尻子""轻狂得摔了个尻子蹾"等，都以尻子喻人喻事，可见尻子有时比脸面重要、比脑瓜扎眼、比身段招摇。"尻子坐偏了"，指立场不端；"尻子扭斜了"，指见事不公；"尻子太沉了"，指懒得出奇；"把尻子夹紧"，是指少胡说八道；"精尻子撵狼"，是指忘乎所以；"二亩尻子"，指大大咧咧；"舔尻子"指嫌贫爱富；"溜尻子"指巴结讨好；"卖尻子"指不知羞耻……

关中人熟人见面，不骂不说话，骂得越厉害表示越亲切，远比昔日京城太监娘娘鹦鹉舌头尖揉搓挤绕出的"您好"要亲近一万倍。而关中骂人骂得最多也最狠的一句话就是尻子客。谁被骂为尻子客，谁的人品就低贱到头颅不如屁股，说话不如放屁。说到放屁这个生理现象，也是尻子的三大功用之一。人吃五谷百味，必起化学反应，那些黑豆呀红苕呀萝卜呀，是造屁的典型食材。现在城里人生活好，大鱼大虾好吃难消化，于是农村人笑话城里人啥都文明，就是放屁太臭！如果人肠胃虚弱下行不畅，必然逆气上升，嗳气呀打嗝呀也很揉眼，所以适当放屁是保证腹部内外压力平衡的重要一环，也是对痔疮、阑尾、肠胃等外科手术成功与否最简捷的检验。有人说，世上没有任何声响比放屁更令人难堪，偏偏此事往往难以巧妙控制，于是有了"响屁不臭、臭屁不响"以及连环屁、拐弯屁、臭狗屁、屁不顶等一大堆屁故事，人群中不敢承认放屁、嫁屁于人的也大有人在，这类人为了一丁点颜面，被人戴上"屁大的责任都不敢担"的高帽子，"屁胆子"也成了胆小鬼的另一种称谓。文雅人以为"屁"字粗俗，与诗情画意大相径庭，一如阿Q忌"光"讳"亮"，从古到今一律羞于启齿，但敢字当头的毛泽东却信手拈来："不须放屁，试看天地翻覆"，从而创造了中华诗文圣殿里的又一个奇迹！

尻子客是啥货色？他们不是故事里那种鬼，但确实又存在着许多类似鬼的东西。他们与鬼有不同之处，鬼并不是实际存在的，但他们同传说中的鬼又有共同之处：他们总要作祟，总要捣乱，总要引起麻烦；他们或者穷凶极恶，或者面目可憎，或者形容妖冶，或者成事不足败事有余；他们会迷、会遮、会吓、会混，是信口雌黄的"放屁虫"，是洗清卖白的"转扇脸"，是抽梯拆桥的"短见鬼"，其变幻多端和诡异的程度，可以使过去书本上的鬼相形见绌。其实，他们是一种"半人半鬼"的中间派，一遇风吹草动，一见性命交关，一看无利可图，很容易沦为完全的"鬼"。所以，尻子客是典型的用尻子决定脑袋的代表——心里打着小九九，腰椎装着活转轴，脚下踩着西瓜皮，是"住谁的房，戳谁的窝，吃谁的饭，砸谁的锅"的混眼子；是"一喝就多，一多就说，一说就错，一错就乐"的二百五；是"大房底下戴草帽、月亮夜里戴墨镜、癞子头上戴菊花"的羊角疯。

脑袋指挥了尻子，却让尻子付出了沉痛代价。正因为尻子坐不住、坐不正、坐不稳，古人就有"打尻板"的处罚。国外也有鞭刑等酷刑，但没有打尻子这一有损颜面的律条。尻子是人的隐私啊！不独犯人挨板子，有私塾学堂，调皮捣蛋的学生常被先生打得尻子滴血。古代家法中，常对违背族规、有悖伦理者"打尻板"，其打法比罚跪扇耳光裸体游街也体面不到哪里去，几十大板下去，肯定一生都不会忘记皮开肉绽、坐卧不安是个啥滋味。由此可见，尻子是一种立场、一种态度、一种气节、一种尊严。一般来说，要保护好尻子，就要头脑清、方向明、立场坚。

乡间的尻子客像黄鼠狼一样，再臭的屁也挡不住碾盘转，大不了让村人耻笑家人蒙羞。而政坛上的尻子客则误国误民，贻害千年。李斯始为秦相时，脑袋灵光，屁股后面都长着眼睛，坐得很正很直，生怕有个闪失，倡导郡县、创立小篆、厘定车轨、规范衡器，处处显示出了政治家的韬略，可是到后来，却信奉"老鼠哲学"，经不住赵高的威逼利诱，串通一气，一尻子坐到了伪造遗诏那边，最终身死族灭，断种绝户，再没有了李家的一个尻子踪影。异族入侵，奋起抵抗，本是血性男儿的担当。南宋时，金兀术的船队浩浩荡荡开进镇江，被韩世忠逼进了黄天荡。四十多天过去了，插翅难飞的金兀术感叹道："我英雄一世，就要葬身这臭水沟了！"岂料有人却出主意道："汉人聪明人多，不如我们悬赏求计。"重赏之下，有一人前来献策："宋军的船只很大，全靠风力运行，如果你们在没风时出击，再加上火攻，必能取胜。"金兀术拍手称好，可转念一想，这是汉人，他咋能把尻子坐歪了？是否又是诡计诱骗呢？于是又问道："你是宋人，为何要帮我们呢？"那人却嘿嘿笑着说："大宋朝廷鱼肉百姓，我们早就想下手了，王爷请您放心，赏这么多金子，有奶就是娘的道理我是懂得的。"第二天，金兀术的船队如法炮制，果真逃出了黄天荡，而一世英明的韩老将军，怎么也想不到煮熟的鸭子飞了，急忙追赶的八千精兵损失一半，这一役之败，也加速了南宋王朝的覆灭。抗战时期，日本鬼子之所以敢叫嚣"三个月灭亡中国"，就是摸清了中国朝野有不少尻子客——蒋介石举棋不定，汪精卫眉来眼去，国军主力闻风丧胆，地痞流氓青红帮沆瀣一气给日本鬼子当眼线，这是我们伤亡三千五百万军民的重大因素。据史料记载，除了伪满洲国，仅卖国求荣的伪军就有三百万之众。在汪伪政权一百一十四名高级官员中，有留日经历的多达五十四人。抗日民族英雄杨靖宇将军，就是被原东北抗联第一军第一师师长程斌、警卫排长张秀峰、伪排长赵廷喜和村民孙长春、辛顺礼、迟德顺等一帮尻子客出卖的。当汉奸把日本人领进一片林子时，杨将军睁大眼睛打量着那个让他饮弹而亡的汉奸，他手指着汉奸倒在血泊中！当鬼子剖开他的尸体，眼见得胃肠塞满了野草棉絮，惊讶不已，后来以将军之礼葬之，亦可见汉奸的做派禽兽不如。清代思想家龚自珍说得好："欲知大道，必先为史。"反之，"灭人之国，必先去其史"。我们民族怒骂洪承畴、吴三桂为汉奸为贰臣，骂得火星乱溅，崇尚"富贵不能淫，贫贱不能移，威武不能屈"为道德坐标，但抗战期间汉奸扎堆、败类成群，确实让人汗颜。这说明，一个民族没有了"执干戈以卫社稷"的勇猛，没有了宁为玉碎的气节，就必然成了任人宰割的羔羊，成了为虎作伥的小鬼！也说明我们的教育唯中举唯学分是命，早就行不通了。"国家兴亡，匹夫有责"。现在不少人也忧心忡忡地发问：在道德滑坡、德育缺失的社会风气下，若有外敌入侵，还会有多少孽障要跑到汉奸行列？

改革开放以来，中国如睡狮猛醒、蛰龙伸腰，然而也滋生了一些五花八门的尻子客。法官本是执法守法的模范，上海的大法官却结伴成为酒色之徒。律师本是打抱不平的，北京的"讼棍"却明目张胆做起了伪证。医生本来是救死扶伤的，天津的医生却把新生婴儿的第一口母乳偷换成了奶粉。教师本是教书育人的，可甘肃的教师却把魔掌伸向了未成年的女童。国家组织各种评选活动旨在提升国力，却让几个"二道毛"代行职权躲在别墅搞成了肆意捞钱的营生。同时，应当警惕的是，名目繁多的各种协会虽为民间组织，暗地里却行使着"二政府"的权力。民谣曰："协会协会，吸血受贿"，"论坛论坛，专门收钱"，"评比评比，交上老底"，"十强百强，白手套狼"。不少协会不是坐收渔利，就是兴风作浪，如臭名昭著的全国牙防协会，几个尻子客竟在首善之区盘踞多年，管着十三亿人的数百亿颗宝贵的牙齿；如包装协会睁只眼闭只眼，硬让那些大于实体数倍的华丽包装箱欺世盗名；如烹饪协会，一味让"舌尖上的中国"远离普通老百姓的餐桌；如奶粉协会，轻易让新西兰澳大利亚的洋奶粉当上了中国婴儿的"洋妈妈"；如煤炭协会，每到烤火季就无病呻吟"紧张呀亏损呀"；如化妆品协会，一尻子坐到洋品牌上，害得爱美的女人徒有其表；如易经协会，重在倒腾老掉牙的官运、风水。最让人不可思议的是一个红白喜事协会，搞了一个哭丧队，哪里死人就去穿白戴孝，撑着童男童女，打着招魂幡，手提孝子棍，如丧考妣号啕大哭，煞有介事地诉说道："爹呀娘呀多恓惶，可怜儿女泪断肠。愿在西天享清福，来世年年当新郎（娘）……"等人安葬，哭丧者分得几个钱就眉开眼笑，又一路高歌："哭的哭来笑的笑，傻瓜才笑戴孝帽。何人有泪能轻弹，没钱谁学叫驴叫！"于是有人说，这协会，那协会，只有消费者协会在忙碌，只有志愿者协会来得真！

人是直立行走的动物，尻子的另一个作用就是坐。汉代以前，坐是跪，就是屈膝坐到自己的小腿脚跟，朝堂议政，百官多是草席一片蒲草一团，草民都靠膝盖脚后跟的本事。大概到了唐朝以后，陆续有了榻榻、板凳、马扎、沙发，尻子愈加舒服同时也负担愈加繁重，不仅赘肉日增，久坐引起腰痛腿痛高血压也常见，看来越是惬意之处，越隐藏着风险，尻子越爽快，其他地方受苦就越剧烈。现代病多是尻子的问题，尻子喜欢懒惰，尻子不厌脂肪，于是作家莫言写了长篇小说《丰乳肥臀》获了大奖，看来尻子是大有文章可做的。

古人云："天子不仁，不保四海。诸侯不仁，不保社稷。卿大夫不仁，不保宗庙。士庶人不仁，不保四体。"共产党打江山，坐在最广大百姓一边。共产党搞建设，与百姓坐在一条板凳上。与百姓休戚与共、风雨同舟，是共产党最宝贵的本色。但现在有的官员尻子坐麻木了、坐迟钝了，坐出来一身臭毛病。吃出来的毛病要问嘴，坐出来的毛病要问腿。要根治沉尻子、轻尻子、松尻子、烂尻子的毛病，有一良方叫"两个务必"，有几样良药叫"八项规定"！

耗时百余日的封神新榜十六封至此收工，可谓"满纸荒唐言，一把辛酸泪"，得罪看官之处，并非刻意为之。正战胜邪、真战胜伪、善战胜恶、美战胜丑，是历史和现实的规律。毛泽东在《湘江评论》创刊宣言中就向世人宣告："什么不要怕？天不要怕，鬼不要怕，死人不要怕，官僚不要怕，军阀不要怕，资本家不要怕！"这是何等振奋人心的大无畏精神！

世界上从没有鬼！正如《国际歌》所唱："从来就没有什么救世主，也不靠神仙皇帝！要创造人类的幸福，全靠我们自己！"

老友宋天泉打油诗曰：

屁股学问何处寻，富贵诱人生狼心。

沙发雅座老龙椅，哪样躯壳哪样魂？

洋奴汉奸未绝迹，协会论坛正装嫩。

十六痛封尻子客，无关西裤迷你裙。

玉虚宫殿高万仞，八部正神掌天伦。

莫言鸡毛蒜皮事，伤筋动骨害党群。

新榜读罢头飞雪，谁洗青天日日新？

斩妖降魔平百乱，敕令一夜传三军！